Bregje Hofstede

Der Himmel über Paris

Bregje Hofstede

Der Himmel über PARIS

Roman

Aus dem Niederländischen von Heike Baryga

C.H.Beck

Titel der niederländischen Ausgabe:
De hemel boven Parijs
Amsterdam, 2014

Für die deutsche Ausgabe:

Umschlaggestaltung: Geviert, Grafik & Typografie, Andrea Janas
Umschlagabbildung: shutterstock / Roman Sigaev
Gesetzt aus der ITC Giovanni Std book
Druck und Bindung: GGP Media GmbH, Pößneck
Gedruckt auf säurefreiem, alterungsbeständigem Papier
(hergestellt aus chlorfrei gebleichtem Zellstoff)
Printed in Germany
ISBN 978 3 406 68343 5

www.beck.de

Met de jaren
moet er veel worden weggegooid.
De gedachte bijvoorbeeld
dat geluk mild is en duurzaam
iets als een zuidelijk klimaat
in plaats van een bliksеminslag
die levenslang gekoesterde
littekens achterlaat.

Mit den Jahren
muss einiges weggeworfen werden.
Die Vorstellung zum Beispiel
Glück sei mild und beständig
so wie das Klima im Süden
statt eines Blitzschlags
der lebenslang gehegte
Narben hinterlässt.

Hanny Michaelis
Aus: Onvoorzien, Van Oorschot, 1966

Übersetzung: Heike Baryga

Eins

Zunächst war ihre Silhouette alles, was er von ihr sah, dreißig Meter von ihm entfernt, im halbdunklen Hörsaal. Der Projektor summte, und das Licht stach ihm in die Augen. Mit langsamer Stimme sprach er über Cézanne und Picasso. Und manchmal hörte er nicht einmal mehr, was er sagte.

Unterhalb des Holzpodests erstreckten sich die Sitzreihen mit den gebeugten Gestalten, die Köpfe in die Hände gestützt, hängende Schultern, wie Blumen im Dunkeln verwelkt. Bleiche Finger huschten über die Tastaturen, Füller kratzten auf Papier, ab und zu raschelte eine Buchseite beim Umblättern.

Er wiederholte Daten und buchstabierte laut die Namen, sagte: «Matisse, Fauvismus, neunzehnfünf, *joie de vivre*, grüne Linie, Vlaminck, V-L-A-M-I-N-C-K», und ließ den Blick über die Köpfe schweifen, bis er bei einer schmalen Silhouette hängen blieb, die dort bewegungslos und kerzengerade saß. Sie schrieb nicht mit. Aha, jemand aus dem Ausland. Jedes Semester gab es Austauschstudenten, die mit den Vorlesungen nicht Schritt halten konnten und über jede Jahreszahl stolperten – man konnte sehen, wie sie zählten, *mille huit-cent quatre-vingt-seize*, das Ergebnis schnell notierten und hastig versuchten, weiter dem Thema zu folgen. Manchmal bereitete es ihm großes Vergnügen, sie aus der Bahn zu werfen und dann zu sehen, wie sie atemlos auf den Sitzbänken hingen. Oft baten sie ihn nach den Vorlesungen um die Skripte. Nun ja, sie gaben sich eben Mühe. Sie waren in Frankreich.

Er erreichte Seite sieben seiner Aufzeichnungen, blätterte um und schaute wieder auf. Die Studentin schrieb noch immer nicht mit. Stattdessen saß sie kerzengerade da, als würde sie auf etwas warten. Jeder Blick, den er in den Saal warf, prallte auf ihre aufrechte Gestalt, die aus den gebeugten Nacken hervorstach. Es war unbequem.

Widerwillig fuhr er an diesem Abend zum Essen bei Paul und Marie Bonnard, das sie alljährlich zum Auftakt des Semesters für Pauls «beste Freunde» gaben. Seine Freundin Sylvie hatte ihn mit den spöttischen Worten verabschiedet: «Wirklich jammerschade, dass ich nicht zu eurer Fakultät gehöre. Grüß Bonnard von mir.»

Bonnard war ein schmächtiger Mann, der Olivier nicht einmal bis zur Schulter reichte. Sie hatten beide gleichzeitig an der Universität angefangen, und Olivier hatte herabgesehen auf Bonnards Geschwätz, seine Maßanzüge und seine Brillantinefrisur. Inzwischen blickte er ungehindert auf seinen glänzenden Schädel. Ihre Karriere an der Fakultät war parallel verlaufen, bis Bonnard vor vier Jahren zum Präsidenten der Universität ernannt worden war. Seitdem bereitete Olivier seine körperliche Überlegenheit ein zusätzliches Vergnügen, aber auch die weit verbreitete Einschätzung, Bonnard habe einen Großteil seines Erfolges den Kochkünsten seiner Frau zu verdanken, die «ein Engel in der Küche und ein Teufel im Bett» sei, wobei Letzteres jedoch stark angezweifelt wurde. Eine ehemalige Sekretärin, ein vertrocknetes Geschöpf mit Falten um den verkniffenen Mund. Sie wohnten am Bois de Boulogne in einer großzügigen und cremefarbenen Wohnung, die fast alle Pariser Kollegen kannten; den in Armagnac eingelegten Pflaumen der Hausherrin wurde von Akademikern höchste Wertschätzung entgegengebracht. Ihre Pflaumen galten als Köstlichkeit.

Bei Oliviers Eintreffen war die Wohnung bereits voller Gäste. Er hatte noch nicht die Gelegenheit gehabt, jeden begrüßen zu können, als sie sich am Tisch niederließen und Paul ihn anstupste: «Olivier, kennst du schon unseren neuen Gast?» Er wies mit dem Kopf auf die junge Frau, die am anderen Ende des Tischs saß, blond, blass, die Hände im Schoß. «Sie studiert in diesem Semester an unserer Fakultät und wohnt während dieser Zeit bei uns in Carlas früherem Zimmer.»

Olivier schaute zu ihr hinüber, und das Bild auf seiner Netzhaut ruckte, als habe man ein Dia in den Projektor geschoben. Das Bild wurde von einem alten überlagert, und er wusste für einen Moment nicht recht, wohin er blickte. Ins Jetzt oder in lang vergangene Zeiten.

Sie ähnelte ihr unglaublich. *Mon dieu.*

Er kniff die Augen hinter der Brille zusammen. Er sah zu Paul hin und dann wieder zu der jungen Frau. Sie lächelte, als sie seinen Blick bemerkte. Die fünfundzwanzig Jahre, die seit dem Moment vergangen waren, als er dieses Gesicht zum letzten Mal gesehen hatte, verflogen im Nu. Nur mit allergrößter Mühe konnte er sich auf das Gespräch konzentrieren. Nachdem er einige Male mitten im Satz verstummt war, schwieg er mürrisch vor sich hin.

Nach dem Dessert, und noch bevor er aufbrechen konnte, nahm ihn Paul beiseite.

«Das ist schon was, plötzlich so ein Mädel im Haus zu haben ... Weißt du, ich kenne sie eigentlich kaum.»

«Und wie kommst du zu ihr?»

«Ich kenne ihre Mutter, noch von damals. Hab nette Sachen mit ihr während meines Praktikums in Amsterdam erlebt. Ich bin mir noch nicht mal ganz sicher, ob sie nicht vielleicht meine Tochter ist ... hhmmm?»

«Sie ähnelt dir nicht im Geringsten.»

«Nein?! Dem Himmel sei Dank. Ich hoffe, ich habe mir da nichts eingebrockt. Ihre Mutter hat mich gefragt, ob sie für das eine Semester bei mir wohnen könnte. Und wir haben genügend Platz. Ich habe es unmöglich ablehnen können.»

Sein selbstzufriedener Ausdruck verschwand, während er so tat, als würde er nachdenken.

«Ach, übrigens, ich habe gesehen, dass sie an einem deiner Seminare teilnimmt. Könntest du dich vielleicht etwas um sie kümmern? Du weißt schon, sie fragen, ob sie mithalten kann, ab und zu mal ein Gespräch und solche Sachen. Damit sie sich hier ein bisschen heimisch fühlt.»

«Kannst du das nicht besser machen?»

«Nun ja, ich finde, es reicht schon, dass sie in meinem Haus wohnt. Ich muss da etwas Distanz wahren. Und ich will auch nicht allzu oft mit ihr gesehen werden. Das könnte etwas seltsam wirken.»

«Und bei mir wirkt das nicht seltsam?»

«Ach, du erklärst ihr einfach, wie das ist. Und dann teilen wir die Aufgaben unter uns auf. Außerdem ... ich will Marie nicht beunruhigen.» Er zwinkerte. «Und du bist schließlich nicht verheiratet.»

«So gut wie.»

«Das ist etwas anderes. Sie wohnt noch nicht einmal bei dir. Übrigens ziemlich vernünftig.» Wieder ein Zwinkern. Wäre Sylvie doch nur dabei gewesen – sie hätte bestimmt etwas Passendes erwidert. Olivier war nie schnell genug.

«Außerdem habe ich jetzt mit diesem zusätzlichen Verwaltungskram furchtbar viel zu tun. Warte, ich rufe sie mal.»

«Paul! He –!»

«Mademoiselle, komm doch mal zu uns. Das ist mein Kollege, Professor Massarin, aber das hast du bestimmt schon gewusst! Kannst ihn ruhig einfach Olivier nennen. Sag, würde es dir gefallen, wenn Olivier dir ein bisschen Paris zeigt? Er weiß alles über die Stadt und hat unendlich viel zu erzählen. Das hast du sicher schon gemerkt. Er ist sozusagen ein wandelnder Reiseführer, mmh? Na, würde dir das gefallen?»

«Ja, natürlich, das würde mir gefallen», sagte sie.

«Olivier? Vorschläge?»

Nicht zu fassen. Der Mann zog nicht ab, ehe die beiden mit dem Buttermesser die Blutsbrüderschaft besiegelt hatten.

«Ich habe in diesem Semester nicht viel Zeit», erklärte er. Stillschweigen; Paul grinste ihn mit weit aufgerissenen Augen an. Die junge Frau betrachtete ihre Hände. Olivier krallte die Zehen in seinen glänzenden Schuhen ein. «Aber ich mache in diesem Jahr ein paar Exkursionen mit den Erstsemestern, vielleicht magst du da mitkommen. Dann lernst du auch noch ein paar andere Studenten kennen.»

Sie blieb bei ihnen stehen und lächelte matt. Paul schlug ihr auf die Schulter, wodurch sie unwillkürlich einen Schritt in Oliviers Richtung machte. «Wunderbar! Warte, einen Augenblick, Olivier. Ich will noch schnell ein Foto von euch beiden machen.» Er hatte den Fotoapparat bereits in der Hand.

«Ich weiß übrigens nicht, ob sie wirklich in meinem Seminar ist», merkte Olivier an, während sie sich nebeneinander fürs Foto hinstellten. Das Zimmer erbleichte vom Blitz.

«Wichtiger Punkt. Ich regle das gleich.» Und weg war er.

Das musste man ihm lassen. Er mochte zwar ein mickriges Männlein sein, doch war er ihm mal wieder überlegen. Olivier starrte eine Zeitlang in seinen Wein und spülte ihn dann hinunter. Sie stand noch immer da und lächelte höflich.

Dann bellte er sie an: «Und wie heißt du?»

«Fie.»

Er sah sie ein paar Sekunden an. «Pardon?»

«F-I-E», buchstabierte sie.

«Und dein Nachname?»

«Schoonhoven.»

Sorry, aber das war ihm nun zu viel.

«*C'est á cause de l'H*», sagte sie. Sie dehnte es so stark, dass es wie *âge* klang.

«Woher kommst du?»

«Niederlande.»

«Ungewöhnlicher Name.»

«Schoonhoven?»

«Nein, dein Vorname.»

«Ah.»

«Was bedeutet er?»

«Nichts. Eine Kurzform von Sofie.»

«Aha. So ist das. Ich hole mir einen Wein.»

Sie sagte nicht, dass sie auch einen gewollt hätte.

Zwei

Auf dem Heimweg in der Metro schlug er ein Buch auf, aber er konnte den Worten nicht folgen. Dreimal las er denselben Absatz und klappte das Buch schließlich wieder zu. Sein Spiegelbild, grantig und grau auf dem schmutzigen Metrofenster, erwiderte unbeirrt seinen Blick. Erst als er aufstand und das Buch wieder in seiner Tasche verstaute, bemerkte er, dass er an den Ecken des Leineneinbands herumgepult hatte.

Fünfundzwanzig Jahre.

Und dennoch.

In seinem Kopf überlagerten sich dieser Tag und der Moment vor fünfundzwanzig Jahren, als lege man die Ecken eines Betttuchs zusammen; und alles, was sich auf dem Laken befand, verschwand in der schmalen Falte des Stoffes. So zusammengelegt erschien ihm sein Leben kurz und simpel.

Sie: Versprichst du mir etwas?

Er: Mmh.

Sie: Wenn es zwischen uns aus ist...

(Er macht die Augen auf.)

... versprichst du mir, dass du dir niemals so eine grässliche Freundin suchst? So ein manikürtes Weibchen, das du dann «Schatzi» nennst. Auch nicht, wenn du alt bist und sie zwanzig ist? Versprichst du mir das?

Er: Ist das dein Ernst?

Sie: Ja. Wenn du nach uns eine törichte Beziehung anfangenwürdest, würde das im Nachhinein alles verderben.

Er: Nein. Das verspreche ich. Sollte es jemals zwischen uns aus sein, verspreche ich, mir eine Freundin zu suchen, die dir möglichst ähnelt.

Sie: Igitt!

Er: Wieso?

Sie: Das wäre ja gerade so, als würdest du etwas mit mir anstellen, wenn ich nicht dabei bin. Das ist Betrug. Eine Art Nekrophilie.

Er: Aber ich will niemand anderen.

Sie: Das ist lieb von dir.
(Sie dreht sich auf die Seite und streicht ihm über die Wange.)
Es gibt nur eine Person, die mir ähneln darf, und das ist mein Kind.

Er: Dann müssen wir wohl ein Kind machen. Dann hab ich noch etwas von dir, wenn du mich verlässt.
(Sie lacht. Sie küsst ihn.)

Drei

Noch am selben Abend bekam er eine Mail mit dem Foto, das Bonnard von ihnen gemacht hatte.

Es dauerte, bis das Bild vollständig heruntergeladen war. Zunächst erschienen die cremefarbenen Vorhänge, dann sein graues Haar, und erst als seine Schultern vollständig zu erkennen waren, baute der Computer strichweise ihr Gesicht auf. Der Kopf wurde ihm schwer und sackte nach vorn und entblößte den breiten Nacken.

Das war Mathilde, wie sie 85 gewesen war. Neben ihr stand ein trübsinniger Mann in einem zerknitterten Leinenanzug. Und zum ersten Mal, trotz der kleinen Anzeichen auf dem Weg, sah er, dass er nun angekommen war. Auf der anderen Seite. Alt. Neben ihr wirkte er fahl, als hätte man ihn unentwegt zusammengefaltet und wieder glatt gestrichen. Tagein, tagaus hatte er sich hinter Computer, in Einbauküchen, in die Metro gezwängt. Und da stand sie, unberührt. Mathildes Phantom.

Sie hatte dasselbe glatte Haar, das locker um ihr apartes Gesicht fiel. Jeans, weiße Bluse, Wolljäckchen. Ganz normal. Aber sie stand steif und kerzengerade da, die Arme am Körper, zwischen ihnen ein kleiner Abstand. Er erinnerte sich daran, wie er sie einst angeschaut hatte, wie sie einst zurückgeblickt und genau unter seinen Arm gepasst hatte. Wieder wurde ihm der Kopf so schwer.

Vier

Als er am darauffolgenden Montag das Universitätsgebäude betrat, erblickte er die junge Frau in der Eingangshalle. Sie studierte die große Pinnwand, über der INFORMATIONEN stand. Selbst von hinten erkannte er sie sofort an ihrer Haltung, an dem glatten blonden Haar, das sie mit einer Klammer am Hinterkopf zusammengefasst trug. Sie hatte auch heute eine Jeans an, und ihre schmalen Pobacken wölbten sich eher nach hinten als zur Seite, genau wie bei Mathilde. Sie suchte etwas in ihrer Tasche, wahrscheinlich ihren Kalender, schlug ihn auf und schaute nochmals auf die Pinnwand. Eigentlich müsste er sie ansprechen. Einen Stundenplan oder einen Stadtplan würde sie dort nicht finden. Aber er spürte, wie sein Mund trocken wurde, und blieb stehen. Ein Kollege von der Kunst des Mittelalters lief vorbei und grüßte. Eine Sekunde zu spät grüßte Olivier zurück, dann ging er mit großen Schritten in Richtung Treppenhaus. Er nahm zwei Stufen auf einmal.

Fünf

An diesem Abend betrachtete Olivier während des Zähneputzens seinen nackten Oberkörper. Die Bewegungen seiner Brustmuskulatur waren deutlicher zu erkennen als noch vor ein paar Jahren. Das Neonlicht warf einen bläulichen Schatten in jede Falte.

Er hatte die Badezimmertür offen gelassen. Als Sylvie auf dem Weg in die Küche vorbeikam, nahm sie seinen Blick im Spiegel wahr. Seine Wangen waren mit Zahnpasta beschmiert. «Ach Gottchen, willst du dir eine Depression zuziehen?» Sie kam ins Badezimmer, löschte das große Licht und schaltete die Lampe über dem Badezimmerschränkchen ein. Ihre Hand strich kurz über seinen Rücken, bevor sie wieder ging. Er hörte den Wasserhahn in der Küche, und ein paar Sekunden darauf rülpsten Blubberblasen in seinem Waschbecken.

Gläser klirrten. Er wusste, dass Sylvie sich jetzt einen Likör gönnte. Aus der Küche fragte sie ihn, ob er auch etwas wolle. Er spülte den Mund aus, und bevor er seinen Bademantel überzog, spannte er noch einmal seine Bauch- und Brustmuskulatur an.

Im Wohnzimmer setzte er sich zu Sylvie aufs Sofa und legte ihr einen Arm um die Schulter. Sie drückte ihm einen Kuss auf seine Hand neben ihrem Gesicht und las weiter. Olivier schaute sich eine Zeitlang mit ihr die Frauen auf dem Hochglanzpapier an. Über der Zeitschrift bewegte sich Sylvies Brust träge auf und ab. Er betrachtete ihr Dekolleté mit den feinen, fächerartigen Falten. Ihre Haut glitzerte leicht durch den Selbstbräuner, den sie benutzte. Sylvie nippte an ihrem Cointreau. Nur wenn man von oben einen Blick auf ihren Scheitel warf, konnte man sehen, dass der Haaransatz grau war. Aus der Entfernung wirkte sie jünger als er. Manchmal bekam er Komplimente dafür. «Gute Wahl», hieß es dann. Sylvie wusste tatsächlich immer sehr genau, wie sie sich kleiden und was sie sagen musste. Was sie tun musste. Einen weißen Strauß und ein Körbchen mit Rosenblättern, hatte sie ihm geraten, als er seine Mutter beerdigen musste. Ein Glück, dass er beides dabeigehabt hatte. Und dass Sylvie neben ihm in tadellosem Schwarz den alten Leuten in der Kirche zugenickt und gelächelt hatte, während er auf den Sarg starrte. Die eingefallenen Wangen seiner Mutter waren himbeerrot geschminkt gewesen, wie für Halloween verkleidet, und als könnte sie jeden Moment aufspringen. In der Nacht war er aufgeschreckt, mit dem panischen Gefühl, er läge auf der rutschigen Kunstseide aus dem Sarg. Es dauerte etwas, bis sich die Konturen um ihn herum zu einem Hotelzimmer zusammengefügt hatten. Neben ihm lag Sylvie. Sie schnarchte leise; ein schleppendes Geräusch bei jedem Atemzug, dessen leichte Schwingungen er spüren konnte, als er sich an ihren Rücken geschmiegt hatte. Das hatte ihn beruhigt.

Wie anders hatte er sich bei Mathilde gefühlt. Niemand konnte ihn so sehr in die Enge treiben wie sie. Er erinnerte sich daran, wie sich seine Bauchmuskeln zusammengezogen hatten, als sie in einem Lokal mit der flachen Hand verärgert auf den Tisch geschlagen und sich alle vorwurfsvoll zu ihm umgedreht hatten. Oder als sie mitten auf der Straße Kopf und Schultern unter sein T-Shirt gesteckt, die Arme um ihn geschlungen, sich geweigert hatte, ihn loszulassen, und sich vor Lachen geschüttelt hatte. Wenn er damals die Wäsche zusammengesucht hatte, konnte er riechen, ob es ein Tag mit Mathilde gewesen war.

Sie waren gleich alt gewesen, aber sie hatte älter gewirkt. Vielleicht, weil sie schon immer in Paris gelebt hatte. Frech wie ein Spatz aus der Stadt war sie, wohingegen er sich trotz seiner kräftigen Statur am liebsten versteckt hatte. Manchmal, wenn ihn niemand sah, hatte er sie gepackt und sie sich über die Schultern geworfen, oder er hatte sie errötend gegen eine Mauer gedrückt.

Wahrscheinlich hätte sie gelacht, wenn sie ihn hier so hätte sitzen sehen, inmitten seiner alphabetisch geordneten Bücher. Olivier ließ den Blick durch sein kleines, ordentliches Wohnzimmer schweifen und erinnerte sich daran, als er zum ersten Mal bei ihr gewesen war, in ihrem Studio in Montparnasse, das sie später gemeinsam bewohnen würden. Überall lagen Kleidungsstücke herum, Bücher und Sachen, die sie irgendwo aufgetrieben hatte: der Schädel eines kleinen Raubtiers, Jonglierbälle, eine rote Perücke auf den Beinen einer Modellpuppe. Vorsichtig hatte er sich einen freien Platz auf ihrem Bett gesucht. Es war im Winter, und das Dachfenster verfärbte sich orange, als die Sonne unterging. Mathilde wollte sich das ansehen. Sie lief ins Treppenhaus und öffnete dort das Kippfenster in der Schräge über dem Treppenloch. Sie musste sich vorbeugen. Um bessere Sicht zu haben, stellte sie einen Fuß aufs Treppengeländer und zog sich ein Stück am Fensterrahmen hoch.

Er stand da und unterdrückte den Impuls, sie festzuhalten. «Sei bitte vorsichtig!»

Sie sah ihn an, zwischen den Zähnen tauchte ihre Zungenspitze auf. Dann zog sie sich plötzlich ganz hoch, für einen Moment schwebten ihre Beine über dem Treppenloch von fünf Stockwerken, bevor sie durchs Fenster nach draußen kletterte.

«Was machst du da?», schrie er.

Er wollte den Kopf aus dem Fenster stecken, um zu sehen, wo sie war, aber er traute sich nicht, sich vorzubeugen.

«Komm doch!»

Er hörte, wie sie auf dem Dach herumpolterte. Drinnen, auf der Treppe, waren nur seine Atemzüge zu hören. Vorsichtig kletterte er aufs Treppengeländer und steckte Kopf und Schultern hinaus.

Mathilde stand in der Dachrinne, mit dem Rücken zur Straße unter ihr, und stützte sich mit den Händen am Schiefer des Dachs ab. Sie konnte knapp darüber hinausschauen.

Ihr Gesicht und ihr Atem glühten orange im letzten Sonnenlicht.

«Wow!», hörte er sie sagen. «Olivier, das musst du dir ansehen!»

«Mathilde, komm jetzt bitte zurück, das ist ziemlich waghalsig, was du da machst. Wir können ja ein bisschen spazieren gehen, wenn du magst, aber...»

Sie sah noch nicht einmal zu ihm, sondern machte Anstalten, auf das flache Dach zu klettern. Olivier spürte, wie sein rechtes Bein anfing zu zittern.

«Gleich krachst du noch durch! Hör auf damit, vielleicht ist es glatt!»

«Aber es ist so schön. Schau, die Stadt!»

«Ich glaube, das ist strafbar.»

Bei ihrem Lachen wurde es ihm ganz heiß. Sie sah ihn an und wartete. Und dann kraxelte sie sekundenschnell auf das Flachdach.

Nun zitterten ihm beide Beine.

«Traust du dich nicht?», rief sie. Für einen Moment stand er unentschlossen auf dem Geländer im Treppenhaus. Dann stieß er sich ab, seine Füße baumelten bleischwer und er zwängte sich hinaus. Mit beiden Händen musste er sich am Fensterrahmen festklammern, um nicht vornüberzustürzen, und er stellte sich während der Sekunde, die er gehockt in der Dachrinne saß, fünf verschiedene Arten vor, wie er hinunterfallen könnte. Ein Purzelbaum, ein Hechtsprung, stolpernd, rücklings ins Treppenhaus, durch die Rinne hindurch, die unter seinen Turnschuhen knarzten, oder war es das Eis? Er schaute nicht hinunter und plötzlich lag er neben ihr. Außer Atem und am ganzen Körper zitternd. Mathilde umschlang ihn mit beiden Armen und lachte ihm ins Ohr.

«Nachher schließt noch jemand das Fenster», sagte er, «dann sitzen wir hier ganz schön in der Patsche.»

Sie zog eine Grimasse. «Wenn das mit deinem Studium nichts wird, kannst du dich immer noch beim Rettungsdienst bewerben. Dir fällt wirklich immer das schlimmstmögliche Szenario ein.»

Aber dann. Sich aufrecht hinsetzen. In der Kälte hafteten seine Hände am Dach fest, und die eisige Luft drang durch seine Jeans und stach ihm in die Haut. Er fühlte, wie sich seine Hoden zusammenzogen, atmete ein paarmal tief durch und bemerkte, wie das Zittern seiner Knie allmählich nachließ. Links von ihnen ragten die kahlen Bäume vom Friedhof aus dem Dunkel zum Himmel hinauf. Drum herum waren die Dächer, die Lichter, der unsichtbare summende Abendverkehr. Der Himmel über Montparnasse war wie eine eingefrorene Explosion. Mathilde wandte sich zu ihm, ihre Zunge war an seinen blauen Lippen glühend heiß. Er hatte böse auf sie sein wollen, war es aber nicht. Immer kam es anders als gedacht. Dafür schöner.

Auf dem Sofa im Wohnzimmer drückte er Sylvie an sich, legte ihr die Hand auf die Schulter und bewegte sie wie eine Puppe hin und her. Sie brummte zufrieden, ohne aufzuschauen. Als er nicht aufhörte, legte sie ihre Lesebrille auf den Beistelltisch und schlug die Zeitschrift zu.

«Sollen wir uns noch eine Serie anschauen, bevor wir schlafen gehen?», fragte sie.

«Ist gut.»

Sie stand auf, und wenig später erklang die Titelmusik einer englischen Krimi-Serie. Olivier atmete den Duft von Coco Mademoiselle ein, angereichert mit Sylvies Körperwärme. Er sank auf dem Sofa zurück und schlug die Beine übereinander. Das Beste war, sich nicht all zu sehr mit der jungen Frau zu beschäftigen. Dann würde es schon schiefgehen.

Sechs

Am nächsten Tag saß sie in seinem Seminar. Er grüßte sie nicht. Knapp erläuterte er das Semesterziel. Zu Beginn jeder Stunde konnten die Studenten Fragen zur Vorlesung stellen, außerdem hatte jeder einen Essay zu schreiben und in zwanzig Minuten ihre oder seine Ergebnisse zu präsentieren.

Immer wenn er zu ihr hinschaute, verlor er kurz den Faden und musste seine Gedanken mühsam wieder in die richtige Bahn lenken. Sie saß etwas abseits mit hochgezogenen Schultern, als wolle sie möglichst wenig Platz einnehmen. *Sie* hatte nicht so dagesessen. Wie hatte sie denn eigentlich gesessen? – entspannter, ja, und sie hatte immer mit dem Fuß gewippt. Und wenn er dann den Fuß festhielt, zuckte es an einer anderen Stelle bei ihr. Ihre Nasenflügel vibrierten beim Lachen. Ihre Nase, hatte die auch so ausgesehen? Vielleicht etwas runder. Er schaute wieder weg.

Sieben

Er zog den alten Schuhkarton, in dem er seine Fotos aufbewahrte, aus dem Bücherregal hervor. Auf dem weißen Aufkleber war eine Abbildung der ersten feinen Lederschuhe, die er sich aus Anlass seines Examens in seinem Leben gekauft hatte. Er hatte die Sohlen schon längst durchgelaufen. Obwohl er den Karton seit Jahren nicht mehr angerührt hatte, hatte er nie vergessen, was sich darin befand. Um an den Karton heranzukommen, musste er die Stereoanlage verschieben, den Konsolentisch abräumen und zusammenklappen und die Trittleiter aus der Küche ans Regal stellen.

In der Abendsonne hatte der Karton einen Glorienschein aus Staub. Olivier ließ sich damit auf dem Bettrand nieder und breitete seine Fotos auf der Decke aus. Mathilde. Die meisten Fotos waren verschwommen, ihre Haut flaumig. Er suchte nach einem Foto, auf dem man ihre Nase gut erkennen konnte, ein Seitenprofil, aber er fand keins. Schmal und klein, dachte er.

Aus jedem Foto stieg eine Wolke der Erinnerung auf. Stimmen, Geruch, ein heftiger Streit, großes Glück. Er hielt sie sich nahe vors Gesicht. Das Fotopapier fühlte sich stumpf an den Fingerspitzen an.

Er hörte das Klacken der aufgehenden Wohnungstür und wie sie wieder geschlossen wurde. Hastig schob er die Bilder zusammen.

«Hallo, Schatz.»

Ein paar Schritte und Sylvie stand im Schlafzimmer. Sie warf ihren Mantel und die Schlüssel auf den Sessel, ließ sich rücklings aufs Bett fallen und küsste ihn auf den Mund. Das Zimmer schrumpfte.

«Puh, es ist noch immer drückend draußen. Meine Studenten waren heute so unruhig… Was hast du gerade gemacht?»

«Alte Fotos angeguckt.» Sylvie rollte sich auf den Bauch und sah auf die Fotos, die er wieder in den Schuhkarton zurückschaufelte. Sie fischte sich eins heraus.

«Wer ist das?»

«Oh, meine erste Freundin.»

«Wie hieß sie noch gleich?»

«Mathilde.»

«Ah, das ist also Mathilde.»

«Ja.»

«Hübsch. Hast du an sie denken müssen?»

«Mmh. Ich habe heute jemanden gesehen, die mich an sie erinnert hat.»

Sie griff nach einem anderen Foto und sah es sich an. «Nicht zu fassen, schau dir mal die Kleidung an, in der wir damals herumgelaufen sind. Ich glaube, meine Haare waren auch so buschig. Wie altmodisch! Ich finde, ich sehe heute jünger aus als damals.»

Sie lachte, streifte die Espandrilles ab und kreuzte die Füße.

«Wo wollen wir heute essen? Ich glaube, Lucie und Tom gehen ins L'Epoque. Dort gibt es heute *pot-au-feu*.»

Er betrachtete sie, während sie sich eine Zigarette ansteckte, und versuchte sich daran zu erinnern, wie sie gewesen war, als sie sich kennenlernten. Immer dieselbe; sie war immer dieselbe. Genauso hatte er sie kennengelernt, auf dem Bett liegend, rauchend.

Auch sie kam, wie er, nicht aus Paris, sondern aus einem kleinen Dorf in Zentralfrankreich. Deswegen gab sie sich trinkend, flanierend, Nonchalance vortäuschend so viel Mühe, eine Pariserin zu sein. Die Fußnägel hatte sie sich rosa lackiert. Es fehlte nicht mehr viel, und sie war ein Mädchen mit faltigen Füßchen in Espandrilles, in den faltigen Händen einen *kir aligoté*. Aber sie hatte immer eine junge Pariserin sein wollen, und sie blieb eine junge Pariserin, festgewachsen in ihrer Blütezeit.

Er hatte angenommen, dass ihre unveränderliche Art sie

berechenbar machte, doch allmählich merkte er, dass er sich irrte. Seine Kenntnis prallte an ihren unerschütterlichen Gewohnheiten ab, sie war politisch eher links, sie ging zum Yoga und sie hätte auch nichts dagegen gehabt, lesbisch zu sein. Sie mochte süßliche Getränke. Ihre Nasenflügel wurden weiß, wenn sie sehr wütend war, und wenn sie sehr wütend war, durfte er sie keinesfalls zum Lachen bringen, das würde sie ihm nie verzeihen.

Sie stupste ihn mit ihrem rosa Zeh an.

«He, Romantiker, lass uns aufbrechen!»

Den Karton mit den Fotos ließ er auf dem Kaminsims stehen.

Im Bistro wählten sie ihren Stammplatz am Fenster, das an diesem Abend weit geöffnet war. Sylvie, er selbst, Lucie und Tom: Auf den gerahmten Fotos an der Wand waren auch sie einige Male zu sehen, sie hatten hier schon mehrmals ins neue Jahr hineingefeiert. Olivier war der Tresen aus braunem Holz so vertraut wie seine eigene Küchenanrichte.

Vier Gläser Wein wurden vor sie hingestellt. Sylvie hob das Glas, hob ihre kleine Hand mit den lackierten Fingernägeln, und sie prosteten sich zu. Wie immer begleitet von einem *nastrovje*, dem einzigen polnischen Wort, das sie kannte. Er antwortete mit *cincin*. Eines der Rituale, die wie ein Stoßdämpfer zwischen ihnen funktionierten, eine federnde Gummischicht zur Vermeidung von Kurzschlüssen.

Olivier ließ das Gespräch an sich vorbeiplätschern und beobachtete die Leute, die draußen vorbeigingen. Die meisten hatten einen schleppenden Gang. Sie wirkten erschöpft von der Hitze.

Unmerklich wurde es Abend, mit Schleiern aus Smog.

Nach dem Essen verabschiedete sich Olivier, weil er noch eine Runde um den Block gehen wollte. Sylvie blieb an der Bar hocken und entblößte beim Lachen ihre Zähne, die lila vom Wein waren. Ihr Lippenstift war in die Mundwinkel gekrochen. Wenn sie auf so etwas nicht mehr achtete, wurde der Abend meist sehr lang bei ihr.

Er wählte einen Umweg über die rue Michelet, damit er seine alte Route nach Montparnasse nehmen konnte. Vorbei an den Universitäten, den Ateliers in der rue de la Grande Chaumière, durch die Straßen, die er so oft entlanggelaufen war, dass er nur noch Einzelheiten wahrnahm. Nach dem Bruch mit Mathilde hatte er sie gemieden. Wie lange war er schon nicht mehr hier gewesen? Jahre, mit neuen Geschäften, neuen Ladenschildern und neuen Gesichtern, die seine Erinnerungen überdeckten.

Am Eingang ihrer Straße blieb er stehen, halb versteckt hinter einem Kiosk. In diesem Moment war sie noch die Straße von früher, ginge er nun weiter, würde er die Gegenwart mitnehmen.

Hier und da wurden hinter den Fenstern die Lichter eingeschaltet. Die Luft hing wie ein feuchtes Tuch über den Dächern, schmutzig gelb durch den Widerschein der Stadt. Olivier suchte in den Taschen nach einer Zigarette.

Vor fünfundzwanzig Jahren hatten sie zusammen in Mathildes kleiner Bude gewohnt, eingeklemmt zwischen den Häusern der rue Gaîté und der Friedhofsmauer von Montparnasse. Mathilde hatte das Bett möglichst weit von der Ostwand weggestellt, sonst würden sie fast Kopf an Kopf mit den Toten liegen, hatte sie gesagt.

Es gab Zeiten, da ging es ihr richtig gut, *bien remplie* nannte sie das. Dann war ihr hübscher kleiner Körper von einer zusätzlichen Schicht Lebensprallheit überzogen wie ein Glas, das man bis oben hin einschenkt, bis sich die Flüssigkeit über dem Rand wölbt. Und dann gab es Zeiten, da schien sie zu schrumpfen und sich in ihr Innerstes zurückzuziehen. Ihre Haut und ihre Haare wurden matt. Diese Phase nannte sie *le vide*, und während dieser Leere wollte sie nicht in die Nähe der Ostwand kommen, an der sich die Küchenzeile befand.

Sie wollte nicht hinausgehen, aß nur wenig, und wenn Olivier sie dazu animierte, aß sie überhaupt nichts mehr. Der Abstand zwischen dem einen und dem anderen Extrem ihrer Stimmungen war so groß, dass er eine Tageswanderung brauchte, um ihn zu überbrücken. Oft verfehlte er sie unterwegs.

Doch die Leere hielt nicht so lange an. Die meiste Zeit war Mathilde überschäumend, schnell und lebhaft. Oft bekam er einen Schlag versetzt, wenn er ihre Haut berührte. Die blonden Härchen auf ihren Arm knisterten leise unter seinen Fingern.

Olivier stand noch immer an der Straßenecke, als die ersten Regentropfen fielen. Dicke spätsommerliche Tropfen zerplatzten auf den staubigen Steinen und hinterließen schwarze Sterne. Die Passanten suchten Schutz unter den Markisen der Cafés. Auch Olivier fing an zu laufen. Fast aus Gewohnheit, um schnell zu Hause zu sein, nahm er die letzten hundert Meter bis zu seiner alten Haustür im Trab. Dort blieb er stehen, in der Haustürnische von Nummer acht, impasse de la Gaîté.

Er brauchte keinen Schlüssel. Er wusste auch so, was sich hinter der Tür befand. Von hier aus fand er den Weg durch die lange Eingangshalle blind, über die ausgetretenen Treppenstufen zum fünften Stock, durch den Vorflur und die klemmende Tür und dann ins letzte blasse Licht, das durch das Dachfenster aus Riffelglas in das kleine Zimmer fiel. Mathilde war schon da. Sie saß im Bett in seinem Lieblingshemd, das auch ihr Lieblingshemd war, ohne Licht und lauschte. Er zog sich die Schuhe aus und setzte sich zu ihr. Auf dem Dach wirbelte der Regen. Zunächst vereinzelte Tropfen, die sich langsam aufreihten; sie warteten, bis erneut Tropfen erklangen, diesmal auf dem Boden. Olivier holte die Teebecher und den Topf, stellte den Topf auf den Tisch und verteilte die Becher im Zimmer auf dem Boden. Mathilde wollte das Dach nicht reparieren lassen. Dachdecker waren teuer, das Ritual aber schön romantisch.

Nachts wurde das Halbdunkel vom Plopp-plopp erfüllt, mit dem die Wassertropfen aufprallten, um auf einer Wasserzunge wieder nach oben zu schnellen. Tropfensäulen verbanden den Boden mit dem Dach.

Mathilde hatte alle Kissen und Decken auf einer Bettseite gestapelt und saß dort zusammengerollt. Sie wippte mit dem Fuß, den Olivier festzuhalten versuchte, und schlängelte ihre Beine zwischen seinen hindurch. Seine Plattfüße schauten unter der Decke hervor.

«Gleich verknotest du dich hier noch. Du bist aber auch wirklich riesig.» Er genoss es, einen so großen Körper zu haben. Im Stehen reichte sie ihm bis zur Schulter. Sie behauptete immer, sie habe genau die richtige Größe für Paris, er aber sei zu groß für diese eingedickte Stadt. Und wenn sie mal ein Kind zusammen haben wollten, würde das nicht in sie hineinpassen. Er legte dann eine Hand auf ihre schmale Taille – mit beiden Händen konnte er sie umfassen – und sagte: «Dein Bauch wird schon mitwachsen.»

Als es hell wurde, waren die Becher gefüllt. Olivier hatte einen auf dem Weg zur Toilette umgekippt. Schnell hatte er alles aufgewischt. Als er wieder ins Bett zurückkroch, hatte Mathilde die Augen geschlossen und atmete tief, aber er dachte, sie würde lachen. Ihre Wangen waren für eine Schlafende zu straff gespannt.

Olivier stand mit dem Rücken zur Haustür im Türsturz, und der aufspritzende Regen färbte seine Hosenbeine dunkel. Er wollte abwarten, bis der Regen nachließ. Je länger er dort stand, desto deutlicher erinnerte er sich: willkürliche Szenen, Gesprächsfetzen, bei denen er sich nicht sicher war, ob er sie vielleicht gerade erfand. Der junge Mann, der darin vorkam, war so anders als er.

Der verchromte Türknopf drückte sich in sein Kreuz. Hinter dieser Tür befand sich damals das Epizentrum seines Lebens. Der Rest der Stadt fungierte nur als Dekor für das, was er hier erlebte. Es war eigentlich ziemlich egal, wer sich noch in ihr bewegte. Sogar Mädchen, die hübscher waren als Mathilde, fand er hässlicher. Hatte er das tatsächlich so empfunden? Vielleicht waren das gar nicht seine eigenen Gefühle gewesen, sondern er hatte es nur aus irgendeinem Roman geklaut? Zurzeit wurden die Mädchen jedenfalls immer schöner.

Als der Schauer vorüber war, ging er zurück ins Bistro. Von der gegenüberliegenden Straßenseite aus konnte er sehen, wie Sylvie an der Bar saß, ihr Weinglas zwischen den Fingern drehte, während sie mit dem Barmann schäkerte.

Sie lachte, als er eintrat, und erhob sich leicht.

«Na, schön spazieren gegangen?», sagte sie.

«Schön getrunken?»

Sie sah ihn kurz an, und ihm wurde bewusst, dass er den falschen Ton angeschlagen hatte. Er legte ihr eine Hand auf die Schulter und trank einen Schluck aus ihrem Glas. Der Barkeeper entfernte sich ein wenig.

«Es hat angefangen zu regnen, da habe ich mich untergestellt.»

«Das habe ich gesehen.»

«Guter Wein», sagte er.

«Geht aufs Haus.» Sie zog eine Augenbraue hoch und grinste.

«Kein Wunder, er genießt den Anblick.»

Sie lächelte milde, beruhigt. Olivier täuschte gelegentlich Eifersucht auf ihre Verehrer oder ihre Eskapaden vor. Das war einfacher als ein echtes Kompliment und wirkte besser. Er wusste, dass sie nicht fremdging. Solche Sachen kommentierte sie seufzend nur mit: «Das bringt doch nichts als Ärger.»

Er war vor einem Jahr fremdgegangen. Sie hieß Manon. Er spürte wieder den klangvollen Namen im Mund. Sie waren sich im Museumsshop begegnet, als sie beide gleichzeitig nach derselben und außerdem letzten Postkarte gegriffen hatten, einem schwarzen Gemälde von Soulages. Sie hatte gesagt, dass er die Karte gerne haben könne, weil ihr ein anderes Gemälde eigentlich besser gefallen habe, aber davon gebe es keine Karte. Er wiederum fand, dass sie sie doch nehmen sollte. Und so kamen sie ins Gespräch. Offenherzig legte Olivier los und gab grobe Eckdaten von sich preis. Er empfahl ihr eine andere Ausstellung, die ihr gewiss auch gefallen würde. Sie antwortete sehr bestimmt, dass sie diese Ausstellung bereits besucht habe und dass ihr der Zusammenhang, der zwischen beiden Ausstellungen hergestellt würde, nicht klar geworden wäre, und fragte, ob ihm die Ausstellung denn gefallen habe.

Nein, nein, natürlich nicht, er stimme ihr vollkommen zu.

Von diesem Moment an wollte er von ihr bewundert werden.

Sie habe recht, hatte er gesagt, aber es gebe auch noch andere interessante Ausstellungen; am Freitag wolle er sich das Kupferstichkabinett im Louvre anschauen, dort zeigten sie eine Serie von Watteau. Aber auch seine Gemälde. Das wäre bestimmt schön.

Am Freitag war sie da. Als er sah, wie bewusst sie sich gekleidet hatte, wusste er, dass das für ihn gedacht war.

Sie war älter als er. Nicht viel, aber sie färbte sich die Haare nicht; wilde weiße Locken, die im Nacken noch schwarz und grau waren. Sonst war sie schlank und von einer unbeirrbaren Stilsicherheit. Sie hatte glatte gebräunte Wangen. Ihre Lippen waren rosa und sie ähnelte vielleicht ein wenig gepuderten Damen mit Perücke. Zwei Wochen nach ihrer ersten Begegnung kam sie mit zu ihm nach Hause, und sie gingen das erste Mal miteinander ins Bett. Ihr Sex war aufmerksam und ehrlich. Als sie schlief, beobachtete er sie fast eine Stunde lang, ganz aus der Nähe, mit pochendem Herzen. Er konnte nicht schlafen. Er hatte vergessen, dass er so ängstlich in der Liebe war.

Nach zwei Monaten kam sie dahinter, dass er nicht allein war und damit nicht nur ihr gehörte. Als er die Wohnungstür zuschlagen hörte, rannte er aus dem Bad und entdeckte auf dem Tisch seinen Kalender, aufgeschlagen an dem Datum, an dem er sein neunjähriges Jubiläum mit Sylvie hatte, das sie selbst mit rotem Stift dort eingetragen hatte. Sie hatte ein Foto von ihnen in Herzform ausgeschnitten und es daneben geklebt. Ein Handtuch um die Hüften geschlungen, holte Olivier Manon nach vier Treppenabsätzen ein und versprach ihr, ihr alles erklären zu können. Mit eisiger Skepsis folgte sie ihm nach oben. Verunsichert stand er vor ihr. Sie blickte ihn an, als würde er sein Inneres auf der Haut tragen.

Wie hatte er nur etwas mit ihr anfangen können, wo er doch eine andere hatte? Ob er sich wirklich so unwiderstehlich fände, dass er glaubte, ein Anrecht auf zwei Frauen zu haben?

Olivier verteidigte sich, während ihm das Wasser an den behaarten Beinen herunterrann. Er sagte, dass er die andere auch lieben würde. («Hat sie keinen Namen?»), aber dennoch könne er auch sie, könne er sie beide …? Lieben?

Manon habe ihm so sehr gefallen. Als er das sagte, sie lieben, schnaufte sie und hob das Kinn, aber er meinte es wirklich so. Erst im Nachhinein erschreckte es ihn, dass er so viel Raum für sie gehabt hatte. Mit geschlossenen Augen überlegte er, an jenem Nachmittag und jetzt wieder, hier mit Sylvie in dem Bistro sitzend, wie viel Raum für sie übrig geblieben war. Genauso viel wie am Anfang, nicht weniger. Raum war endlos.

Manon hatte nicht einmal auf das, was er gesagt hatte, reagiert. Sie stand da mit roten Flecken auf den Wangen und sagte nur noch, bevor sie die Wohnung verließ: «Wenn du mir folgst, reiße ich dir das Handtuch runter.»

Er kannte ihren Namen und ihre Handynummer, nicht aber ihre Adresse. Drei Tage später lag die Postkarte in seinem Briefkasten. Ohne Text. Er hatte sie weggeworfen. Und dennoch war sie von allen Karten, die er je bekommen hatte, die einzige, an die er noch dachte.

Dass Sylvie damals nichts bemerkt hatte, hatte ihn erstaunt. Sie hatte nur einmal nachgefragt, als sie ein Kosmetiktuch mit Lippenstift im Bad gesehen hatte. Aber dabei blieb es. Jedenfalls hatte sie ihn nie beschuldigt, also hatte er sich auch nie schuldig gefühlt. Es hatte keinen Ärger gegeben.

Es war halb eins, als er Sylvie von der Bar auflas und mit nach Hause nahm. Lucie und Tom saßen am Fenster und knutschten herum. Er fragte sich, ob sie sich eigentlich auch berührten, wenn ihnen niemand dabei zusah.

Sylvie war nach wenigen Minuten bereits eingeschlafen. Olivier hingegen war hellwach. Er betrachtete sie, während sie schnarchte. Er versuchte zu lesen. Schließlich warf er sich wieder die Jacke über und zog leise die Tür hinter sich zu.

Wenn er nicht schlafen konnte, machte er gern einen Spaziergang. Er hatte einen imaginären Hund. Er führte ihn in dieser Stadt aus, die auch nur vorgeblich seine Stadt war. Bei jedem Passanten, dessen Beine sich in der Leine verhedderten, und bei jedem Auto, das quietschend bremste, dachte er: Besser so, dass es dich nicht gibt, mein liebes Tier, du wärst hier schon einige Male ums Leben gekommen, vom Balkon gesprungen oder von einem Auto überfahren worden. Sylvie hatte recht, dass für einen Hund hier kein Platz war.

Er könnte aus der Stadt und ins Grüne ziehen, wie alle Leute mit Hunden oder Kindern. Manchmal dachte er darüber nach, so wie man über den Tod nachdenkt und darüber, was danach kommt; da gab es vor allem Stille und die verstreuten Sonnenflecken unter den Platanen. Ansonsten schmückte er seine Vorstellungen nicht weiter aus. Alles, was für ihn wichtig war, das vereinte Paris.

Schon wieder trat jemand auf seine Leine. Ein Schuh mit hohem Absatz. Bei Schuhen mit hohen Absätzen reagierte er milde.

Sylvie wachte nicht auf, als er wieder nach Hause kam und zu ihr ins Bett kroch. Sie drehte sich nur um, als er ein Stück der Decke aus ihren Armen zog, und schlief dann weiter, jeden Atemzug stetig und schleppend hereinholend.

Acht

In der zweiten Semesterwoche kam die Auslandsstudentin, kam Fie nach dem Seminar zu ihm. Sie habe über Cézanne gelesen, dass er seine Gemälde oft unvollendet gelassen hätte. Ob sie ihren Essay darüber schreiben dürfe? Ihr Französisch war passabel, aber sie sprach langsam und betont. Sie prüfte jedes Wort auf der Zunge, das verlieh ihren Vokalen etwas Üppiges.

«Hast du *Le Chef-d'œuvre inconnu* schon einmal gelesen? Von Balzac?»

Sie schüttelte den Kopf.

«Nun ja, Cézanne aber sehr wohl. An deiner Stelle würde ich mal damit anfangen.» Das klang barscher, als es gemeint war. «Honoré de Balzac, den kennst du doch sicherlich? Seine Novelle handelt von einem alten Künstler, der sein Gemälde nie vollendet.»

Sie nickte und fragte: «Wo krieg ich das?»

«In jeder gut sortierten Buchhandlung.»

Sie bewegte sich nicht.

«Kennst du eine?»

Erneutes Kopfschütteln. Also gut dann, er hatte es Paul versprochen. Inzwischen hatten alle den Seminarraum verlassen.

«Dann komm mal mit. Ich zeig dir eine Buchhandlung, sie liegt ohnehin auf meinem Weg.»

Kaum hatte er das ausgesprochen, bereute er es auch schon. Er lief zwei Schritte vor ihr, bis sie das Gebäude verlassen und um die Ecke gebogen waren. Sie verwirrte ihn. Irgendetwas stimmte nicht mit ihr. Sie versetzte ihm jedes Mal aufs Neue einen Schock, einen physischen Schock, als würde man einen Schluck Tee trinken und dann feststellen, dass es Kaffee war. Sie benahm sich nicht merkwürdig und machte auch nichts falsch, aber sie war ihm unheimlich. Sie ähnelte ihr, aber sie war es nicht.

Er nahm sie mit zu *L'Arbre à Lettres* am Fuß der rue Mouffetard. Dort drückte er ihr das Büchlein in die Hand und schaute zu, wie sie es aufschlug. Er selbst zog ein paar Titel aus dem Regal, blätterte zurück zu vertrauten Stellen, las ein wenig. So standen sie dort ein paar Minuten lang.

Sein Körper erinnerte sich an andere Dinge. Er stellte sich neben sie und stieß sie leicht an die Schulter. Als er lachend aufsah, um ihr etwas zu zeigen, bemerkte er ihren erschrockenen Gesichtsausdruck. Er spürte, dass er errötete. Schon sehr lange war nicht mehr so viel Blut in seine Wangen geflossen, und sie begannen zu schmerzen. Am liebsten hätte er das Buch in seinen Händen zerrissen. Stattdessen stellte er es ins Regal zurück, nickte ihr kurz zu und verließ leise fluchend den Laden. Sein altes Spiegelbild in der Glastür schwang zur Seite, um ihn hinauszulassen. Zu Hause strecke er sich erst einmal auf dem Sofa aus. Er bewegte sich nicht, er spürte seinen pochenden Herzschlag im Hals und im Schritt.

Er hatte das Gefühl, sein Körper, der wie ein ungehorsames Pferd den Pfad mit den vertrauten Stellen einschlug, würde ihn als Geisel nehmen. Leise schimpfte er mit seinem Schwanz, während er ihn auspackte und sich einen runterholte. Er schimpfte auch mit ihr, der jungen Frau, die aus einem alten Bild wie eine neue Manifestation aufgestiegen war.

Sie brauchte nur den Kopf zu neigen, und schon sah er den Knutschfleck, den er am Hals hinterlassen hatte, und das Tuch, mit dem Mathilde ihn verhüllt hatte, den Zopf, der darüberglitt, er sah Mathilde lesend, schreibend, schlafend, nackt. Liebend. Wie sie auf ihm saß und auf ihn hinabblickte. Er dachte an die schmalen, beweglichen Hüften. Hätte er jetzt Ton, könnte er sie mühelos nachbilden: Er konnte sich noch genau an die Formen erinnern, an den Seiten leicht abgeflacht, die Pobacken einer Sportlerin. Wenn Mathilde sie nach dem Duschen gegen die beschlagene Tür der Kabine drückte, hinterließen sie zwei ovale Stellen. Währenddessen lag er dann auf dem Bett, nur ein paar Meter von der Duschkabine entfernt, die direkt neben der Küchenzeile eingebaut war, und betrachtete Mathilde. Sie versteckte sich nie. Manchmal drückte sie auch ihre Lippen oder ihre Brustwarzen ans Glas der Kabine. Der Abdruck verschwand nur langsam, doch er tauchte gleich wieder auf, wenn Olivier duschen ging und das Glas erneut beschlug. Dann malte er ein Gesicht um ihre Lippen oder legte eine Hand auf den Abdruck ihres Hinterns. Während Mathilde zu ihm schaute und lachte oder ihr Gesicht vor Vergnügen in den Kissen verbarg, bückte er sich zu den kleinen Schamhaarlöckchen hinunter, die Mathilde hinterlassen hatte, und fuhr mit zitternder Zunge über das Glas.

Oliviers Mund war trocken. Da lag er nun mit seinen zweiundfünfzig Jahren, seinen hundert Kilo und der Hose auf den Knien.

Er hätte es zu gerne ihr in die Schuhe geschoben, diesem Mädchen. Doch Fie tat eigentlich nichts, gar nichts, als wollte sie als Tapete fungieren. Wieso hatte sie keine seltsame Nase oder sonderbare Augen, dann hätte er sie wenigstens als merkwürdig abspeichern können, und sie wäre wieder aus seinen Gedanken verschwunden. Mensch, hätte er dann zu sich gesagt, worin besteht eigentlich die Ähnlichkeit? Aber sie hatte nichts Merkwürdiges getan. Sie war so dehnbar wie eine Seifenblase im Wind und nahm mühelos Mathildes Gestalt an.

Er erhob sich vom Sofa, um sich zu waschen. Außer Scham empfand er auch so etwas wie Rührung. Dass er nach so vielen Jahren noch so sehr erregt werden konnte.

Neun

Am Dienstagmorgen trafen sie sich alle um neun Uhr an der Metrostation Michel-Ange Auteuil. Es war die erste Exkursion in diesem Semester. Olivier war bereits da und wartete oben an der Metrostation auf die anderen. Er betrachtete das versprenkelte Sonnenlicht auf dem Kopfsteinpflaster und die Schuhe der Passanten. An Schuhen konnte man so einiges ablesen. Welchen Preis und welche Unbequemlichkeit ihre Träger auf sich nahmen, um zum Beispiel größer zu erscheinen oder dafür zu sorgen, dass man sie von unten nach oben musterte. Hier, im schicken sechzehnten Arrondissement, sah er viele hohe Absätze, viel Veloursleder, Schnallen, Troddeln. Einige Schuhe, platt und staubig, dachten wiederum nur daran, möglichst schnell vorwärtszukommen. Seine eigenen Schuhe hatte er eben frisch geputzt.

Um fünf Minuten nach neun brach er mit zwanzig Studenten im Schlepptau auf. Ein Schwarm folgte ihm durch die Straßen, dicht nebeneinander oder aufgefächert, wenn der Gehweg dies zuließ, ohne eine Lücke aufkommen zu lassen. Dass man zwanzig Personen so schnell zu einem Netz verspinnen konnte. Fie war die Einzige, die herumschwirrte, ohne die Fäden des Netzes zu spüren. Olivier überlegte, ob ihr das wohl etwas ausmachte. Sie musste es doch wenigstens merken. Doch abgesehen davon, dass sie nicht dazugehörte, merkte man ihr nichts an. Ihr Gesichtsausdruck wirkte neutral, jedoch nicht entspannt. Sie hüllte sich in ein Schweigen, als würde die Welt um sie herum sie nicht berühren. Sie wirkte kühl. Irritiert merkte er, dass er ihr im Vorbeigehen mit seiner großen warmen Hand am liebsten kurz in die Schulter gekniffen hätte.

Sie liefen durch die rue Jean de la Fontaine. Vor hundertfünfzig Jahren war dies noch ein Dorf mit sechs Straßen gewesen, bis sich dann die Schickeria von Paris auf den grünen Hügeln entlang der Seine niedergelassen hatte. Bei genauem Hinsehen war das Dorf noch zu erkennen; links und rechts verzweigten sich Seitenstraßen, eng und gewunden, und vereinzelt standen dort noch zweistöckige Häuser aus Sandstein. Doch er war sich sicher, dass das keinem seiner Studenten auffiel. Olivier wollte Fie Paris zeigen. Er war stolz auf diese Straßen, durch die er mit Mathilde geschlendert war, und es erschien ihm wichtig, dass diese seltsame junge Frau sie erkannte. Bei Hausnummer 60 ließ er die Gruppe anhalten, um ihnen etwas zu erzählen, dann wieder bei Nummer 14. Thema der Exkursion war Hector Guimard, der Architekt dieser Häuser. Olivier machte seine Studenten auf die Eingangstore aufmerksam, asymmetrische schmiedeeiserne Girlanden.

«Woran erinnert Sie das?»

«Nudeln.» War ja klar, dass die dicke Studentin aus der ersten Reihe daran dachte.

«Locken», sagte ein Student.

Ein paar Sekunden wurde nichts gesagt, und ja, da hob noch jemand seine Hand. Einer war immer dabei, der sich gut vorbereitet hatte. Wahrscheinlich die Dunkle mit dem Notizbuch. «Pflanzen, Blumen», sagte sie. Er nickte und zog wieder weiter. Er erzählte von dem Haus, das Castel Beranger hieß, damals aber spöttisch als Castel Dérangé bezeichnet wurde – Irrenhaus – wegen der exzentrischen Formen. Fie stand irgendwo am Rand. Sie schaute streng, sogar ein wenig übellaunig, doch er nahm an, dass das ihr üblicher Gesichtsausdruck beim Zuhören war. Studenten schauten öfters so. Das kannte er. Doch als er seine Erläuterungen beendet hatte und neben ihr herlief – sie hatte die Schultern hochgezogen –, verspürte er die Neigung, einen Schritt zur Seite zu gehen und ihr mehr Raum zu geben.

«Kommst du gut mit?», fragte er sie schließlich. Sie sah ihn kurz an.

«Ja, es geht.»

«Spreche ich vielleicht zu schnell?»

«Nein, geht schon.»

Fünf Schritte. Ihre grauen Chucks waren geräuschlos.

«Und wie gefällt es dir hier? Du bist wahrscheinlich schon fast eine echte Pariserin.» Da sie nichts erwiderte, fuhr er fort: «Jedenfalls siehst du schon sehr danach aus.»

«Ach, ja?» Sie sah ihn noch immer nicht an. Hatte sie spöttisch geklungen, oder bildete er sich das nur ein?

«Ich meine, also … die französische Eleganz.»

Was für ein Blödsinn. Sie lachte noch nicht einmal. Er schob seine Hände in die Manteltaschen und ballte sie zu Fäusten.

«Konntest du schon Bekanntschaften schließen?»

«Hmmm.»

Zehn Schritte. Seine Bauchmuskeln spannten sich an, und er kam sich zu groß und zu unbeholfen vor, genau wie früher.

«Nun, falls du irgendwelche Fragen hast oder mal Hilfe brauchst, dann sag es mir bitte. Ist ja auch nicht ganz einfach, so allein im Ausland.»

«Vielen Dank, das ist sehr nett.»

Jetzt lächelte sie kurz, schien sich dann aber wieder in sich selbst zurückzuziehen. Er schwieg. Sie wirkte fast wie ein Filmbild, dachte er. Sie sprach, sie bewegte sich, sie atmete; doch man spürte weder ihren Atem, noch ihre Wärme oder Geräusche von ihrer Jacke. Ganz nahe konnte man ihr nicht kommen, man stieß dann gleich wieder auf die Leinwand.

Olivier lockerte seine Schultern und versuchte die unangenehme Stille zu unterbrechen. «Wusstest du übrigens», begann er plötzlich, «dass Marcel Proust in dieser Straße geboren wurde? Wir sind vorhin daran vorbeigekommen. Kennst du Proust? So dicke Bücher … Er hat sein Zimmer komplett mit Kork auskleiden lassen, damit keine Geräusche hineindrangen. Doppelte Verglasung, geschlossene Fensterläden, und dazu noch schwere Vorhänge aus blauem Satin. Und er verließ sein Bett nicht, saß nur dort und schrieb ununterbrochen.»

Zum Glück sagte sie nichts.

«Worüber hat er denn geschrieben?»

«Über sein Leben. Sein Leben davor.»

Sie bogen in die Rue Raynouard ab, die so anstieg, dass der Eiffelturm rechts über den Häusern auftauchte. Olivier blickte kurz über die Schulter nach hinten und bemerkte, dass der Rest der Gruppe ziemlich zurückgefallen war. Wie lange unterhielt er sich schon mit Fie? Er blieb stehen und drehte sich zu den Erstsemestern um, ohne zu wissen, was er eigentlich sagen sollte. Das Wichtigste hatte er schon behandelt.

Als die Gruppe sich um ihn herum versammelt hatte, zeigte er auf das niedrige Haus rechts von ihnen. «Sehen Sie das Haus mit den grünen Fensterläden? Hier hat Honoré de Balzac gelebt. Unter dem Namen seines alten Kindermädchens, um den Gläubigern zu entkommen, denn er hatte andauernd Schulden … Das Haus kann man übrigens besichtigen, es ist inzwischen ein Museum. Durchaus interessant. Oder Sie gehen weiter geradeaus, dann kommen Sie direkt zur Metro … Vielen Dank für Ihre Aufmerksamkeit. Wir sehen uns dann am Donnerstag.»

Die meisten Studenten liefen gleich weiter. Vier blieben, und sie.

Das Haus lag etwas versteckt, halb in den steilen Hang hineingebaut, sodass man von der Straße aus leicht darüber hinwegschaute. Weiter unterhalb verlief die Seine. Jedes Zimmer war mit Vorhängen und Teppichen ausgestattet, wie damals um 1840, und überall hingen Gemälde oder Manuskriptseiten. Fie stand in der Türöffnung vom ehemaligen Arbeitszimmer des Schriftstellers. Sie betrachtete den Schreibtisch, den thronähnlichen Stuhl und die Büste von Balzac. Mit einer Hand strich sie über die dunkel getönten Rautenscheiben des Fensters, die den Raum in ein würdevolles Licht tauchten. Als Olivier eintrat, zog sie hastig ihre Hand zurück. Olivier mäßigte seinen Schritt, ging dann aber doch weiter. Er blieb vor einer der Vitrinen stehen. Eine weiße Kaffeekanne mit dunkelroten Bandornamenten stand auf einem Stövchen, das mit den Initialen des Schriftstellers verziert war: H.B., mit einer kleinen Krone darüber.

«Es wird gesagt, er habe fünfzig Tassen Kaffee am Tag getrunken», sagte Olivier. «Fünfzig. Er ist auch nicht sehr alt geworden.»

Sie drehte sich zu ihm um. Und da war sie plötzlich.

«Haben Sie diese Wand schon gesehen, mit den Bildern seiner tausend Figuren?», fragte sie. «Alle von Balzac.» Die Begeisterung in ihrer Stimme überraschte ihn. Es dauerte ein wenig, bis er antwortete, in dem schweren Bass, der so schlecht zu seiner Unschlüssigkeit passte. «Ja», sagte er, «aber er hatte sogar fast fünftausend davon, also ich meine Figuren.»

«Dass das alles in dieses Zimmerchen hineinpasste, in einen einzigen Kopf», sagte sie.

«Wir alle tragen die ganze Welt in unserem Kopf.»

«Das ist eine hübsche Vorstellung.»

«Hast du es schon gelesen? Das Buch von Balzac, das ich dir gezeigt habe?»

«Ja.» Ein erfreutes Lächeln zeigte sich kurz auf ihrem Gesicht, dann klopfte sie sich an den Kopf.

«Das ist jetzt auch hier drin.»

Er nickte. Er wollte noch etwas sagen, aber sie wandte sich ab. Man konnte nicht behaupten, sie würde atmen. Sie hatte eine spitze Nase, spitzer als Mathildes. Ihr Mund war anders. Und sie schwieg.

Er fühlte sich unbeschwert, er konnte nichts daran ändern. Auf dem Weg zur Metro trällerte er.

Zehn

Es war Freitagabend. Auf dem Rugbyfeld lief sich Olivier warm. Neben ihm rannte Jacques auf seinen dicken kurzen Stampfern. Der Automechaniker mit den immer schwarzen Händen. In der Zeit, seit sie Mannschaftskameraden waren, hatte Jacques ein Kind bekommen und Olivier einen Lehrstuhl. Außerhalb des Rugbyfelds trafen sie sich schon seit Jahren nicht mehr. Doch auf dem Feld, wenn sie alle von oben bis unten mit Matsch bedeckt waren, war es wie früher.

O: Erinnerst du dich noch an Mathilde?
J: Mathilde? Na, klar. Lange her. Wieso?
O: Ich habe jemanden getroffen –
J: Mathilde?
O: Nein, aber jemanden, der ihr aufs Haar gleicht.
Einundzwanzig. Eine Studentin.
J: *(pfeift)* Einundzwanzig!
O: Ich kenne sie aber kaum. Sie wohnt bei einem Kollegen, meinem Chef.
(Er schüttelt die Arme aus.)
Weißt du, wenn Mathilde das Kind bekommen hätte …
J: Welches Kind?
O: Einfach. Ein Kind. Dann würde das so aussehen.
J: Achtung!
O: Wie?
J: Nicht den Kopf verlieren. Mein ich.
O: Wegen dem Kind? Nein.
J: Sag mal, wie lange ist das nun her, das mit Mathilde?
O: Fünfundzwanzig Jahre.
J: Geht schnell, was?
O: Ziemlich.
J: Hast du sie eigentlich noch einmal gesehen?

O: Nein.

J: Oh. Marc zieht übrigens aus. Das ging auch schnell … Er will sich was in der Stadt suchen, falls du also etwas weißt.

O: Er zieht aus? Dann könnt ihr vielleicht endlich wieder aus der Banlieue weg, zurück in die Stadt. Ohne Kinder ist das durchaus bezahlbar.

J: Wer weiß.

O: Das ist der Vorteil ohne Kinder.

J: Hast du nie darüber nachgedacht, mit Sylvie?

O: Für sie ist es nun zu spät.

J: Na … *(Schulterschubs)* Das einundzwanzigjährige Mädchen? Wie hieß sie noch gleich?

O: Ach, hör doch auf.

Elf

Die Kunst des zwanzigsten Jahrhunderts wurde schon bald zu seinem meistgehassten Fach. Er kannte den Stoff in- und auswendig, aber die ihn anstarrenden Studenten bereiteten ihm heute noch genauso viel Unbehagen wie damals, als er gerade erst angefangen hatte. Während er sprach, sah Fie ihn direkt, aber streng an und schrieb kaum mit. Er konnte sich nicht von dem Gedanken lösen, dass dieses Gesicht ihn verärgert anblickte.

Abends beklagte er sich bei Sylvie.

«Sie schauen so unglaublich gelangweilt. Mit halb geöffnetem Mund sitzen sie da. Und wenn sie nicht gelangweilt schauen, dann schauen sie mürrisch. Als würde ich ihnen etwas über Steuermodelle erzählen und nicht über Kunst.»

«Och, wenn sie zu mir hingucken und nicht nur auf ihre Displays, bin ich schon zufrieden.»

«Ja, dich sehen sie an!»

Sylvie grinste und wackelte mit den Schultern. «Soziologie ist einfach faszinierend, Liebling.»

Es wurmte ihn dennoch.

Im Anschluss an die nächste Seminarstunde kam Fie zu ihm. Perplex sah er zu, wie sie das Treppchen erklomm und vor seinem Schreibtisch stehen blieb. Sie redete ihn noch nicht einmal mit «Professor» an.

«Darf ich Ihnen schon mal eine Gliederung für meinen Essay schicken?»

«Wieso?»

«Zur Beurteilung. Damit ich weiß, ob ich auf dem richtigen Weg bin.»

«Macht man das so in den Niederlanden?»

«Hier nicht?»

«Nein.»

«Oh. Pardon.»

Dennoch blieb sie stehen und sah ihn abwartend an. Und dann platzte es, entgegen seiner strengen Vorsätze, aus ihm heraus: Ob sie vielleicht jemanden kenne, der Mathilde heiße.

«Nein», sagte sie.

«Oh.»

Und weil sie ihn noch immer ansah: «Ich werde mir deine Gliederung durchaus einmal ansehen. Aber erzähl das bitte nicht den anderen, sonst habe ich demnächst zig Essays auf dem Schreibtisch liegen.»

«Danke. Wer ist Mathilde?»

Er zuckte mit den Schultern.

Fie Schoonhoven, Essay, erste Fassung

Wir schreiben das Jahr 1612. In der rue des Grands Augustins in Paris trifft der junge Maler Nicolas Poussin auf seinen großen Helden und sein Vorbild, den Hofmaler Pourbus. Voller Bewunderung steht er vor einem Gemälde von Pourbus, auf dem Maria Magdalena in der Wüste dargestellt ist. Doch ein seltsamer Greis, der mit ihm zugleich das Atelier betreten hat, fängt an, das Gemälde zu kritisieren. «Hm! Hm! Gut… ja und nein», sagt er zu Pourbus. «Deine Magdalena da ist nicht schlecht gemacht, aber sie lebt nicht. Sie hat keine Seele, keinen Geist, sie ist von der himmlischen Flamme unberührt geblieben.» «Was fehlt ihr denn?» «Ein Nichts, aber dieses Nichts ist alles. Du bist nicht bis zum Kern der Form durchgedrungen.» Poussin muss sich zusammennehmen, um nicht auf den alten Mann loszugehen, doch der fährt unbeirrt fort: «Schau, versuche die Hand deiner Geliebten in Gips zu gießen und lege den Abguss vor dich hin; du wirst ein entsetzliches Leichenstück vor dir sehen, ohne jede Ähnlichkeit. Eine Hand ist nicht nur das Glied eines lebendigen Körpers, sie ist Ausdruck und Fortsetzung eines Gedankens, den man erfassen und wiedergeben muss.» Plötzlich ergreift der alte Mann die Palette des Malers, und mit wenigen raschen Strichen erweckt er Magdalena zum Leben. «Siehst du, Kleiner», sagt er zu Poussin, «vom letzten Pinselstrich hängt alles ab!» Verblüfft schaut Poussin zu.

Der Greis scheint der legendäre Künstler Frenhofer zu sein. Er erzählt dem jungen Poussin von einem Gemälde, an dem er bereits seit zehn Jahren arbeitet. Das Bildnis einer wunderbaren Frau. Niemand hat es bislang gesehen, und es ist noch immer unvollendet. «Gestern gegen Abend», sagt der alte Künstler, «habe ich geglaubt, ich sei fertig. Ihre Augen schienen mir feucht zu glänzen, ihr Fleisch in Erregung. Ihre Haarflechten haben sich bewegt. Sie hat geatmet!» Er vergleicht sich selbst mit Pygmalion, dem griechischen Bildhauer, der sich in eine seiner Frauenstatuen verliebte, woraufhin die Skulptur lebendig wurde.

Der junge Poussin brennt vor Neugierde. Könnte er diese Kunst doch auch beherrschen! Er bittet seine Verlobte, die schöne und keusche Gillette, für Frenhofer Modell zu stehen. Im Gegenzug dürfte er dann das geheime Meisterwerk sehen. Zögerlich stimmt die junge Frau zu.

Frenhofer bewacht sein Kunstwerk mit seinem Leben, doch als er Gillette erblickt, begreift er, dass er dank ihrer Schönheit sein Werk wird vollenden können.

Während sie ihm Modell steht, legt Frenhofer letzte Hand an sein Gemälde. Dann ruft er, überglücklich, Poussin herbei. Dieser stürmt ins Atelier und bleibt voller Bewunderung vor einem Gemälde stehen, doch der Künstler winkt ungeduldig ab: «Oh! Gebt euch damit nicht ab, auf diese Leinwand habe ich nur etwas hingeschmiert.» Poussin sucht vergeblich den Raum ab. «Aha!», ruft Frenhofer triumphierend; «Ihr steht vor einer Frau, aber sucht noch immer ein Bild.» Denn er hat über die Kunst gesiegt und seine eigene Schöpfung zum Leben erweckt. Denkt er.

Doch als Poussin das Gemälde findet, um das sich alles dreht, entdeckt er anstelle des Abbildes einer Frau bloß eine geschlossene Farbdecke, ein Wirrwarr aus Linien und Farben. In der Ecke des Gemäldes ragt das Bild eines einzelnen, wunderschönen nackten Fußes aus dem Chaos hervor.

«Aber auf dem Gemälde ist nichts!», stammelt Poussin. Auf seiner Suche nach der Perfektion hatte Frenhofer sein Gemälde allmählich selbst vernichtet.

Als der Mann dies erkennt, verjagt er Poussin und die arme Gillette aus seinem Atelier. In derselben Nacht verbrennt er sein komplettes Werk und legt Hand an sich.

Dies ist die Geschichte von Das unbekannte Meisterwerk, *das Honoré de Balzac 1831 schrieb. Balzacs Frenhofer mag vielleicht wie ein unwahrscheinliches Vorbild erscheinen. Sein Versuch, ein lebendiges Gemälde zu erschaffen, ein Kunstwerk mit einer Seele, ist zum Scheitern verurteilt. Dennoch haben berühmte Künstler der Moderne sich mit Frenhofer identifiziert. Vincent van Gogh ging so weit, Frenhofer mit seinem Selbstmord nachzuahmen. Und über den berühmten Paul Cézanne (1839–1906) schrieb sein Freund Émile Bernard: «Eines Abends unterhielt ich mich mit ihm über* Das unbekannte Meisterwerk *sowie Frenhofer, den Helden aus Balzacs Novelle, da erhob sich Cézanne vom Tisch, stellte sich vor mich hin und tippte sich mit dem Zeigefinger an die Brust, ohne Worte, aber indem er die Gebärde mehrmals wiederholte, deutete er an, selbst ein Frenhofer zu sein. Er war so bewegt, dass sich seine Augen mit Tränen füllten.» Es wird erzählt, Cézanne habe das Buch immer bei sich getragen. Er selbst sagte dazu: «Jeder Maler sollte es wenigstens einmal jährlich lesen.»*

Cézanne war der Fluch des unvollendeten Meisterwerks vertraut wie sonst niemandem. Kein Maler ließ seine Gemälde so häufig unvollendet. Sogar auf dem berühmten

Porträt von Ambroise Vollard, für das der Kunsthändler 115 Mal Modell sitzen musste, sind Teile der Leinwand ausgespart geblieben. Das ist weder Zufall noch Faulheit. Cézanne lebte wie ein Einsiedler, arbeitete unentwegt und behauptete von sich, er würde seine Gemälde so lange betrachten, bis seine Augen bluteten. Doch wie auch Frenhofer arbeitete Cézanne während seiner letzten Lebensjahre an drei großen Gemälden – die Badenden –, die er nie vollendete. Er arbeitete mal an dem einen, dann an dem anderen Gemälde und fertigte neue Skizzen zu den Badenden an, die nie umgesetzt wurden. Cézanne erhielt den Spitznamen soldat de l'incréé: *Soldat des Ungeschaffenen.*

1937 mietete Pablo Picasso ein Studio in der rue des Grands Augustins, dem Ort, an dem die Geschichte Frenhofers beginnt. Er fertigte auch die berühmten Illustrationen für Balzacs Novelle an, die ihn faszinierte.

Hans Belting beschreibt in Das unsichtbare Meisterwerk, *wie der Geist Frenhofers durch die moderne Kunst weht. Und weshalb? Weil die Geschichte Frenhofers von einem unmöglichen Kunstwerk handelt. Van Gogh, Cézanne, Picasso und viele mehr, sie alle versuchten das zu tun, was Frenhofer tat: ein Kunstwerk mit Geist zu schaffen, ein Kunstwerk, das «lebt».*

Jahrhundertelang gab es feste Regeln für die Kunst. Das Thema, die Technik, der Farbgebrauch: Alles war genau geregelt, und die Künstler hatten sich einfach daran zu halten. Doch als die Welt zu Beginn des zwanzigsten Jahrhunderts in einen Strudel der Veränderungen geriet, mit Dampfloks, Telegrafen und Elektrizität, war das Neue plötzlich wichtiger als die Tradition. Künstler wollten modern sein und originell. Sie wollten mit den Regeln brechen, anstatt sie zu befolgen.

Jeder Künstler hatte seine eigene Vorstellung von Kunst – und jeder Künstler wollte diese Ideen leben. Das Kunstwerk wurde zu einer Idee über die Kunst, enthalten in sei-

nem Stoff, seinem Material. Doch die Idee und das Material sind unmöglich miteinander zu vereinen.

Das war der Fluch des Künstlers: Er hatte eine wunderbare Idee, ein Ideal, das in seinem Kopf herumschwirrte. Unantastbar, unbegrenzt, unverdorben. Doch sobald er diese Idee antastete und versuchte, sie in einem Gemälde von 20 mal 30 Zentimetern zu fassen oder sie aus Stein zu hauen, wurde sie verdorben. Klebt man einen Vogel auf eine Leinwand, dann hört er sehr bald auf zu singen. Und das entseelte Pfund Federn, das man zurückbehält, wird niemals dem Vergleich mit dem freien Vogel standhalten können.

Frenhofer glaubte, er könne seine ideale Frau zum Leben erwecken und sie von der Leinwand ablösen, stattdessen mauerte er sie unter einer Schicht aus Farbe ein. Die Idee, die «Seele», wurde erstickt. Und was übrig blieb, war nichts weiter als das «Material».

Vielleicht war dies der Grund dafür, dass Cézanne seine Gemälde so oft unvollendet ließ. Von Frenhofer hatte er gelernt, dass dies die einzige Möglichkeit war, wenn man den Vogel fliegen lassen wollte: dass man die Leinwand leer ließ. Solange das Kunstwerk nicht vollendet war, gab es zumindest noch das Versprechen auf «Leben».

Auch im zwanzigsten Jahrhundert geistert Frenhofer noch immer durch die Köpfe der Künstler. Wir treffen 1952 erneut auf ihn, im Black Mountain College in North Carolina. Dort stellte ein Pianist zum ersten Mal eine neue Komposition von John Cage vor, mit dem Titel 4'33. Während der vier Minuten und 33 Sekunden wurde keine einzige Note gespielt. Die Partitur ist leer. Es erklingt nur Stille. 4'33 ist noch heute Cages bekannteste Komposition.

Am Black Mountain College studierte auch der junge Künstler Robert Rauschenberg (1925–2008), der stark von Cage beeinflusst war. Im Sommer 1951 malte er zum ersten

Mal eine Serie mit monochrom weißen Tafeln. Auf der schneeweißen Leinwand war jeder Staubpartikel zu sehen, die Gemälde mussten deshalb immer wieder neu weiß überstrichen werden.

1953 ging Rauschenberg noch einen Schritt weiter. Er sammelte all seinen Mut und bat einen älteren, schon bekannten Künstler, De Kooning, ob er Zeichnungen von ihm haben dürfe. Er würde sie dann komplett ausradieren. De Kooning gab ihm eine Grafikzeichnung, die er mit Kreide, Tinte und Kohle angefertigt hatte, und Rauschenberg war fast zwei Monate damit beschäftigt, das leere Papier wieder herzustellen. An wenigen Stellen erkennt man noch einen Schatten auf dem weißen Blatt, und es trägt den Titel: Erased De Kooning Drawing. Anstatt immer nur weiterzuarbeiten, wie Frenhofer, ging Rauschenberg in die andere Richtung: zurück zu dem Moment, bevor die Zeichnung begann; zurück zu dem Moment, als die Idee des Künstlers noch unverdorben und das Papier noch jungfräulich war. Zu dem Moment, als Frenhofers Meisterwerk noch möglich war.

Olivier schob den Essay von sich weg. Er verharrte einen Moment und öffnete dann seinen Laptop. Nachdem er Fies Namen in seiner Studentenliste gefunden hatte, begann er, eine E-Mail an sie zu schreiben, aber dann schwebten seine Finger bewegungslos über der Tastatur. Er klappte den Computer wieder zu. Nichts übereilen. Sie konnte ruhig auf sein Feedback warten.

Er brauchte frische Luft. Vielleicht sollte er eine Runde laufen oder irgendwo etwas trinken. Er faltete den Essay zusammen, zögerte einen Augenblick und steckte ihn dann in die Manteltasche, bevor er hinausging.

Zwölf

Quai Branly an einem Freitagabend im August. Mathildes Gesicht sticht bleich von der lila Picknickdecke ab, auf der sie liegt. Olivier sitzt neben ihr und muss über ihren Mund lachen, der sich, aus seiner Perspektive gesehen, falsch herum bewegt.

Er: Versprichst du mir, dass du dich niemals verändern wirst?
Sie: Das geht doch nicht.
Er: Wieso nicht?
Sie: Wir verändern uns doch alle. Jeden Tag. Du kommst an einem toten Vogel vorbei. Du veränderst dich.
Er: Okay, ein bisschen ist erlaubt.
Sie: Und du … versprichst du mir, dass du dich an mich erinnern wirst, so, wie ich jetzt bin?
Er: Genau so? Oder darf ich vielleicht dazuerfinden, dass du mir das Frühstück ans Bett gebracht hast?
Sie: Nervensäge! Also gut, aber nur positive Sachen.
Er: Das kriege ich hin. Ich würde dich nicht vergessen können, auch wenn ich es versuchen würde.
Sie: Hört sich an, als hätte ich ein Brandzeichen bei dir hinterlassen.
Er: Es ist aber ein sehr schönes Zeichen. Willst du es mal sehen?
Sie: Hier? Angeber!
Er: Äh, ja.

Es war an einem Dezemberabend gewesen, als sie sich begegnet waren. Die Party feierte ein Junge, der bei ihm im Rugbyteam war und genau wie sie Theaterwissenschaften studierte. Er hieß Gérôme. Es war sein Geburtstag, und er veranstaltete eine Kostümparty. Wer ohne Verkleidung auftauchte, wurde nicht hineingelassen. Gérôme hatte sich zu diesem Anlass eine komplette Cowboymontur zusammengesucht und einen Sattel über einen Hocker gebunden. Von dort aus lenkte er die Party.

Um neben seinem Studium etwas dazuzuverdienen, bot Olivier Führungen durch das «historische Paris» für Touristen an, die ihre Kameras und Brillen meist an Bändern um den Hals trugen. Während seiner Rundgänge trug er ein Kostüm mit Knickerbockern aus glänzendem Polyester, das an seinen Oberschenkeln knisterte, hochgezogene Rugbystrümpfe, eine Weste und einen langen Mantel, üppig mit Gold bestickt. An den Füßen schwarze Turnschuhe mit einer Plastikschnalle zwischen den Schnürsenkeln. Er hatte das Kostüm schon so oft auf der Straße tragen müssen, dass er sich kaum noch dafür schämte, inzwischen fühlte er sich wohl darin, und das Ganze sah irgendwie stimmig aus, natürlich.

Es war die Art, wie sie in sich ruhte, woran er sie sogleich erkannt hatte, ohne zu wissen, wer sie war. Unter all den Möchtegern-Superhelden in ihren knisternden Kostümen, den Draculas und Tieren, die sich an den Quasten ihrer Schweife zupften, stand sie gelassen am Fenster. Und weil sie sich keine Gedanken über ihr Kostüm machte, das straff geschnürte weiße Leibchen, das Hütchen und die langen Röcke, konnte man sie betrachten, ohne ihre Verkleidung wahrzunehmen. Sie war ein Gesicht, sie war eine junge Frau. Sie passte. Und am Anfang des Abends, als die Tanzfläche noch wie leergefegt war und sich alle noch an ihren Gläsern festklammerten, ruhte sein Blick immer wieder auf ihr. Sie passte. Das konnte er wie ein Bauer erkennen, der, ohne nachzuzählen, mit einem Blick auf die Weide weiß, ob noch alle Schafe da sind. Es brauchte nichts zu geschehen; er konnte einfach nur dasitzen und schauen.

Sie gefiel ihm. Sie war schön, ohne hübsch zu sein, mit rotblondem Haar, einem schmalen, aufgeschlossenen Gesicht und einem Körper, der nicht zu dünn war, obwohl sie bestimmt nicht mehr als fünfzig Kilo wog. Ein paarmal hatte er, zwischen den hin und her schwirrenden Freunden hindurch, zu ihr gehen wollen, doch dann verharrte er doch immer wieder dort, wo er war. Er wartete einen Zeitpunkt ab, der nicht beliebig war. Wenn die Uhr 23:23 zeigte, wollte er zu ihr gehen.

Als er vor ihr stand, war er überrascht, wie klein sie war. Sie reichte ihm nur bis zur Brust. Aus der Entfernung hatte sie so vollkommen gewirkt, normal groß. Sie unterhielt sich gerade mit einer anderen Studentin und schenkte ihm nur ein zurückhaltendes Lächeln. Sie musterte ihn. Nach einer Weile fasste er sich.

«Schönes Kostüm.»

Sie wartete ab.

«Welche Zeit ist das? Ich glaube, ich bin achtzehntes Jahrhundert.»

«Oh, pff … Sechzehn-irgendwas?»

«Du trägst es öfter. Stimmt's?»

«Woher weißt du das?»

«Das sieht man.»

Sie blickte ihn an, schweigend und wachsam.

«Ich meine nur, du denkst nicht mehr dauernd daran, was du trägst. Das sehe ich. Du schaust dich um, du betrachtest andere Dinge.»

Er merkte, dass seine Füße in den Turnschuhen schwitzten.

«Ja, ich trage es öfter. Es war eigentlich ein Theaterkostüm. Ich war die Cordelia.»

«Theater!» Vor Erleichterung sprach er zu laut.

«Na, so zum Spaß, mit anderen Studenten. Ich studiere Theaterwissenschaften.»

Er gab ihr die Hand. «Kunstgeschichte.»

«Mathilde.»

«Olivier.»

Danach gab es keine Gesprächspausen mehr. Und nach einer Viertelstunde sagte sie: «Ich geh mal eben raus, 'ne Zigarette rauchen. Kommst du mit?»

Er rauchte nicht, aber natürlich ging er mit. Sie wurde durch alles, was sie tat, nur noch anziehender, und sie wurde etwas größer. Wenn sie ihm jetzt zulächelte, breitete sich das Lächeln auf ihrem ganzen Gesicht aus, und unwillkürlich auch auf seinem.

Draußen, am Rande des Marais, gab es einen alten Platz. An diesem Platz stand eine mächtige Kirche, Saint Gervais, deren Turm wie ein noch nicht angespitzter Bleistift aussah. Olivier kam bei seinen Führungen immer daran vorbei. Gegenüber der Kirche standen drei Fachwerkhäuser aus dem Mittelalter eng aneinandergedrückt, während die Welt um sie herum lärmte.

Die Sonnenterrassen der Cafés waren abgeräumt, und es war niemand auf der Straße. Die Musik und die Stimmen von der Party klangen hier draußen gedämpft.

«Man könnte meinen, wir sind so alt wie dieser Platz hier», sagte er. «Du in deinem Kleid, ich mit meiner Pumphose.»

«Ist der Platz so alt?», fragte sie.

«Mittelalter. Zu einem Teil.»

«Huch, wie seltsam. Mir kommen alte Dinge irgendwie nie so alt vor. Ich meine, sie wirken immer zu echt. Als wären sie früher ebenso grau gewesen wie sie es jetzt sind.»

Sie schwiegen.

«Du wolltest doch rauchen.»

«Geht doch nicht, im Mittelalter.»

Ein Auto fuhr eine Straße weiter vorbei; Scheinwerferlicht huschte über die Falten in ihrem Kleid.

«Schau an!» Sie lachte. «Ein verirrtes Auto.»

«Oder zwei verirrte Zeitreisende.»

«Als wären wir in der Zukunft gestrandet.»

Sie strahlten. Zum ersten Mal zeigte sie ihm ein volles Lächeln, und er war überrascht über die schiefen Zähne in ihrem hübschen Gesicht. Es erleichterte ihn.

Sie war geflohen vor…

Vor einer Zwangsheirat!

Und er, weil er sonst…

Unter die Guillotine kam? Nein, dafür war er zu arm, denn er war ein – (sie kniff ihn in den Bizeps) ein Holzhacker.

Außerdem, die Guillotine, die war erst viel später gekommen.

Nein, sie waren gemeinsam auf der Flucht und wollten eine verbotene Liebe erleben.

Ihre schiefen Zähne verwandelten ihr Lächeln in ein Grinsen, das Schalk und Chaos verhieß.

Wer denn ihr schrecklicher Verlobter sei?

Na, er sei alt und kahl… dick natürlich! Mit schlechten Zähnen, deren fauliger Geruch einen umhaute und von dem man Ausschlag bekam, wenn er einen küsste. Und stinkreich sei er. Und er bohrte einem immer den Finger in die Schulter, wenn er Befehle erteilte; und er rülpste immer so gepresst, was seinen Hals anschwellen ließ.

«Ich merke schon, du bist unserem Rugbytrainer also schon begegnet», stellte er fest. Wieder diese Zähne. Bei jedem Lächeln schienen sie irgendwo anders zu stehen.

«Also haben wir uns auf die Suche nach einer Hexe gemacht, und was hat sie uns wohl geschenkt?… Zauberstäbchen!»

Mathilde holte triumphierend ihre Gauloises heraus und bot ihm eine an.

Er schüttelte den Kopf.

«Ach, komm schon!» Sie wedelte mit der Zigarette vor seiner Nase herum.

«Ich rauche nicht.»

«Aber du musst! Du musst jede Stunde ein magisches Stäbchen nehmen. Das hat sie doch gesagt! Sonst erlischt der Zauber, und dann» – große aufgerissene Augen, blau –, «dann bleib ich hier allein zurück!»

Sie hielt die Zigarette in der ausgestreckten Hand, bis er sie nahm.

«Schnell! Bück dich mal.»

Sie fummelte mit ihrem Feuerzeug herum, fluchte, als es nicht funktionierte, und schüttelte es heftig. Endlich kam eine Flamme. «Ziehen!» Sie atmete ohne Zigarette mit ihm ein. Er inhalierte und hustete dann mächtig. «Jetzt ich.»

Sie übernahm sein Zauberstäbchen.

«Uff, das war gerade noch rechtzeitig. Drei Minuten vor zwölf.»

«Und was passiert, wenn die Zigaretten verbraucht sind?»

«Ähm …» Sie zählte und legte ihr Gesicht in Falten. «Ich hab noch drei.»

«Wir könnten den Spruch besiegeln», erklärte er, und der Rauch und das Bier stiegen ihm zu Kopf, «wenn wir uns noch vor Mitternacht küssen.»

«Bist du dir da sicher?»

Er nickte.

«Dann kannst du also nicht mehr zurück», sagte sie.

«Ich weiß.»

Und dann, grinsend: «Du flunkerst! Ich flunkere nie.»

Sie zog ihn am Kragen an sich. Und als die Kirchturmuhr schlug, war es besiegelt. Sie schmeckte nach Rauch und Rotwein, und er dachte: Von nun an muss ich zu jeder vollen Stunde an diese Frau denken. Und er fand das gar nicht schlimm.

Seit jener Nacht waren sie zusammen. Sie hatten nichts ausgemacht; sie hatten kein Wort darüber verloren. Sie verabredeten sich einfach für den übernächsten Tag und gehörten seitdem zusammen.

Alles war da noch so leicht, so harmlos gewesen.

Später dachte er manchmal: Hätte ich das alles vorher gewusst, dann wäre ich vielleicht weggelaufen. Denn seitdem war es groß und warm und schwer geworden. Es wuchs und wuchs und wuchs. Alles, was sie gemeinsam machten, wurde Teil davon. Paris wurde zu einem Teil davon. Die Bretagne wurde zu einem Teil davon, als sie im darauffolgenden Sommer zum ersten Mal dort ein Fischerhäuschen mieteten, weiß mit blauen Fensterläden, ihre Liebe mit im Gepäck. Alles wurde vereinnahmt. Die Lieder, die Kleider, die Filme, die Straßen, die Dinge, die im Fernsehen passierten, sie gehörten dazu, und ihre Liebe wurde größer und schwerer, besonders dann, wenn sie glaubten, dass sie nun wirklich nicht noch größer werden könnte. All ihre Gedanken liefen vor dem Hintergrund der Liebe ab.

Erst als er Mathilde verloren hatte, konnte er es richtig genießen, wenn er abends im Bett das Gewicht spürte, das ihn tief in die Matratze drückte. Er fühlte, dass er da war. Niemand konnte ihn wegblasen oder so tun, als würde es ihn nicht geben, weil er so schwer wie zwei Menschen war.

Auch heute noch, trotz der beruhigenden Spuren, die zeigten, was er in der Zwischenzeit alles getan hatte – seine Bücher, seine feinen Hosen und sein Designersofa –, spürte er mit geschlossenen Augen das ganze Gewicht. Mit geschlossenen Augen war es fast unerträglich.

Mühsam erhob sich Olivier vom Sofa. Es war dunkel geworden, das gelbe Licht der Straßenlaternen fiel an die Zimmerdecke. Er ging in die Küche, füllte ein Glas mit Wasser und trank es aus. Wasser reichte nicht. Er schenkte sich einen Whiskey ein und nahm die Flasche mit ins Wohnzimmer.

Auf dem Kaminsims stand der Karton mit den Fotos. Tastend fand Olivier eine alte Kassette. Er versuchte sie abzuspielen. Die Musik klang dünn, und das Band eierte etwas, aber es genügte. Bekannte Klänge drückten gegen seine Ohren, und er wurde in eine Form gepresst, der er entwachsen war und die er vergessen hatte. Er war wieder einundzwanzig, und er fühlte sich beklommen. Der Raum, den er seither um sich herum geschaffen hatte, schien verschwunden zu sein. Im Zimmer hatte sich ein leerer Raum gebildet; es befand sich nichts mehr zwischen ihm, der Musik und der Erinnerung an Mathilde.

Dennoch konnte er sie weder sehen noch riechen noch unter seinen Fingern spüren. Sie blieb im Dunkel verborgen, hinter der Wand dessen, was er jetzt hörte und fühlte; die

Jeans, die kniff, der harte Boden unter seinen Knien, sein eigenes Gewicht.

Er stieß das Glas um, füllte es wieder nach. Die Musik spielte weiter. Er verharrte so lange in dieser Position, auf dem Boden an das Sofa gelehnt, bis er vom Nacken abwärts nichts mehr spürte. Er verharrte regungslos, um nichts zu zerstören, und versuchte sie zu sehen wie ein Blinder, tastend, denkend; versuchte zu ihr zu kommen, im Dunkeln.

Geräusche an der Tür. Als der Schlüssel ins Schloss geschoben wurde, kehrte Olivier zurück an die Oberfläche.

Sylvie kam herein und schloss leise die Tür. Sie blieb im Dunkeln stehen. Olivier machte eine Handbewegung und räusperte sich behutsam. Er schaltete den Kassettenrekorder aus.

«Was ist los? Alles in Ordnung?»

Licht. Er hielt die Hand vor die Augen und merkte, dass er geweint hatte.

«Stör ich?»

Er schüttelte den Kopf. Natürlich störst du. Du wolltest heute bei dir schlafen.

«Was hat das hier zu bedeuten?»

Sie tippte mit der Schuhspitze gegen die Flasche, die auf dem Boden lag. Daneben hatte er den Karton mit den alten Fotos ausgekippt. Mathilde Mathilde Olivier Mathilde Mathilde und Olivier Olivier und Mathilde Mathilde, und neben dieser papierdünnen Welt ragte ihr Schuh mit Absatz hoch auf, gigantisch. Einer ihrer Riesenzehen gegen das Mädchen, das auf hundert Fotos zu ihren Füßen lachte, schlief, las, lebte.

«Olivier. Was hat das hier zu bedeuten?», wiederholte sie.

«Fotos», sagte er. Er wollte Sylvie nicht ansehen. Bockig schaute er auf ihren großen, rosa Fußnagel. Dann stürzte sie sich auf ihn, als müsse sie ihn aus einem brennenden Haus zerren. «Liebling, was ist, worüber bist du so traurig? Ist etwas passiert? Ist sie gestorben?» Die Schöße ihres Mantels wischten über den Boden und fegten die Fotos zur Seite.

Er verstand, was sie tat. Er selbst hatte manchmal die Albträume genossen, die Mathilde überfielen, weil er sie dann fest in die Arme schließen konnte.

Er zog die Schultern hoch, um sich zu befreien.

«Ich bin lieber allein.»

«Wieso erzählst du mir nicht, was passiert ist?»

«Es ist nichts passiert. Nur eine Erinnerung.»

«Und wieso hockst du dann hier heulend herum? Wegen einer Ex von vor zwanzig Jahren? Das kannst du mir nicht weismachen.»

«Ich bin lieber allein», wiederholte er.

«Vermisst du sie? Bereust du etwas?»

Er schwieg.

«Bereust du es, dass du jetzt mit mir zusammen bist, statt mit ihr? Ist es das?»

«Ach komm, jetzt hör doch auf.»

«Dann antworte doch einfach.»

«Wieso regst du dich eigentlich so auf? Ich red auch nicht gleich vom Weltuntergang, wenn du mal wieder dein Drama abziehst.»

«Gut, ganz wie du willst. Dann viel Spaß bei deinem Erinnerungstrip.»

Sie drehte sich um und marschierte quer durch die kleine Welt auf dem Boden, die im Luftstrom der zuschlagenden Tür erzitterte.

Ein paar Minuten später stand Olivier auf. Seine Knie schmerzten. Er trank ein Glas Wasser, hielt den Kopf unter den Hahn, trocknete ihn ab und betrachtete sich im Badezimmerspiegel. Sein Gesicht sah zerknautscht aus. Auf dem Hemd hatte er einen hellbraunen Fleck, der verschüttete Whiskey, parallel zu den akkuraten blauen Streifen. Er wechselte sein Hemd, bevor er langsam die Fotos aufräumte und die Gläser auflas. Was passiert sei, hatte sie gefragt. Er steckte die Hände ins warme Spülwasser, bis der Schaum den Rand erreichte.

Dreizehn

Zunächst war da Empörung. Er hatte es Mathilde verübelt, dass sie einfach so, ohne darüber zu reden, damit begonnen hatte, ein Kind zu machen, inklusive des ganzen Lebens, das dazugehörte.

Ungewollt.

Das ärgerte ihn am meisten: die Unachtsamkeit, mit der sie ihr gemeinsames Leben in den Schatten stellte. Ungewollt tat sie etwas Wunderbares. Er stellte sich vor, wie ihr schöner flacher Bauch anschwoll, größer wurde und größer, bis er ihn verdrängen würde.

Sie war schwanger. Sie stand vor ihm in ihrem gemeinsamen Lieblingshemd und sagte es ihm. Er nahm sie in die Arme, um sie zu trösten, doch es war eher andersherum. Sie fuhr ihm mit den Fingern durchs Haar und drückte ihm einen Kuss darauf. Die blauen Streifen auf dem Hemd schlängelten sich schwindelerregend vor seinen Augen. Alles, was er sich erst seit Kurzem traute – verliebt zu sein, sich in der Stadt ohne Stadtplan zu bewegen –, genügte plötzlich nicht mehr.

«Und nun?»

«Mein Bauch wird schon mitwachsen», sagte sie.

Sie kletterte zu ihm ins Bett und stieß ihn in die Kissen. Auf die Arme gestützt, schwebte sie über seinem Gesicht. Ihr Atem roch nach Apfel.

«Was meinst du?» Mathildes Blicke flogen hin und her zwischen seinen Augen und suchten seinen Blick. Sie war zu nahe, er konnte sie gar nicht anschauen. Zugleich versperrte ihm ihr Haar die Sicht ins Zimmer. Olivier unterdrückte den Wunsch, sie wegzustoßen.

«Hab ich dich erschreckt?» Sie strich ihm durchs Haar und küsste ihn. Er küsste sie auch und kroch unter ihr hervor, doch die Luft blieb dünn, und das leise Geräusch ihrer Haut und der Laken konnte das Dröhnen in seinen Ohren nicht übertönen. Als Mathilde eingeschlafen war, lauschte er dem Pochen seines Herzens. Es wollte heraus, raus, raus, es schrie während der ganzen Nacht. Er zitterte in dem schweißfeuchten Bett.

Sie hätten sich die Welt gemeinsam größer und größer erträumen können. Doch nun ließ er die Zimmerwände auf sie zurücken, bis sie sich kaum noch regen konnten, während ihr das Baby von unten die Luft aus den Lungen drückte. Einundzwanzig Jahre, vierzehn Quadratmeter, in einem Zimmer ohne Aussicht. Es gab zu wenig Platz, hatte er gesagt, zu wenig Geld, und es war noch so viel Zeit, später.

Sofie

Manchmal überlegte sie, ob mit ihrem Spiegelbild etwas nicht stimmte. Regungslos betrachtete sie sich einen Augenblick lang und hatte das seltsame Gefühl, nichts mit dem zu tun zu haben, was sie da sah. Das Gespiegelte hob sich kaum von der Tapete ab. Ihr Gesicht löste sich in dem cremefarbenen Zimmer auf, sogar ihre Kleidung wurde farblos.

Überall standen Dinge des Mädchens herum, das hier früher gewohnt hatte und das Fie nur von Fotos kannte. Auf dem Kaminsims aus Marmor standen lauter weiße Porzellanfigürchen. Anfangs hatte sie alles auf eine Seite geschoben, doch als sie abends nach Hause kam, stand jedes wieder an seinem Platz. Kurz hatte sie bezweifelt, ob sie überhaupt da war. Seitdem spielte sie ein andauerndes Spielchen: Ab und zu verschob sie etwas ein wenig, oder sie vertauschte zwei Figürchen. Manchmal wurde das bemerkt und wieder gerade gerückt. Manchmal nicht, dann hatte Fie einen Punkt gemacht und etwas für immer an diesem unerbittlich freundlichen Haus verändert. Hatte Madame Bonnard eine solche Veränderung einmal übersehen, dann gewöhnte sie sich daran, und so wurde der neue Platz wiederum zur Ausgangsposition.

Noch einfacher wäre es natürlich, alle Figürchen zu zerschmettern. Doch darüber könnte man dann beim Frühstück wirklich nicht schweigen. Marie Bonnard würde sie fragen, was sie essen wolle, darauf würde sie sagen: Müsli, und wenn Marie die Schale dann auf den gedeckten Tisch im Erker gestellt hätte, könnte sie nicht umhin, Fie zu fragen, ob sie vielleicht wisse, was mit dem Sèvres-Porzellan geschehen sei? Und es würde ein sehr unangenehmes Gespräch werden. Vielleicht sogar ein Drama.

Und wenn sie nur eine Ecke abschlüge, einfach mal hier

oder da? Eine Weile tickte sie vorsichtig mit einem Hirtenmädchen auf den Kaminsims. Mehr traute sie sich nicht. Sie ließ das Figürchen stehen.

Fie warf sich aufs Bett und musterte eingehend ihr Zimmer. Aus ihrer Perspektive war es ein Gewölbe mit Krimskrams, bogenförmig gestapelt und von einem Teppich überdacht. Am Rande lagen, wie eine Treppe, die Filmhüllen. Wenn man die Titel betrachtete, hätte es ein und dieselbe Geschichte sein können, mit jeweils anderen Schauspielern; die Frauen in kurzen oder langen Kleidern, die Männer meistens im Anzug, und einer vielleicht mit einer Pistole. Filme, die vermutlich gut waren, hatte Fie nicht gekauft, sondern nur solche, die sozusagen ein gutes Ende hatten, vor allem aber auch wirklich ein Ende und nicht im Kopf des Betrachters weiterliefen. Sie erinnerte sich an Filme, die sie tagelang nicht mehr losgelassen hatten. Ein ekelerregendes Gefühl, als hätte sie sich mit Essen vollgestopft, das sie nicht verdauen konnte.

Drei der Filme, die ihr Deckengewölbe abstützten, hatte sie sich noch nicht angeschaut. Einer davon war für heute Abend vorgesehen. Fie streckte einen Arm aus, stöhnte dabei aus Gewohnheit und ließ den Arm wieder sinken. Heute Abend nicht.

Sie könnte ein bisschen laufen gehen. Sie setzte sich auf, schwang die Beine über den Bettrand und beugte sich vornüber, um ihr Ohr aufs Knie zu legen. Nur eine kleine Bewegung und schon knirschte es. Ein ungewöhnliches Geräusch für ein Knie. Es klang hohl. Sie lauschte eine Weile ihrem Knie und wünschte sich, sie könnte diesen Hohlraum betreten. Aber es wäre dumm, jetzt noch Sport zu machen. Heute hatte sie ihre Runde schon gedreht, und ihre Knie schmerzten noch immer. Zudem war es bereits dunkel, und sie konnte dann nicht aus dem Haus gehen, ohne dass Marie Bonnard sofort in jedem Hauseingang Männer, die dort lauerten, vermutete und sie warnen würde, sie, in ihrem Alter und mit den blonden Haaren … und mit zusammengekniffenen Brauen die lockenden Umrisse eines weiblichen Körpers in die Luft zeichnen würde.

Fie stand auf, ging zu ihrem Schreibtisch und klappte den Laptop auf. Eine Spiegelung ihres Gesichts verschwand auf dem schwarzen Bildschirm und wich einem Foto von Fie, ihrem Hund und ihrer Mutter, fast kahl wegen der Windböen am Strand von Zandvoort. Unter Fies Mails fand sich noch immer keine Antwort ihres Professors. Sie öffnete Skype und klickte den Namen ihrer Mutter an. Sie war fast immer erreichbar.

Warte, warte kurz. Gleich würde ihre Mutter fragen, wie es ihr gefiele und ob sie etwas Schönes mit netten Leuten unternommen habe. Der Hund würde ihr seine Schnauze ins Gesicht schieben, und sie würde aufstehen müssen, um sich ihm zu entziehen. Ihre Mutter würde erzählen, dass alles seinen gewohnten Gang ginge. Fie konnte sich dann ausmalen, was für ein Gang das war und worauf der nach all den Jahren hinausliefe.

Noch bevor ihre Mutter sich einschalten konnte, klappte Fie den Laptop zu. Sie brauchte ein neues Hobby. Vielleicht einen Studenten, der gut roch. Allerdings konnte sie sich das in diesem Zimmer nicht vorstellen. Hier war es viel zu sauber.

Fie legte sich wieder aufs Bett. Sie öffnete den Mund und atmete langsam aus, was ein leises Geräusch im Hals erzeugte.

Es war fast halb zehn. Madame Bonnard konnte jeden Moment anklopfen, um zu fragen, ob sie noch etwas bräuchte, einen Tee vielleicht? Wenn sie in einem solchen Moment einfach nur vor sich hin starrte, wurde sie eingeladen, ins Wohnzimmer zu kommen, wo ununterbrochen der Fernseher lief. Wenn sie ihre Unibücher geöffnet vor sich hinlegte, würde Marie sich den Zeigefinger an den Mund halten, sich auf die Zehenspitzen stellen und demonstrativ behutsam wieder die Tür schließen.

Als sie ins Zimmer kam, hatte Fie gerade wieder Skype gestartet. Marie verschwand, auf den Zehen schaukelnd, während Fies Mutter sich einschaltete.

Nach dem üblichen Geplänkel sagte Fie: «Mam, ich will hier weg.»

«Was, noch immer? Mein Mädchen, du wohnst dort doch wunderbar, es ist kostenlos!»

«In der Hölle wohnt man auch kostenlos.»

«Die Hölle, also wirklich! Wieso ist es denn so schlimm dort?»

«Wenn du das nicht kapierst, kann ich dir auch nicht helfen.»

«Wenn du es mir nicht erklärst, kann ich es auch nicht verstehen.»

Fie klebte ein Post-it auf die Webcam.

«He, ich hab kein Bild mehr. Fie? Hörst du mich?»

«Ich höre dich noch.»

Sie sah, wie ihre Mutter zu Hause sich erst einmal im ganzen Zimmer umsah und sich dann mit der Hand durchs Haar fuhr, bevor sie sagte: «Dann lass mich doch wenigstens mal mit Paul reden.»

«Wieso?»

«Komm, bring mich mal zu ihm.»

«Der kapiert doch nicht, wieso ich hier wegmuss.»

«Aber wieso musst du denn auch?»

«Tja, wieso muss der Mensch manchmal sein Haus verlassen?»

Ihre Mutter schwieg.

»'tschuldigung», sagte Fie. «Aber es geht einfach nicht. Versteh das doch bitte.»

«Na, es ist deine Entscheidung. Aber vergiss nicht, dass du dort kostenlos wohnst, außerdem ist es ja nicht für die Ewigkeit, stimmt's? In ein paar Monaten kannst du wieder nach Hause. Und wenn du weggehst, kannst du nicht mehr zurück. Der wird sich freuen. Und ich mich übrigens auch.»

«Ja, ja.»

Fie zog das Post-it von der Kamera ab.

Ihre Mutter seufzte und lehnte sich zurück. Fie tat dasselbe.

«Wie ich sehe, kann ich dich nicht davon abhalten.»

«Nein», sagte Fie. «Ich ruf dich morgen wieder an, ja?»

«Aber wo willst du denn hin? So schnell findest du in Paris kein neues Zimmer.»

«Ich schau mal. Mir fällt schon was ein. Tschüss, Mam!»

«Tschüss, Fie.»

Und weg war ihre Mutter, bevor Fie noch etwas sagen konnte.

In Gedanken ging Sofie ihre Kommilitonen durch. Die weiblichen konnte sie vergessen, sogar die hässlichen. Sie verhielten sich untereinander noch feindseliger als zu Hause. Anfangs hatte sie noch die naive Auslandsstudentin gemimt und die eine oder andere Studentin etwas gefragt, doch sie erhielt jedes Mal nicht mehr als eine einsilbige Antwort. Untereinander schienen sie alle zerstritten zu sein. Als würden sie es einander übel nehmen, auch eine Frau zu sein, auch schlank, auch Pariserinnen mit langen Haaren und Zigaretten zwischen den Fingern.

Einen männlichen Studenten um etwas zu bitten, war wirklich einfacher, aber das hatte manchmal unabsehbare Folgen. Einem, der gut roch, war sie zudem auch noch nicht begegnet. Vorsichtig schob sie die Figürchen auf dem Kaminsims hin und her. Sie traute sich nicht, sie zu zerbrechen. Nicht mehr lange und sie würde das Zeug sogar liebgewinnen.

Wieder beugte sie sich vor und legte das Ohr auf ihr Knie. Es klang hohl.

Vierzehn

Ende Oktober plante Olivier mit seinen Studenten aus dem Seminar «Zwanzigstes Jahrhundert» einen Museumsbesuch. Die Erstsemesterexkursionen waren vorbei, und somit würde es das letzte Mal sein, dass er außerhalb der Vorlesung auf Fie traf. Deswegen hatte er sie nach dem Seminar gefragt, ob sie den Weg zum Musée Picasso wirklich allein finden würde. Denn so konnte er ihr vorschlagen, gemeinsam mit ihr von der Uni dorthin zu laufen. «Dann können wir uns auch gleich über deinen Essay unterhalten.»

Der Weg war eine seiner Lieblingsrouten durch die erogenen Zonen der Stadt. Hundert Mal war er die Strecke bereits gelaufen: vom Quartier Latin über die Inseln zum Marais. Im Zentrum von Paris lag alles nah beieinander, und die Metros waren so voll, dass er seit Jahren möglichst viel zu Fuß ging. Inzwischen kannte er so ziemlich jede Gegend, jede Straße. Manch eine der Fassaden barg ein Archiv der Erinnerungen; wenn er an ihnen vorbeiging, gingen ratternd die Schubladen auf, bis sie auf ihren Schienen an den Stopper stießen. Falls sie herabstürzten, würde er unter ihnen zerquetscht werden. Es war beeindruckend, manchmal aber auch erdrückend, was diese Fassaden alles auslösten.

Während seiner Spaziergänge durch Paris hatte er immer dazu geneigt, sich möglichst alles anzueignen, damit er es zeigen, benennen, darüber erzählen konnte. Dieses Haus hier würde er kaufen, wenn er reich wäre. Dies war der Platz mit dem Kuss. Hier seine Lieblingsaussicht auf die Île de la Cité, dort seine Lieblingsbar – und die da auch – und hier entlang führte sein Lieblingsspazierweg. Er war überall; an jede schöne Mauer hängte er sein Porträt. Und überall war auch Mathilde.

Als er aus dem kleinen Dorf in der Auvergne hierherkam, hatte Paris vom ersten Moment an vertraut gewirkt. Hier waren die Fotos und Geschichten entstanden; hier schlug das Herz des Landes. Schnell geriet er bei allem in Verzückung. Zunächst an den Ufern der Seine und vor den berühmten Sehenswürdigkeiten im Abendlicht. Wie jeder. Dann angesichts der kleinen Buchläden, die sich hinter schiefen Fassaden versteckten, und auf den kleinen Plätzen, die abends voller Licht und Zigarettenrauch waren und, trotz der Kälte, nackter Beine. Wegen der Parks, der Kirchen, und der Häuser mit den Gedenktafeln aus Stein, die verkündeten: Hier wurde J.K. Huysmans geboren, hier wohnte Daumier.

Die Art, wie er sich durch Paris bewegte, hatte etwas Besitzergreifendes. Er bevorzugte seine eigene Version der Stadt, ihm gemäß, entsprechend eingefärbt, von ihm mit dem eigenen Namen versehen.

So ging er heute den vertrauten Weg. Eine halbe Schrittlänge hinter ihm ging Fie ohne Fotoapparat und ohne etwas zu sagen. Als wäre sie kaum vorhanden. Sie betrachtete die Stadt, wie man eine Landschaft betrachtet, die am Zugfenster vorbeizieht: Orte, an denen man nie bleiben würde. Schöne Dinge, rasch vorüber, hinter Glas.

Wenn sie wenigstens etwas sagen würde und anders, vollkommen anders wäre als Mathilde.

«Also, ich habe deinen Essay gelesen.» Sie nickte und wartete ab.

«Deine Sicht ist sehr interessant: Das Unvollendete als eine Art Fluchtweg für den Künstler. Es war neu für mich, dass jemand so einen Gedanken bis zu einem zeitgenössischen Künstler wie Rauschenberg weiterdenkt. Das hat mir gefallen. Allerdings weiß ich nicht, ob er es auch so gemeint hat. Kommt das von dir, was er mit der ausradierten Zeichnung sagen wollte?»

Sie runzelte die Stirn. «Glauben Sie, das war ironisch gemeint?»

«Das weiß man nie, besonders nicht bei modernen Künstlern.»

«Ich werde das mal nachprüfen.»

Sie erreichten die Brücke über die Seine. Gewöhnlich fragte Olivier bei Führungen die Touristen, ob sie an dieser Stelle ein Foto von sich mit der Notre-Dame im Hintergrund haben wollten, und sie sagten dann immer Ja. Doch nun kam ihm das kindisch vor. Sie ist zu alt dafür, dachte er. Sie war dafür zu alt, so wie Sylvie für manche Dinge zu jung war und noch immer versuchte, sich für Dinge zu begeistern, die ihr mit zwanzig interessant vorgekommen waren. Fie war hingegen zu ernst, als hätte sie schon jahrelang Zeit gehabt, sich auszutoben. Er würde sie gerne zum Lachen bringen. Doch womit? Es gab nur den Seminarstoff, und er war nur ihr Dozent.

«Und noch etwas», sagte er. «Stell dir mal vor, dein Essay wäre Pflichtlektüre an der Kunstakademie und alle Studenten würden ihn sich zu Herzen nehmen. Stell dir vor, sie wollten dann zurück zu dem Moment, ‹als die Idee des Künstlers noch rein war›, wie du schreibst. Das klingt zwar wahnsinnig schön, aber die Studenten würden nur noch ein weißes Blatt abgeben. Und du und ich, wir müssten uns eine andere Beschäftigung suchen.»

Sie antwortete nicht sofort. Ihm fiel auf, dass sie beim Nachdenken die Lippen ein wenig schürzte. Er fuhr fort: «Ich meine nur: Du zeigst das Problem auf, aber du lieferst keine Lösung.»

«Gibt es sie denn?»

«Diese Frage stelle ich dir.»

«Rauschenberg hatte doch eine Lösung. Und Cézanne.»

«Ja, Cézanne. Du schreibst, dass er seine Gemälde so lange betrachtete, bis ihm die Augen bluteten. Doch was wollte er sehen? Was wollte er entdecken, als er so konzentriert den Korb mit den Äpfeln anstarrte? Schreib das mal auf.»

«Nun ja, die reinen Äpfel.»

«Ja?»

Sie führte das nicht weiter aus. Olivier setzte die Überlegung fort: «Was Cézanne suchte, war das Ding an sich, losgelöst von allen Vorstellungen und Interpretationen. Er wollte einen Apfel so sehen, wie er auf seiner Netzhaut abgebildet wird, als rote und gelbe Flecken, noch bevor ihn der Gedanke erreichen konnte: Schau, ein Apfel, und sein Gehirn das Bild eines Apfels konstruiert hätte. Denn unsere Augen sehen keinen Apfel. Sie sehen ein Wirrwarr aus Linien und Farben, das blitzschnell durch unser Hirn geschickt wird, während daran noch gefeilt, geschnitten und geleimt wird. Unser Hirn heftet seine Idee auf dieses Durcheinander – die Vorstellung eines ‹Apfels›, von der wir dann glauben, wir würden sie sehen. Cézanne versucht, das wieder zu entwirren.»

Sie hatten ihr Tempo verlangsamt. Auf beiden Seiten wurden sie von Touristen überholt. Fie sah ihn nachdenklich an. «Das meinte ich doch in etwa, und deswegen sind seine Gemälde auch unfertig.»

«Es geht nicht darum, ob sie *unfertig* sind. Es geht darum, dass Cézanne zu dem Ding an sich zurückwill und versucht die Farben und Flächen zu sehen, aus denen das Ding bestand, bevor daraus ein Apfel oder eine Landschaft wurde. Als würde er versuchen das Mehl, Ei, Salz und den Zucker in einem Kuchen herauszuschmecken, obwohl alle Zutaten schon längst zu einem einzigen Gebäck zusammengeknetet worden sind. Er liefert uns diese Zutaten, und wir müssen dann selbst etwas daraus machen.»

«Er malte den ‹Kern der Form›, wie Frenhofer es ausdrückte. Und wir fügen die Vorstellung hinzu.»

«Genau! Und plötzlich sehen wir dann doch ein Körbchen mit Äpfeln vor uns. Halb Farbe, halb Fantasie.»

«Ist das die Lösung?»

«Findest du nicht?»

«Ich weiß nicht. Mir kommt das etwas zu einfach vor», sagte sie. «Wenn man das Hinzufügen den anderen überlässt. Deswegen ist man doch nicht Künstler geworden?»

Sie erreichten die Spitze von Île St. Louis, und er bat sie stehen zu bleiben, als könne er ihr damit die Insel schenken.

Ein paar Minuten standen sie dort und betrachteten die Seine, die gegenüberliegenden Ufer, den Vierungsturm von Notre-Dame, der über die grauen Dächer hochragte, rechts die Silhouette des Hôtel de Ville. Von Fie kam keinerlei Kommentar. Schließlich sagte er: «Immer wieder schön.» Sie nickte.

«Verspürst du nie den Wunsch, ganz darin einzutauchen?» Es war ihm einfach so herausgerutscht.

«In den Fluss?», fragte sie.

«Nein, in die Stadt.»

«Aber ich bin doch in der Stadt.»

«Ja, aber hast du nie Lust, dich vollkommen in sie hineinzustürzen und mitzumachen, auf Partys zu gehen, Ausflüge zu machen, die Abende, Bars und Bistros … die Stadt, *quoi*.»

Sie zuckte mit den Achseln.

«Sie ist kein Museum. Du darfst alles anfassen.»

Sie schwieg. Vielleicht war er zu weit gegangen. Er fragte: «Kommst du denn so mit deinem Essay weiter?»

«Ja, ich werde mich noch mal dransetzen.»

Als sie das sagte, wirkte sie so unglücklich, dass er das Bedürfnis verspürte, sie zu trösten.

«Ich fand ihn nicht übel, deinen Essay, wirklich nicht. Nur war er doch ziemlich … nihilistisch. Nach dem Motto: ‹Wenn es nicht perfekt wird, braucht man erst gar nicht damit anzufangen.› Ich meine nur, ein van Gogh oder ein Cézanne, die waren auch vielleicht nicht immer zufrieden, und es gelang ihnen nicht hundertprozentig, aber sie haben es dennoch gemacht, und darüber sind wir heute sehr glücklich.»

Sie nickte.

«Manchmal muss man sich einfach etwas trauen. Mit irgendetwas anfangen.»

«Okay», sagte sie. Sie würde sich das noch einmal anschauen.

Sie ging ein kleines Stück weiter. Er wartete einen Moment, bevor er ihr folgte, um sie betrachten zu können. Ihr war nichts anzumerken. Auch sonst gab sie nicht viel von sich preis, sprach hier am Seine-Ufer kaum ein Wort. Wenn er mit Sylvie durch Paris ging, ließ sie lauter Superlative wie Ballons und Girlanden los. Fie stand einfach nur da und vergrub die Hände in den Jackentaschen.

Und dennoch konnte er sich nicht vorstellen, dass sie sich immer nur so steif wie ein Brikett gab. Immer nur allein in einem solch kleinen Körper zu sein, das hielt doch kein Mensch aus. Wenn er die Augen schloss, dann gab es da einen Raum, der so unglaublich viel größer als sein Schädel war, dass es kaum zu glauben war, dass ein einziges Gesicht alles fassen konnte, wenn er die Augen dann wieder öffnete. Dass seine Nase mitten in das unendliche Blickfeld ragte. Er konnte sich nicht vorstellen, dass Fie nur in einem Körper leben konnte, in einem kleinen Zimmer, nur aus einem Koffer. Ihr restliches Leben musste sie in großen Kartons auf einem Dachboden in den Niederlanden verstaut haben.

Er stellte sich wieder neben sie.

«Vermisst du Holland?»

«Nein. Ich vermisse Paris.»

Um sie herum floss die Seine, in der sich auf beiden Seiten die Sehenswürdigkeiten spiegelten, und ihre Antwort klang so absurd, dass er lachen musste, ein paar dunkle «Hahaha», mit denen er sie inmitten von alldem hier verankern wollte.

Sie zog die Schultern hoch und verschränkte die Arme vor der Brust.

«Ist das so seltsam?»

«Nun ja, Paris kann man von hier aus doch nur schwer vermissen.»

Wieder ein Schulterzucken. «Ich habe einfach Heimweh, nach diesem Moment, dieser Stadt, dieser Zeit.»

«Jetzt schon?»

«Gerade jetzt. Jetzt, da ich es sehe, weiß ich, dass ich es vermissen werde.»

Sie schaute weg, als hätte sie das Gefühl, zu viel gesagt zu haben. Er spürte die Wärme ihres Arms durch ihre beiden Jacken hindurch und folgte ihrem Blick zur anderen Seite des Ufers. In Wölkchen trieb ihr Atem an ihm vorbei. Olivier rührte sich nicht, sagte nichts und versuchte sich alles zu merken: die leichten Wellen des Wassers im Wind, die Möwen, ihren Atem.

Schließlich sagte Fie: «Wollen wir mal wieder?» Er fragte sich, was sie über ihn dachte. Ob sie überhaupt etwas dachte.

Sie gingen weiter bis zum Musée Picasso. Es war eine Erleichterung, sich wieder den anderen Studenten zuwenden zu können. In schnellem Tempo spulte Olivier seine Geschichten ab, breit gestikulierend, doch ohne Hingabe. Dabei richtete er abwechselnd den Blick auf die Studenten, die ganz vorne standen. Fie stand an der Seite und tappte in Gedanken versunken mit dem Fuß, eine Bewegung, die sie mit Mathilde gemein hatte. Wenn er sie anschaute, schob sich Mathildes Bild vor Fie, Fie vor Mathilde. Es war schwindelerregend.

Nach seiner Einführung verteilte sich die Gruppe über die Museumssäle. Olivier versuchte nicht sie im Blick zu behalten, doch er wusste immer genau, wo sie sich gerade befand und welchen Weg sie nahm. In einem kleinen Saal, in dem nur ein einzelnes Kunstwerk stand, passte er sie ab. Es handelte sich um eine Skulptur aus Eisendraht, fast mannshoch. Auf Augenhöhe befanden sich eine rote Scheibe, Mund- und Augenlöcher. Ansonsten bestand die Skulptur nur aus Eisenstangen.

«Das ist vielleicht etwas für dich», sagte er, als sie hereinkam. «Eine Skulptur aus Leere.»

Einen Augenblick zweifelte er, ob sie das vielleicht falsch auffassen könnte, und fügte hinzu: «Für deinen Essay.» Sie nickte und trat ernst an die Drahtskulptur heran. Als Olivier sich umdrehte, um weiterzugehen, stand plötzlich eine andere Studentin hinter ihm, die er noch gar nicht bemerkt hatte.

«Geben Sie Tipps für den Essay?», fragte sie.

«Du bist doch keine Austauschstudentin. Du weißt doch genau, wie das funktioniert.»

Er ging schnell weiter.

Fünfzehn

Wartezimmer

Er: Bist du dir sicher, dass du es nicht behalten willst?

Sie: Du hast doch selbst gesagt, dass es keine andere Möglichkeit gibt.

Er: Es gibt auch keine andere Möglichkeit. Da bin ich mir sicher.

Sie: Wieso fragst du mich dann?

Er: Du musst dir sicher sein. Sie werden dich das gleich bestimmt mehrmals fragen.

Sie: Natürlich will ich nicht.

Er: Liebling …

Sie: Liebling. Wenn ich so etwas sage, «Liebling», dann weiß ich bald nicht mehr genau, wen ich damit meine. Dich oder meinen Bauch. Das weiß ich allerdings ganz sicher.

Er: Was?

Sie: Dass ich wählen muss.

Er: Aber ich bleibe bei dir.

Sie: Deswegen bin ich ja hier.

Sofie

Das Profilfoto ihrer Mutter war überraschend gut. Sie blickte direkt in die Webcam, lächelte entspannt und hielt den Kopf ein wenig schräg. Ihr Gesichtsausdruck wirkte spitzbübisch. Fie überlegte, wie viele Fotos sie gemacht hatte, alleine zu Hause am Wohnzimmertisch, bis sie schließlich so darauf aussah wie jetzt. Diesen Blick hatte sie nur, wenn niemand zurückschaute. War Skype eingeschaltet, biss sie sich auf die Lippen, bis sie weiß wurden, und ihr Blick wanderte immer wieder in die Ecke des Bildschirms, wo ihr Spiegelbild zu sehen war.

Während ihrer täglichen Skypegespräche hatte Fie sich angewöhnt, das Webcambild von sich nicht zu beachten. Oft klickte sie es einfach weg und vergrößerte das Bild ihrer Mutter so stark, bis es schließlich den ganzen Bildschirm ausfüllte. Über die Tastatur gebeugt, betrachtete sie die ruckelnde, pixelige Frau, die dort nervös im Schein der Lampe saß. Wiederholt fragte ihre Mutter sie, ob sie nicht einsam sei – die Franzosen wären doch sehr distanziert; ob es ihr denn auch gut ginge. War Fie in guter Stimmung, sagte sie: Natürlich bin ich manchmal einsam, Mama, du fehlst mir auch. Dann ließ sie es zu, dass ihre Mutter sie bemutterte und in den Bildschirm seufzte. In der letzten Zeit ging sie immer seltener auf diese Art Gespräch ein. Dann sagte sie: Nein, hier läuft alles prima. Und bei dir? Wahrscheinlich ist es sehr still im Haus.

Sie hatte den Akku ihres Laptops aufgeladen, bevor sie sich damit in ein Café setzte. Fast zwei Stunden Laufzeit zeigte das Icon an. So lange dauerte das manchmal, ein Gespräch mit ihrer Mutter. Fie fragte sich gelegentlich, wer hier eigentlich wen aufzog, wer wen beruhigen musste. Sie suchte sich einen Tisch in der Ecke aus und setzte sich mit dem Rücken zur Wand, damit sie das Café im Blick hatte. Zu Hause skypen war zwar praktischer, doch Fie hatte Angst, dass sich Paul Bonnard vielleicht in ihr Gespräch einklinken und mithören könnte. Er war ein sogenannter Studienfreund ihrer Mutter und fand sie noch immer unglaublich interessant. Er ließ auch nicht davon ab, Fie mit ihr zu vergleichen und sie dabei von allen Seiten zu betrachten, bis ihr ganz übel davon wurde. Inzwischen hatte Fie begriffen, dass die beiden nicht einfach nur befreundet gewesen waren. Sie hatte sogar ein Foto von den beiden gesehen, auf dem Paul noch Haare hatte und sein Gesicht noch glatt war. Er hatte früher ziemlich gut ausgesehen, das musste sie zugeben, aber schon damals konnte man in dem arroganten jungen Mann den schmierigen Typen von heute erkennen. Ihre Mutter hatte, was Männer anging, einen schlechten Geschmack.

Einmal, als Fie gerade mit ihrer Mutter skypte, war Paul ins Zimmer gekommen und hatte sich einfach dazugesellt. Als er sich neben Fie vor dem Laptop niederließ, verschwand ihre Mutter sofort vom Bildschirm. Paul und sie hatten in ein leeres Zimmer gestarrt. «Mensch, deine Mutter hat sich kein Stück verändert. Nicht einen Tag älter geworden, seit ich sie damals kennengelernt habe.» Aus dem leeren Zimmer erklang Gepolter. Ein aufgestellter Hundeschwanz schob sich unten im Bild vorbei.

Paul sagte zum dritten Mal: «Weißt du eigentlich, dass du deiner Mutter sehr ähnelst?» Fie hoffte inständig, dass ihre Mutter ihn nicht hörte. Als sie kurz darauf wieder im Bild erschien, hatte sie ihr Haar so stark hochgebürstet, dass es vor ihren Augen wieder in sich zusammenfiel. Womöglich hatte sie sogar Parfüm aufgetragen.

Fie hätte jedem anderen gern geähnelt, nur nicht ihr. Eine Frau, eine erwachsene Frau, die jeden Tag mit ihrer Tochter telefonieren musste. So jemand war doch wirklich zu bedauern. Weil sie ihr nicht ähneln wollte, hatte Fie sich selbst dazu gezwungen, ins Ausland zu gehen. Für ein halbes Jahr eine Insel im französischen Meer zu sein. Wenn sie es sich selbst nicht rechtzeitig beibrachte, allein zu sein, würde sie so wie ihre Mutter werden, eine ängstliche Klette.

Der Kellner brachte ihr eine Tasse Kaffee. Normalerweise trank sie keinen, aber es war das mit Abstand günstigste Getränk.

Fünf Minuten nach neun. Ihre Mutter war spät dran. Neben dem schelmischen Profilfoto stand noch immer «offline». Fie schlug ihre Lehrbücher auf und öffnete ein neues Fenster auf dem Bildschirm. Dort stand:

Fie Schoonhoven, Essay, zweite Fassung

Picasso, Léger, Brancusi, Breton: die komplette französische Avantgarde geleitete am 13. November 1918 die Bestattungskutsche des Dichters Guillaume Apollinaire zum Friedhof. Nach seinem Begräbnis auf dem Cimetière du Père-Lachaise blieb das Grab des berühmten Dichters jedoch ohne Grabstein: Dafür fehlte seiner Witwe das Geld. Ein Komitee wurde ins Leben gerufen, das sich um ein Grabmal für den Dichter kümmern sollte. Ein Mitglied dieses Komitees war auch Pablo Picasso, den mit Apollinaire eine enge Freundschaft verband. Apollinaire verteidigte Picassos experimentelle Kunst in der Presse; Picasso war Apollinaires Trauzeuge. So lag es nahe, dass Picasso den Auftrag für das Grabmal erhielt.

Also begann er mit der Arbeit. Bei seinem Entwurf muss er sich an Sätze seines Freundes Apollinaire aus der Novelle Der gemordete Dichter *erinnert haben. Dort entwirft ein Bildhauer ein Grabmal für einen ermordeten Dichter. Er geht dabei so vor, dass er ein Loch mit den Umrissen des Dichters gräbt, damit die entstandene Hohlform «voll von seinem Geist» war. Auf diese Weise schaffte er ein «tiefsinniges Standbild aus Nichts».*

Picasso machte vier Entwürfe, von denen keiner auf Apollinaires Sarkophag kam, weil sie zu «modern» waren.

Und modern waren sie wirklich. Die sogenannten Drahtskulpturen bestehen aus geraden und gebogenen Eisendrähten. Eine Eisenscheibe verweist auf den Kopf; Hände und andere Körperteile wurden nur angedeutet. Die Gestalt des Dichters wird nur vage umrissen; das minimalistische Eisengestell rahmt eine transparente Gestalt und markiert den Raum, in dem sich der Geist des verstorbenen Dichters befindet. «Bravo, bravo, eine Statue aus Nichts, ins Leere, das ist prächtig!», ließ Apollinaire seine Figur in der Novelle Der gemordete Dichter *ausrufen.*

Mit ähnlichen Zeichnungen, die nur aus gezackten und gebogenen Linien bestehen, illustrierte Picasso ein paar Jahre später Balzacs berühmte Novelle Das unbekannte Meisterwerk. *Hier begegnet der junge Künstler Nicolas Poussin dem legendären Künstler Frenhofer …*

Ja, dachte Fie, so war es schon besser. Ein Standbild aus Nichts und dennoch ein Standbild. Das klang schon besser als eine ausradierte Zeichnung oder eine weiß bemalte Leinwand. Sie kopierte, was sie über Balzacs Novelle in der ersten Version ihres Essays geschrieben hatte. Dann ließ sie ihre Finger auf der Tastatur ruhen und starrte entschlossen auf den flackernden Cursor. Der Mann, der an der Bar stand, schaute zu ihr hinüber. Sein Blick war wie ein Infrarotstrahler. Sie erwiderte ihn nicht und öffnete erneut Skype. Ihre Mutter war noch immer nicht online. Ob bei ihr vielleicht etwas mit der Verbindung nicht stimmte? Sie stellte sich vor, wie ihre Mutter an den Internetkabeln herumfummelte und sich die Haare raufte, bis sie irgendwann fettig und struppig abstanden. Na, dann eben nicht, Fie war das egal. Wenn der Mann an der Bar sie nun auch noch in Ruhe ließe, könnte sie ihren Essay schreiben. Sie schloss kurz die Augen.

So ungern allein sein, dass man lieber bei einem Mann bleibt, der einen erniedrigt. Was ihre Mutter sich alles hatte gefallen lassen. Fie erinnerte sich noch daran, wie sie früher von ihrem Vater in die Küche geschickt worden war: «Sag der Ollen mal, dass ich noch keine Lust habe zu essen.» Ihre Mutter wollte etwas erwidern, doch ihr fiel nichts ein, und Fie kehrte wieder mit der Nachricht ins Arbeitszimmer zurück: «Mama weint.» «O mein Gott», stöhnte er.

Am schlimmsten waren für Fie die Zeiten gewesen, in denen sie sich Mühe gaben, den Frieden zu bewahren. Nun ja, Mühe. Sie spielten Mama und Papa, und zwar so halbherzig, dass sie niemanden damit überzeugen konnten. Dann verabschiedete sich ihr Vater morgens von ihrer Mutter mit einem: «Tschüss, Frau.» Der Kuss auf ihre Wange war Teil der Bewegung, mit der er sich die Jacke anzog, die Schlüssel nahm, die Brotdose von der Anrichte einsteckte, alles mit gleichbleibender Aufmerksamkeit ausgeführt. Fie strich er mit der Hand über den Kopf wie über einen Lichtschalter.

Sie trank von ihrem Kaffee und spähte über den Tassenrand hinweg zu dem Mann an der Bar. Vielleicht machte ihre Mutter sich gerade die Haare. Fie öffnete ein Chatfenster: «Du brauchst dich heute Abend nicht aufzubrezeln, Paul ist nicht dabei.»

Die Erkenntnis, dass ihre Mutter einmal Sex gehabt hatte, war neu für sie. Ein dummer Gedanke, denn sie war ja ihre Tochter. Ein einziges Mal mussten sie es also doch miteinander gemacht haben. Doch was Fie anbelangte, konnte es auch dabei bleiben. Sex mit Paul, mit dem sie morgens frühstücken musste, das war wirklich zu viel.

«Hallo?», tippte sie ein.

Fie hockte mürrisch vor dem Bildschirm. Der Mann hinter der Bar versengte ihr die Wangen und den Hals. Es kostete sie Mühe, allen Mut zusammenzuraffen und ihn kurz zu mustern. Sie blickte ihn verärgert an. Er schaute weg.

Schließlich rief sie ihre Mutter auf dem Handy an. Nach dem zweiten Klingeln nahm sie den Anruf an. Ihre Mutter kicherte ihr ins Ohr, rief zweimal Hi und sagte: «Ich muss auflegen, Schätzchen, ich sitze in einem Café, ich rufe dich morgen zurück, ja?» Die Geräuschwelle spülte Fies Kopf leer. Dann beendete ihre Mutter das Gespräch.

Der Cursor flackerte noch immer auf dem Bildschirm. Traurig war das, mit einem Laptop im Café zu hocken und darauf zu warten, dass die Mutter anrief. Fie sah auf den Text, den sie geschrieben hatte, und drückte die Backspace-Taste. Der Cursor fraß die Wörter. Eine Drahtskulptur aus Leere? Ein Zeichen der Schwäche war das, ein Kunstwerk aus Nichts. Fie dachte zurück an den Professor am Seine-Ufer. In seiner dunklen Stimme hatte es selbstverständlich geklungen: Man musste sich einfach etwas trauen. Das sagte der Mann, der blind den Weg fand. Picasso war ein Scheißkerl. Der traute sich auch nichts. Sie klappte den Laptop zu. Hätte der Mann jetzt noch an der Bar gestanden, dann hätte sie ihn angelächelt, einfach so, als Rebellion gegen sich selbst.

Sechzehn

Kurz vor dem Eingriff sagte er zu Mathilde, dass sie an die Kinder denken solle, die sie noch miteinander haben würden, wenn dies alles erst vorüber sei.

Sie lag mit weit gespreizten Beinen da, die Füße in Metallbügeln. Als die Rohrspitze vorne am Schlauch in sie eindrang, kniff sie ihm fest in die Hand und vergrub ihre Nägel in seiner Handfläche. Dort ließ sie sie, zehn Minuten lang, sie kniff so fest zu, dass er die Bewegungen in ihrem Innern fühlen konnte. Er fühlte das Schaben und Saugen durch ihre Fingernägel hindurch, die in seiner Hand lagen, bis er schließlich seinen eigenen Körper vergessen hatte. Er war verwundert und ergriffen. Bis sie schrie und den Kopf zur Seite schob und er plötzlich alleine in seinem Körper war. Auch sie lag dort plötzlich allein. Tropfen fielen auf den Boden.

Als sie eine halbe Stunde später wieder draußen waren und mit der Metro zurückfuhren, behielt ihr Gesicht weiterhin die Farbe bei, die sie im Neonlicht des Behandlungsraums gehabt hatte. Um sie aufzumuntern, ging er mit ihr in ein Restaurant, in dem sie das Gefühl hatten, viel zu einfach gekleidet zu sein. Doch er wollte sie verwöhnen, sagte er, wie eine Prinzessin. Sie lächelte mit fest zusammengepressten Lippen.

Als er den Wein einschenkte und dabei ein paar Tropfen auf der Tischdecke vergoss, fing sie an zu weinen. Zunächst ganz leise, dann elendiglich, die Arme hielt sie um den Bauch geschlungen und wiegte sich mit dem Oberkörper vor und zurück. Er versuchte, sie zu besänftigen, doch sie hörte nicht auf. Es schien, als wollte sie nie wieder aufhören. Da legte er einen Geldschein auf den Tisch, half ihr aus dem Stuhl hoch und führte sie mit glühenden Wangen aus dem Restaurant. Er hatte Mitleid mit ihr. Und mit sich selbst. Er spürte die Kluft zwischen Fühlen und Mitfühlen. Er wollte ihre Bauchschmerzen, er wollte sogar die Blutungen, die nicht aufhörten, statt des quälenden Mitgefühls aus der Distanz.

Die Distanz verringerte sich auch nicht, als er sie während der Nacht mit seinem großen Körper umschlang und sie festhielt. Und auch wenn er seine Wange an ihre presste, bis sie nicht mehr atmen konnten, seinen Kopf konnte er nicht in ihren Kopf hineinschieben. Es gelang ihm nicht, statt der Erleichterung Kummer zu spüren.

Während der folgenden Wochen hörte Mathilde nicht mehr auf, innerlich zu weinen. Manchmal ganz plötzlich, wenn sie Tomaten schnitt oder sich die Zähne putzte.

Dann fragte er sie, was denn sei, und sie sah ihn an und antwortete, ohne mit dem Weinen aufzuhören.

«Dasselbe», sagte sie.

Sie weinte wegen allem, das rot war. Wegen allem, das klein war.

Eigentlich wegen allem.

Siebzehn

«Darf ich Sie mal etwas fragen?»

Da stand sie wieder. Sie wirkte fest entschlossen.

«Natürlich.»

«Ich weiß nicht so genau, wie das hier funktioniert, aber vielleicht können Sie mir das sagen ... Also, ich wohne zu Hause bei Herrn Bonnard ...»

«Ja?»

«... und möchte dort gerne weg. Ich suche ein Zimmer. Möglichst schnell.»

«Oh.»

«Aber ich weiß nicht, wo ich mit der Suche anfangen soll.»

«Sind sie nicht nett zu dir?»

Er hoffte, sie würde ja sagen.

«Nein, nein, sie sind nett, sehr zuvorkommend. Alles ist schön ordentlich ... Jeden Tag wird mein Bett gemacht und der Pyjama gefaltet.» Sie wirkte eigentümlich aufgeregt. Ihre Wangen färbten sich sichelförmig rosa.

«Und wo ist das Problem?»

«Das ist das Problem.»

«Dass sie dir dein Bett machen?»

«Ja, ich möchte irgendwo wohnen, wo sich niemand um meinen Pyjama kümmert.»

Irgendwo, wo man einfach keinen Pyjama anziehen muss. Das sagte er nicht. Sie wirkte jetzt schon leicht erschrocken über das, was sie gesagt hatte.

«Ich verstehe. Mal überlegen ... Tja, es gibt bestimmt Makler, doch die wollen Geld ... Du könntest vielleicht eine Anzeige aufgeben. Am einfachsten ist es aber, wenn du jemanden kennst.»

Nun wurde auch ihre Stirn rot. «Deswegen frage ich Sie ja.»

«Bin ich ...? Oh. Ja. Und wie viel darf es so etwa kosten?»

Sie zog die Mundwinkel herunter und entblößte ihre zusammengepressten Zähne. Nicht viel.

«Ich werde mich mal für dich umhören.»

«Vielen Dank. Das wäre prima.»

Sie glaubte nicht daran, das sah er ihr an. Und dennoch kam sie damit gerade zu ihm, auch wenn er wahrscheinlich ihre letzte Chance war. Offensichtlich fühlte sie sich bei Paul arg eingeengt, überlegte Olivier. Das gefiel ihm.

Ein Zimmer in Paris. Wie findet man das? Er hatte auch keine Ahnung. Sein letzter Umzug lag viele Jahre zurück, und bei ihm hatte es auch etwas kosten dürfen. Google? *Agence immobilière Paris*. Augenblicklich verwandelte sich sein Computerbildschirm in ein Puppenhaus. Zimmerchen mit zehn Quadratmetern, sechs, fünf...

Zu klein, viel zu klein. Sie würde dort mit hochgezogenen Schultern hocken, um möglichst wenig Raum einzunehmen. Und außerdem kostete das einen Batzen.

Vielleicht ein Apartment? Aber die waren viel zu teuer, oder sie musste es sich mit jemandem teilen.

Drei Stunden und zweihundertsechsunddreißig Apartments später rief er Sylvie an, ob sie vielleicht eine Idee hätte.

Achtzehn

Am nächsten Tag rief er seinen Rugbyfreund an.

J: Jacques Lemonneur.
O: Hallo, ich bin's.
J: Olivier! Ça va?
O: Ja, hör zu, du suchst doch ein Zimmer für Marc?
J: Hast du eins? Du hast dich also tatsächlich umgehört?
O: Nun ja, das hängt davon ab ... Würde er sich eventuell auch eine kleine Wohnung mit einer Studentin teilen? Es sind zwei Zimmer. Gemeinsame Küche und so weiter. Im Dreizehnten.
J: Und wie viel?
O: Das läuft über eine Bekannte von Sylvie. Deswegen wäre es etwas günstiger, denn es ist wirklich ein tolles Apartment ...
J: Wie viel?
O: Vierhundert pro Person. Alles drin.
J: Also ...! Im Dreizehnten, hast du gesagt?
O: Ja. Mit Teppichboden und allem.
J: Mensch ... ich meine ... Danke! Warte, ich geb dir mal Marc, das ist einfacher.

Olivier hatte sich die Wohnung sofort angeschaut und auch sofort den Mietvertrag unterschrieben. Genau genommen kostete das Apartment über achthundert Euro im Monat – er übernahm einen kleinen Teil davon. Niemand würde etwas davon erfahren. Fie und Jacques' Sohn Marc könnten es über ihn mieten, er war Bürge. Sylvie verkaufte er das alles als Freundschaftsdienst für Bonnard, zu dem er sich verpflichtet fühle. Dass er ihn bei Laune halten musste, das würde sie doch verstehen, immerhin arbeite sie doch auch an der Universität. Der Vermieterin erzählte er dieselbe klägliche Geschichte. Fie und Marc würde er sagen, dass nur eine erwachsene Person mit Arbeitsvertrag hätte unterschreiben können, damit er als Bürge fungieren könne, denn so sei das miettechnisch geregelt. Oder so ähnlich. Er würde sich da noch etwas überlegen.

Und so war er, bevor er sich noch über das Warum Gedanken machen konnte, Mieter einer zweiten Wohnung.

Weil er sie jetzt nicht enttäuschen wollte.

Weil er ihr helfen wollte, einfach so, und zudem war er doch offiziell zu ihrem Paten bestellt worden? Also dann. Und überhaupt, Jacques hatte ihn doch gebeten, nach einer Wohnung für seinen Sohn Ausschau zu halten. Alles geregelt. Alles in Ordnung.

Neunzehn

Nach dem Seminar sprach er sie an und sagte, dass er vielleicht etwas für sie hätte. Ein Apartment, das eine Freundin von ihm loswerden musste, sie könne es sich mit dem Sohn eines Freundes von ihm teilen, der zu Hause auszog. Nicht ohne Stolz hielt er ihr einen Ausdruck mit den Fotos der Wohnung hin.

Sie hatte ihn etwas verwirrt angesehen, während er sprach, den Kopf leicht geneigt, als würde sie konzentriert sehr leisen Geräuschen lauschen. So aufmerksam hatte sie noch nie ausgesehen.

«Es ist nicht möbliert. Wo kriege ich so schnell Möbel her?» Er schlug Ikea vor und sich einen Mietwagen zu nehmen.

Sie hätte aber keinen Führerschein, sagte sie.

«Kann Bonnard dir nicht helfen?», fragte er. Da musste sie lachen. «Bonnard hat ziemlich pikiert reagiert, als ich ihm gesagt habe, dass ich ausziehen möchte.»

«Ach, ich dachte, er würde dich lieber heute als morgen los sein.»

«Hab ich auch gedacht.»

«Das sollte jetzt nicht unhöflich von mir sein, weißt du. Ich meine nur.»

«Ja, jedenfalls traue ich mich jetzt nicht, ihn um Hilfe zu bitten.»

Ein Moment der Stille. Als Vorbereitung auf das Unvermeidliche.

Olivier hatte seine Unterlagen in der Tasche verstaut und den Projektor ausgeschaltet. Sie stand noch immer da und sah ihn an. Dann sagte sie: «Die Wohnung sieht schön aus.»

«Na ja, wenn du wirklich sonst niemanden findest, der dir beim Umzug helfen kann, können wir mit meinem Wagen fahren.»

«Ja?»

«Damit hätte es sich aber auch. Eine einzige Tour von Ikea zur Wohnung, mehr nicht. Man muss ja nicht übertreiben.»

«Das wäre wirklich sehr hilfreich. Vielen, vielen Dank.» Er sah, dass er sie überrascht hatte. Erneut blickte sie ihn so prüfend an.

«Du nimmst sie also?»

«Kann ich noch darüber nachdenken?»

«In Ordnung.» Schwungvoll nahm er seine Aktentasche vom Tisch und ging weg, betont aufrecht, mit militärischem Schritt.

Noch am selben Abend sagte sie zu. Vergnügt stellte Olivier sich vor, was sie wohl überzeugt hatte: Bonnards letztes Haar im Abfluss der Dusche oder die Art, wie er sich wie ein Reptil rasch die Lippen mit der Zunge befeuchtete.

Sie mailten ein paarmal hin und her, um das Umzugsdatum und die Uhrzeit auszumachen. Nächsten Samstag würde es über die Bühne gehen. Um neun Uhr, schrieb Olivier, sieh zu, dass du dann startklar bist, ich werde nicht auf dich warten.

Am verabredeten Morgen holte er Fie mit gemimter Widerwilligkeit bei den Bonnards ab. Sie wartete im Flur mit einem orangefarbenen Koffer und einem Rucksack. Madame Bonnard wusste nicht so recht, ob sie überrumpelt oder doch erleichtert sein sollte. Sie lief hin und her, bot Handtücher und sonstige Dinge für den Haushalt an, einen Kaffee, Tee, danke, nein, sie brauchten wirklich nichts, und steckte Fie zum Abschied noch ein Glas Pflaumen in den Rucksack. Paul beobachtete das Ganze missbilligend, und als Olivier mit den Schultern zuckte und die Augen zum Himmel verdrehte, um damit anzudeuten, dass er das Ganze auch ziemlich überflüssig fand, kniff er die Lippen zusammen und schaute weg. Ist aber auch peinlich, wenn sich der Gast verdrückt, dachte Olivier. Und es war peinlich, dass er einfach beliebter bei den

Studenten war, das war von Anfang an so gewesen und war auch heute noch so.

Als sie die Auffahrt zur Wohnanlage hinunterfuhren, seufzte sie aus tiefster Seele.

«Besser?», fragte er.

«Und wie.»

Er zog eine Grimasse. «Nun, ich hoffe, dass ich meinen Kollegen hiermit nicht zu sehr vor den Kopf stoße», sagte Olivier förmlich und fügte weiter hinzu: «Aber, ehrlich gesagt, verstehe ich dich vollkommen.»

«Oh, ja?»

Er begnügte sich mit einem bedeutungsvollen Blick.

Das war alles. Aber es reichte. Es hatte ein vertrauliches Gespräch stattgefunden, nun konnten sie auch gemeinsame Wege gehen, ohne verschwitzte Hände.

Immerhin.

Es war ein weiter Weg bis zu Ikea in Thiais. Damit beide etwas zu tun hatten, hatte er Fie gebeten, auf die Karte zu schauen. Währenddessen wies er sie ab und zu auf Straßen hin, die sie passierten, erklärte etwas, erzählte über die Geschichte von Paris. Reden war einfacher als zu schweigen.

Um halb eins waren sie dort. Diese Filiale kannte er noch nicht, doch alles – das Parkhaus, der Eingang, die gelben Plastiktaschen und auch die Einrichtung der Schauräume – war genau so wie in allen anderen Häusern. In Nord-Paris, in Marseille, in Schweden, in Vancouver. Fie führte ihn gezielt über Abkürzungen, als hätte sie diesen Weg in einem identischen Möbelhaus schon einmal zurückgelegt. Er konnte sich vorstellen, hier in Paris durch den Eingang zu gehen und versehentlich in Amsterdam den Ausgang zu nehmen.

Und dennoch war eine merkwürdige Intimität spürbar. Da lief er, einen Meter oder vielleicht auch fünf Meter hinter ihr, auf einen Einkaufswagen gestützt. Um ihn herum schoben alle einen Wagen vor sich her. Pärchen: Sie suchten nach Sachen, mit denen sie ihr Leben füllen wollten. Er beobachtete ein junges Paar, das sich einen Bettbezug aussuchte. Das würde also die Farbe sein, in der sie demnächst schliefen. Das würde der Tisch sein, an dem sie die Zeitung lasen und aneinander vorbeilebten.

Fie ging mit einer vorbereiteten Liste in der Hand vor ihm her. Er hatte einen Blick darauf geworfen, sie ähnelte der Gästeliste für eine Einweihungsparty: Billy, Ivar, Birgit. Alles nette Vornamen für millionenfach produzierte Baupakete. Er warf einen verstohlenen Blick auf ihren Hintern in der Jeans und sah dann wieder weg.

Fie suchte währenddessen ihre Sachen zusammen. Ein Regal, einen Tisch, zwei Hocker, alles aus unlackiertem Holz. Eine dünne Matratze, ein weißes Bettwäscheset.

Als sie ein Bücherregal aus den endlosen Stapeln herauszog, musste er über sie lachen.

«Ach, ein Billy. Das wird ein Zimmer, in dem die ganze Welt schläft.» Sein Blick fiel auf den Namen ihrer Bettwäsche. «Und alle liegen sie unter Birgit.»

«Alle, außer den Snobs», sagte sie.

«Du nennst mich einen Snob? Ich bin doch mit dir hierhergefahren, in eine Ikeafiliale, junge Frau, die Vorstufe zur Hölle.»

Sie lächelte, ein seltsames Lächeln, die linke Seite ihres Gesichts bewegte sich dabei mehr als die rechte. Es fühlte sich wie ein Triumph an. Ganz allmählich ließ sie ihre Mathildenmaske fallen und zeigte sich selbst.

Und weiter ging es, vorbei an stapelbaren Gefäßen, den Abfalleimern, Fotorahmen, der «Kunst». Sie nahm kaum etwas mit. Nur das Allernötigste. Mit den blassesten Farben.

«Willst du nicht noch ein paar Sachen mitnehmen, um es dir wohnlich zu machen, damit es nicht so anonym ist?», fragte er, als sie in Richtung Kasse liefen.

Sie zog die Augenbrauen hoch.

«Duftkerzen?», versuchte er es. Und was er von Sylvie kannte: «Kissen! Fotorahmen. Schirmlämpchen?»

Er blätterte durch den Katalog und zeigte auf eins der Beispielzimmer.

«Das sieht doch viel gemütlicher aus. Sonst ist deine Wohnung nachher vollkommen leer.»

«Dann eben ein kahles Zimmer. Lieber keine Persönlichkeit als eine Ikea-Persönlichkeit.»

«Snob», sagte er.

Wieder dieses leicht ironische Lächeln. Er hatte Lust, noch mal zurückzugehen und johlend auf den ausgestellten Sofas herumzuhopsen.

Verstohlen betrachtete er die feinen Herrenschuhe, die unter seinem Einkaufswagen zu sehen waren.

Es war besser, dass sie nicht allzu viel eingekauft hatte, denn die Sachen passten gerade noch so in seinen Peugeot. Die Kofferraumtür blieb offen, das Regal stieß fast an den Schalthebel.

So fuhren sie weg. Er war erleichtert, dass sie die Vororte wieder hinter sich lassen konnten. In Paris hatte jede Straße eine Geschichte. In jeder Straße konnten bedeutende Dinge passieren. Doch während er aus der blau-gelben Parkgarage herauskurvte, dachte er: Und was ist das hier?

«Ein Ikea», sagte er laut, kopfschüttelnd.

Sie seufzte zufrieden.

«Vielen, vielen Dank.»

«Da, nimm die Karte, bringst du uns wieder von hier weg?»

Inzwischen war es ein strahlender Herbstmittag geworden, und die Sonne reflektierte auf dem schwarzen Auto. Bald darauf sank Fie in den Beifahrersitz. Seine vorgetäuschte Miesepetrigkeit hatte er abgelegt. Neben ihm drehte Fie die Karte ebenso hin und her, wie er gerade lenkte, so war ihre Fahrtrichtung und die Richtung auf der Karte immer dieselbe. Das hatte Mathilde auch so gemacht. Sylvie übrigens auch. Er hätte gerne einen Frauenwitz dazu vom Stapel gelassen, hielt sich aber zurück und grinste nur in sich hinein.

«Ja, ja», murmelte sie.

Es dauerte auch diesmal wieder fast eine Stunde, bis sie das richtige Viertel, das dreizehnte Arrondissement, erreichten.

Fie setzte sich wieder aufrecht hin, beugte sich leicht vor und begann die Umgebung zu studieren. Sie fuhren zwischen Hochhäusern hindurch, bedeckt mit chinesischen Zeichen auf rot-gelben Leuchttafeln. Alterslose Frauen schleppten Plastiktüten mit Essen, und in den Gemüsekisten auf den Trottoirs lagen stachelige Früchte aus.

«Gleich», sagte Olivier.

Nach den Hochhäusern wurde es plötzlich dörflich. Enge Straßen mit niedrigen Häuschen, nie höher als zwei Stockwerke, und an jeder Ecke ein Bar-Tabac. Zufrieden ließ sich Sofie wieder in ihren Sitz zurückfallen.

«Dieses Viertel heißt Butte-aux-Cailles», erklärte er und schwieg kurz, während er einparkte. «Aux-Cailles, ein typisches Arbeiterviertel aus dem neunzehnten Jahrhundert, das sie zum Glück vergessen haben abzureißen.» Jetzt war es ein ruhiges Fleckchen in Paris. Die Hochhäuser auf beiden Seiten dämpften den Lärm der Stadt.

Olivier drückte Fie einen Umschlag mit den Schlüsseln in die Hand und zeigte ihr die Tür. Es war ein Eckhaus, die Wohnung lag über einem Teeladen. Er sah, wie sie die Tür aufschloss. Er selbst beschäftigte sich mit der Parkscheibe und dem Parkautomaten.

Ein paar Minuten später kam sie wieder herunter. Ihr Gesicht wirkte offen, so wie Mathilde manchmal. Auf sein «Und?» erwiderte sie aus tiefster Seele: «Schön.»

Gemeinsam trugen sie die großen Kartons nach oben. An ihrem Regal hob er sich fast einen Bruch. Dann war es geschafft.

«Vielen Dank für die Rettungsaktion», sagte sie. «Allein hätte ich das nie geschafft.» Sie hielt ihm die Hand hin, überlegte kurz und drückte ihm dann auf beide Wangen einen Kuss. Überrumpelt bückte er sich, um sie zu empfangen.

«So macht man das hier doch? Zwei?»

«Ja, zwei», sagte er.

«Bis Dienstag.» Und dann verschwand sie nach oben. Er blieb noch einen Moment vor ihrer Tür stehen und ging dann zu seinem Wagen zurück, bevor sie ihn vom Fenster aus entdecken konnte.

Dienstag, im Seminar. Und eben hatte er noch ihre Matratze nach oben getragen. Und eine französische Studentin hätte ihn niemals anders als mit «Monsieur le professeur» angesprochen.

Es gefiel ihm, dass er nun wusste, wo sie war. Dass er die Zimmer kannte, in denen sie verschwand, wenn sie nicht bei ihm war. Er konnte sie sich dort vorstellen. Er wusste, in welcher Bettwäsche sie schlief, mit welchem Besteck sie aß. Er stellte sie sich in seinem Lieblingshemd vor, das sie damals mitgenommen hatte.

Nun war sie endlich angekommen. Mathilde hatte einen Ort. Ein Zimmer, das er in Gedanken aufsuchen konnte. Ein Zimmer, das abgeschlossen werden konnte.

Er murmelte vor sich hin, als er abfuhr, als er seinen Wagen wieder in der Parkgarage begrub.

Zwei, so macht man das doch hier?

So machte man es nicht, aber das war ihm egal. Von außen betrachtet war nichts Weltbewegendes passiert. Und doch: Da sie nun in dem Arrondissement wohnte, das direkt an das seine grenzte, schien der Norden sich neu ausgerichtet zu haben. In seiner eigenen Wohnung befand sich unmerklich alles an einer anderen Stelle.

Während des Mailkontakts in der vergangenen Woche hatten sie sich immer mehr aufeinander zubewegt, wie zwei Kinder, die sich einen Ball über einen größeren Abstand zuwerfen und bei jedem neuen Wurf einen Schritt aufeinander zugehen, um es sich einfacher zu machen. Ab einem bestimmten Punkt bleiben sie stehen. Macht einer von ihnen einen Schritt vor, macht der andere einen zurück. Fie und Olivier wechselten nun wöchentlich mit der Geläufigkeit der Gewohnheit ein paar Worte. Grüße, Meinungen, Bemerkungen. Doch stets glatt, unverbindlich und noch immer auf Abstand.

Olivier empfahl ihr ab und zu eine Ausstellung, die abseits der Touristenpfade zu entdecken war. Oft folgte sie seinen Vorschlägen und blieb im Anschluss an die Seminare noch ein paar Minuten im Raum, um über ihren Besuch des Musée de la Chasse oder der Pinacothèque zu berichten. Olivier fragte sie dann, wie ihr die Wohnung gefiele und ob sie mit ihrem Mitbewohner zurechtkäme. Wenn er ihr mit seinen Fragen zu nahekam, machte sie einen Schritt zurück. «*Ça va*», lautete dann die Antwort.

So war das also. Weiter würde er nicht kommen.

Er wusste nicht so recht, ob er nun eigentlich enttäuscht oder erleichtert war.

Zwei Kilometer Luftlinie: So sollte es sein, so sollte es bleiben.

Fie Schoonhoven, Essay, dritte Fassung

1873 erschien die Novelle Die Madonna der Zukunft *des amerikanischen Schriftstellers Henry James. Ähnlich wie in Balzacs berühmter Novelle* Das unbekannte Meisterwerk *handelt auch dieser Text von einem Künstler, der sich vollkommen in die Idee verrannt hat, das perfekte Meisterwerk zu erschaffen – und schließlich daran zugrunde geht.*

Der Erzähler ist ein junger Amerikaner, der abends durch Florenz spaziert, als eine sonderbare Gestalt aus der nächtlichen Dunkelheit heraustritt. Sie scheint ein Landsmann des Erzählers zu sein und starke Ähnlichkeiten mit Balzacs Frenhofer zu haben. Auch dieser Theobald ist ein wunderbarer Künstlertyp: wildes, flammend rotes Haar, altes Barett, fadenscheinig verschlissener Samtrock, ein Idealist mit solchem Perfektionsdrang, dass er noch nie eines seiner Werke verkauft hat.

Theobald freundet sich mit dem jungen Reisenden an und zeigt ihm die Kunstschätze von Florenz. Bei jedem Meisterwerk gerät er ins Schwärmen und spricht über das Wahre, Schöne und Gute, doch bei keinem Kunstwerk gerät er so sehr ins Entzücken wie bei Raffaels Madonna della Sedia. *«Von allen schönen Bildern auf der Welt schien es mir sofort jenes zu sein, das über jede Kritik erhaben ist. Keines verrät größere Leichtigkeit und weniger Diskrepanz zwischen Entwurf und Ergebnis», ruft Theobald entzückt. «Die Fantasie des Malers trug bereits Flügel … Mühelos, ohne die Flügel anzustrengen, schwang er sich auf zu seiner Vision!» Dem Maler treten Tränen in die Augen: «Mein guter Mann, das waren die goldenen Zeiten der Kunst, die liegen nun hinter uns. Wir leben am Abend der Zeit. Wir sind zur Unvollkommenheit verdammt. Unsere stille Vergangenheit, das ohrenbetäubende Jetzt, der unentwegte Druck unliebsamer Verhältnisse hat für den Künstler nichts, das ihn nähren oder inspirieren könnte …» Der junge Mann wirft ein: «Nichts ist so eitel wie unsere Klagen über den Mangel an Nahrung, Gelegenheit, Inspiration und der ganze Rest. Es geht darum, etwas Schönes zu tun! Überlege, entwerfe, erreiche etwas! Weshalb bist du sonst Künstler?»*

«Ach, aber ich arbeite doch. Ich arbeite unentwegt!», erwidert Theobald. Ob er denn entsprechend produktiv gewesen sei? Der Künstler schweigt kurz und antwortet dann scharf: «Nicht in der vulgären Bedeutung des Wortes! Ich habe mich dazu entschlossen, niemals etwas Unvollkommenes darzustellen.» Dann beschreibt er seine Vision der Madonna, an der er selbst arbeitet und die das Beste aller alten Meister in sich vereinigen wird. «Das wird ein Meisterwerk!», ruft der junge Mann. «Die Madonna der Zukunft!»

Eines Abends spricht der Erzähler eine flüchtige Bekannte an, ob sie zufällig schon einmal etwas von Mr. Theobald gehört habe. «Und ob ich ihn kenne! Den armen Theobald – ganz Florenz kennt ihn und seine endlosen Tiraden! Schon seit zwanzig Jahren erzählt er jedem von seiner wunderschönen Madonna, die noch kein sterbliches Auge je gesehen hat. Als er nach Florenz kam, da glaubten wir alle, ein zweiter Raffael sei uns geboren worden, und alle wollten für ihn Porträt sitzen und durch ihn unsterblich werden. Auch ich! Doch wenn Sie das Scheusal gesehen hätten, das er aus mir gemacht hat. Ich zittere, wenn ich an die Madonna denke.»

Als Theobald die Zweifel bemerkt, die bei seinem jungen Freund aufgekommen sind, beschließt er, ihn jener Frau vorzustellen, deren unvergleichliche Schönheit die Grundlage seines Meisterwerks bilden wird. Theobald beschreibt sie als eine Heilige – als die Madonna selbst. Er bringt seinen Freund in ein kleines, dunkles Zimmerchen, in dem die «schönste Frau Italiens» im Halbdunkel sitzt und mit einer Stickarbeit beschäftigt ist. Zugegeben: Serafina ist tatsächlich eine schöne Frau – oder jedenfalls ist sie einmal schön gewesen. Sie ist breit und füllig. Und als noch weitere Kerzen angezündet werden, stellt der junge Mann erschrocken fest, dass sie alt ist.

«Was halten Sie von der göttlichen Serafina?», fragt Theobald begierig, als sie wieder draußen sind. «Ich habe sie vor zwanzig Jahren entdeckt, als sie am Stadttor gebettelt hat. Seitdem studiere ich allabendlich ihre Schönheit. Ich glaube, demnächst bin ich endlich so weit, dass sie für mich Modell sitzen kann.»

Vor lauter Überraschung kann der junge Mann seinen Ausruf nicht unterdrücken: «Erst jetzt? Mein armer Freund, Sie haben zu lange gezögert. Sie ist eine alte Frau – zu alt wenigstens für eine jungfräuliche Mutter!» Theobald schwankt und schnappt nach Luft: «Antworten Sie mir auf Ehre und Gewissen: Finden Sie sie wirklich und wahrhaftig zu alt? Ist sie etwa runzlig, verblüht, bin ich blind?»

Während der darauffolgenden Tage taucht der Künstler nirgendwo auf. Da unser junger Held sich Sorgen macht, begibt er sich auf die Suche nach Theobald. Er findet ihn in seinem armseligen Mansardenzimmer. Zusammengesackt sitzt er auf einem Stuhl und starrt auf das Gemälde, das auf der Staffelei steht. Und dieses Gemälde ist leer. Mit zitternder Hand zeigt der Künstler auf die Leinwand, die während der Jahre Risse bekommen hat und vergilbt ist. «Sehen Sie sich diese Leinwand an! Sie hätte mein Meisterwerk aufnehmen sollen!» Er tippt sich an die Stirn. «Nur brauche ich dazu die Hand Raffaels. Seinen Kopf habe ich schon! Doch ich habe alles viel zu ernst genommen! Raffael nicht! Er tat sein Bestes auf gut Glück – und sein Glück war unsterblich. Hätte ich doch nur seine Hand gehabt, seinen Willen!»

Nach diesem Ausruf wird Theobald unwohl. Ein letztes Mal schaut er sich noch die Madonna della Sedia *an – dann stirbt er, wie das in Romanen des neunzehnten Jahrhunderts üblich ist, innerhalb weniger Tage an Hirnfieber.*

Es ist einfach, Theobald zu verurteilen. So ein Stümper, so ein Angsthase! Hätte er doch einfach mal den Pinsel angesetzt! Zugleich versteht der Leser auch, weshalb der Künstler niemals mit dem Malen angefangen hat: Da er keinesfalls «etwas Unvollkommenes darstellen will» und spürt, dass seine wunderbare Imagination es niemals heil auf die Leinwand schaffen wird. Es ist die erstickende Angst vor der Verfehlung. Der Künstler, der zum Opfer seiner Vorstellung von Kunst wird und daran zugrunde geht, ist ein immer wiederkehrendes Thema in der Literatur des neunzehnten Jahrhunderts. Außer Balzac, James und weiteren Autoren schrieb auch Émile Zola einen Roman – Das Werk *– über einen Künstler, Claude Lantier, der sein Kind und schließlich auch sich selbst in den Tod treibt, da er die hohen Ansprüche, die er an sein Gemälde stellt, nicht erfüllen kann. Auch er will eine weibliche Gestalt malen – eine Badende* *diesmal –, und auch er bringt nur «ein Scheusal» zustande. Reichlich Inspiration für diese Geschichte fand Zola in den Schicksalen der Künstler, von denen er umgeben war. Sein Jugendfreund Cézanne, Maler vieler Badender, erkannte sich selbst schmerzhaft in der Figur Lantiers wieder und brach nach der Veröffentlichung von* Das Werk *jeglichen Kontakt mit dem Schriftsteller ab. Mit dem Protagonisten aus Balzacs tragischer Novelle identifizierte er sich so sehr, dass er ausrief: «Frenhofer, c'est moi!»*

Cézanne war nicht der einzige Künstler, der sich mit der Hypothek konfrontiert sah, von der sein fiktives Gegenstück zerstört worden war. Es scheint, als hätten seine Kollegen vom Ende des neunzehnten Jahrhunderts an eine Lehre aus dem tragischen Fluch von Lantier, Theobald und Frenhofer gezogen. Anstatt für das romantische Ideal des vollkommenen Meisterwerks zu schwärmen, löste sich die Avantgarde schrittweise von dieser schweren Last.

Besonders deutlich wird das, wenn man sich die Bedingungen anschaut, die von der Académie des Beaux-Arts aufgestellt wurden und die ein Gemälde bis Mitte des neunzehnten Jahrhunderts noch zu erfüllen hatte. Zunächst hatte das Thema erhaben zu sein: biblisch, allegorisch oder historisch, und auf jeden Fall vorbildlich. Ein solch frommes Thema verlangte vom Künstler eine gewisse Bildung und eine ausgetüftelte Komposition. Und sie musste natürlich auch virtuos ausgeführt werden, mit perfektem Pinselstrich, naturgetreu in Linie und Farbe sowie überzeugend geformten Figuren. Erfüllte ein Künstler all diese Bedingungen, näherte er sich dem Künstlerideal an.

Genau diese Bedingungen wurden zwei Jahrhunderte später aus der Kunst verbannt. Grob gesagt: Manet und die Impressionisten rechneten mit dem affirmativen, glatten Stil dieser Malerei ab sowie mit der Forderung, ein Gemälde solle eine «erhabene Botschaft» vermitteln. Auch ein zufälliges Fragment aus dem modernen Leben konnte als Thema dienen: ein Bahnhof, ein Balkon, eine Frau auf einer Türschwelle. Und dann keine Venus, sondern eine Passantin oder eine gewöhnliche Kurtisane. Der Expressionismus hat auf die naturgetreue Wiedergabe von Form und Farbe gepfiffen – Gesichter können auch grün oder rot sein! Doch so richtig spannend wurde es ab 1914 mit dem Aufkommen der künstlerischen Anarchie des Dadaismus. Weg mit der ganzen Bedeutung, weg mit dem Willen des Künstlers! Lass ein paar Schnipsel auf ein Papier rieseln und kleb sie dort auf, wo sie aufkommen, oder nenne, wie Picabia, ein Bild mit einem Tintenklecks Die heilige Jungfrau. *Und fertig ist das Kunstwerk. Weg ist das künstlerische Ideal!*

Doch niemand hat einen so großen Beitrag zur Verbannung der erhabenen Bedeutung der Kunst geleistet wie Marcel Duchamp. Seine readymades – *das* Urinoir, *das* Fahrrad-Rad –, *sie alle wurden berühmt, doch sein wirkliches Meisterstück war das* Große Glas *oder die* Junggesellenmaschine. *Es besteht aus einer zweiteiligen großen Glasplatte, an der Duchamp zwischen 1915 und 1932 sporadisch gearbeitet hat. Er erklärte das Werk als «vollendet», als es während eines Transports unglücklicherweise zerbrach. Die Glasplatten spiegeln einen nicht zu entschlüsselnden Mechanismus wider, mit dem Titel:* La marieé mise à nue par ses célibataires, même. *(Die Braut wird von ihren Junggesellen entkleidet, sogar). Erläuterungen zur* Junggesellenmaschine *lieferte Duchamp zudem in der* Grünen Schachtel. *Sie enthielt einzelne Manuskriptseiten, auf denen er allerhand mysteriöse, jedoch stets widersprüchliche Deutungen zum Werk notiert hatte. An einem Werk wie* Großes Glas *kann sich ein Heer von Kunsthistorikern zu Tode interpretieren, ohne je zu einem Ergebnis zu kommen – und genau das wollte der Künstler. Die Last der Bedeutung wurde wie Ballast über Bord geworfen, und der bunte Luftballon der Kunst stieg in die Höhe und immer weiter empor.*

Einige solcher Ballonfahrer zogen durch Duchamps Initiative logische Schlussfolgerungen für sich selbst. So organisierte Yves Klein 1958 die Ausstellung Le Vide. *Dafür räumte er die Pariser Galerie von Iris Clert komplett aus und strich sie weiß. 3000 Menschen sollen Schlange gestanden haben, um sich den leeren Raum anzuschauen. 1969 variierte der Konzeptkünstler Robert Barry dieses Thema, indem er 4000 Einladungen mit dem Text verschickte: «During the exhibition the gallery will be closed.»*

Aber auch die zeitgenössische Kunst, die zunächst sehr kompakt wirkt – bunt, spektakulär, ein kompletter in Formaldehyd eingelegter Hai –, beansprucht faktisch kein thematisches Gewicht: Jeglicher Inhalt wird abgestritten mit der glasharten und konsequent eingehaltenen Ironie eines Warhol, Koons oder Hirst.

Sehen wir uns zum Beispiel Jeff Koons an, der drei aufblasbaren Affen nachempfundene Figuren in Aluminium gießen lässt, weil er neugierig ist, «was alles als Kunst durchgehen kann». Berühmt wurde er mit einer betont pornografischen Fotoserie, in der er selbst mit der Pornodarstellerin La Cicciolina erscheint. Auch mit Ushering in Banality *erregte er Aufsehen: zwei blonde Engelchen, die zusammen mit Koons (im blauen Trainingsanzug) eine Sau vorwärtsschieben – die Kopie einer kitschig-dekorativen Porzellanfigur, die Koons von einem Tiroler Holzschnitzer in Lebensgröße anfertigen ließ.*

Was soll ein solcher Künstler, der dafür plädiert, die «Banalität in die Kunst einzuführen», mit Frenhofer anfangen, mit Claude Lantier oder Theobald? Eine rote Pappnase aufsetzen und im Handstand durchs Zimmer gehen. Oder in Aluminium gießen lassen und verkaufen. Was denn sonst! Wieso sollte man sich als rechtschaffener Mensch allerlei unerreichbare Ideale aufhalsen und damit das Risiko eingehen, gnadenlos zu scheitern? Wieso, wenn man daraus auch ein Spiel machen und so mit einem Lächeln sein Geld verdienen kann? Denn die wahre Kunst ist ein so junges, so sehr westliches Konzept … Wer wäre nicht lieber faul als müde, lieber reich als arm, lieber Koons als Theobald? Dennoch scheint es nicht das gewesen zu sein, was Henry James mit seiner Die Madonna der Zukunft *bezweckt hat. Verurteilt er den Maler Theobald? Ja – und nein. Er verurteilt dessen Schwäche und bezeichnet ihn als Versager. Zugleich nennt er dessen Visionen brillant und lässt Theobald sagen: «Ein Mensch, der gesehen hat, was ich gesehen habe, hat nicht vergeblich gelebt.» Um das zu unterstreichen, hat Henry James hundert Jahre vor Jeff Koons eine ähnliche Künstlergestalt beschrieben. Er stellt ihn als das Gegenteil von Theobald dar: als kleinen, listigen Mann mit einer frechen Himmelfahrtsnase und protziger Kleidung. Dieser Künstler produziert kleine Statuetten für den Kaminsims in endlosen Variationen über dasselbe Thema: das akrobatische Liebesspiel eines Affen mit einer Katze. Technisch sind die Figuren perfekt und auch sehr ausdrucksvoll – sie scheinen fast Menschen zu sein. Und er verdient einen Haufen Geld damit. Das repräsentiert die andere, fehlende Hälfte von Theobalds Genie: seine geschickten Hände. Dieser Koons* avant la lettre *ist betont nicht absolut und hat keinerlei Hemmungen – aber auch keine Ideale. «Natürlich ist das keine klassische Kunst», grinst er, als er die Statuetten zeigt. «Aber unter uns: Ist die Klassik nicht manchmal schrecklich langweilig? Katzen und Affen, Affen und Katzen – da liegt das ganze Menschenleben drin!»*

Zwanzig

Zwei Monate nach ihrer Abtreibung wirkte Mathilde noch immer in sich gekehrt. Sie sprach kaum und aß nur wenig. Selbst wenn sie Kleidung trug, konnte man sehen, dass sie stark abgenommen hatte. Es kam Olivier so vor, als hätte sie durch Teleportation ihre Gedanken und dann auch Stück für Stück ihren Körper außerhalb seiner Reichweite gebracht. Von Woche zu Woche blieb weniger von ihr übrig.

Meist besuchte sie ihre Seminare, ging aber im Übrigen nicht aus dem Haus. Die meiste Zeit saß sie an die Wand gelehnt im Bett und starrte in ihre Bücher. Wenn Olivier zu Hause war, merkte er, wie ihr Blick manchmal auf ihm ruhte. Minutenlang konnte sie ihn so schweigend mustern. So hatte ihn seine Mutter früher auch manchmal angesehen und dann gesagt: «Vielleicht solltest du dir mal eine Freundin suchen» oder: «Wenn ich dich so lesen sehe, wirkst du wie dein Vater». Obwohl Mathilde schwieg und auch nicht verärgert guckte, empfand Olivier ihren Blick als Urteil. Um zu vermeiden, dass er ihre Aufmerksamkeit erregte, versuchte er sich geräuschlos zu verhalten. Je stiller er war, desto größer, grobschlächtiger und störender kam er sich vor. Wenn er nachts im Bett beim Umdrehen versehentlich ihre Füße berührte, zog er sofort die Beine an.

Er nahm die Gewohnheit an, sich nach den Seminaren mit seinen Büchern in die Bibliothek zu setzen. In den hohen Sälen mit den langen, abgewetzten Tischen, deren Holz schon ganz glatt poliert war, fühlte er sich angenehm unsichtbar. Er las über berühmte Künstler und ihre bekannt gewordenen Taten. Im Hintergrund war immer gedämpftes Stimmengewirr zu hören, und manchmal landeten Tauben auf dem Glasdach. Wenn er sie hörte, bekam er Lust, in den Park zu gehen. Nur selten wählte er den schnellsten Weg nach Hause.

Irgendwann kam er dann aber doch nach Hause und Mathildes Urteil fiel: Ohne Vorankündigung sagte sie eines Abends: «Ich glaube, es ist besser, wenn ich eine Zeitlang woanders wohne.»

«Das ist gut», antwortete er sofort. «Bis du dich wieder besser fühlst.» Und zum ersten Mal seit Wochen hatten sie miteinander geschlafen, langsam, schweigend.

An einem sonnigen Vormittag kurz darauf fuhr ein grauer Peugeot vor. Hinterm Steuer saß ein Student mit kleinen braunen Händen, dem Olivier dabei half, Mathildes Sachen in den Kofferraum zu tragen. Nach einer halben Stunde offenbarte ihre kleine Wohnung lauter leere Stellen.

Als der Student abfahren wollte, stieg Mathilde nicht zu ihm in den Wagen. Stattdessen fragte sie Olivier: «Bringst du mich weg?» Als Olivier die Haustür zugezogen hatte, warf sie ihren Schlüssel in den Briefkasten und nahm Oliviers Hand. Sie kamen an ihrem Supermarkt, ihrer Zeitungsverkäuferin und an den Parkbänken vorbei, auf denen sie oft gesessen hatten. Zunächst sprachen sie nicht miteinander. Olivier hatte das Gefühl, sie würden einen kleinen Sarg begleiten. Aber die Sonne schien und die Stadt war schön.

Sie kamen an dem Platz vorbei, auf dem sie sich kennengelernt hatten, und an der Gartenmauer, an der sie es nachts einmal miteinander getrieben hatten. «Weißt du noch?», fragte Olivier. Ob sie sich noch an den Tag erinnerte, die Farbe, den Moosgeruch der feuchten Mauer, den Mann, der sie erwischt und was er gesagt hatte? Mathilde antwortete ihm ernst: «Verschwindet! Oder?» Er selbst erinnerte laut daran, was Mathilde damals gesagt, wie sie schnell ihren Rock glatt gestrichen und dem Mann übertrieben zugewunken hatte, während Olivier mit dem Gesicht zur Mauer versucht hatte, irgendwie seinen Schwanz zu verstauen. Weißt du noch? Er neigte sich zu Mathilde, doch sie drehte ihr Gesicht weg und ging weiter.

Schließlich standen sie vor dem Haus, in dem sie vorerst

wohnen würde, nicht weit vom Gare de l'Est entfernt. Mathilde suchte den richtigen Schlüssel heraus, holte tief Luft und sah zu ihm hoch.

«Passt du bitte auf dich auf?», sagte sie. Er nickte lachend und hob die Hand, um ihr über die Wange zu streichen. Sie war doch diejenige, die...? Doch sein Lachen erstarb, als er ihre Augen sah. Es war dieser Blick, den er von früher kannte und bei dem sie die Augen zusammenkniff – ein stechender, unruhiger Blick. Er errötete und nickte erneut. «Auf bald», sagte er.

Sie gab ihm einen sehr festen, ein wenig grimmigen Kuss, ging über die Türschwelle und schloss die Tür hinter sich. Olivier lief ein paar Schritte, drehte sich erneut zum Haus um und wartete einen Moment, doch sie erschien nicht hinter den Fenstern.

Er ging denselben Weg zurück, den er gekommen war, doch aus dieser Richtung war es anders. Ihm fiel auf, wie viele Vögel es gab und was für einen Radau sie machten, wie die Kohlmeisen dem Raum zwischen den Fassaden mit ihrem wellenartigen Flug eine Form verliehen. Er registrierte die verschiedenen Baumsorten, von denen jede ein anderes Muster vor dem blauen Himmel bildete. Ahorn, Platanen. Früher hatte er alle ihre Namen gekannt. Und er sah die Balkone und Fenster, aus denen all die farbenfrohen Details des Stadtlebens quollen – rosa Wäsche auf einer Leine, Slipper, ein Putzlumpen auf einem Balkon. Hinter all den Fenstern lebten Menschen. Wenn er tief einatmete, spürte er die wahre Größe dieser Stadt.

In ihrer Wohnung herrschte noch immer dieselbe Stille, und die leeren Stellen waren eine Anklage. Olivier rief Jacques und ein paar andere Mannschaftskameraden an, die ihm auf die Schulter schlugen und ihn einen freien Mann nannten. Er war überrascht, wie einfach es ging: in ein Café gehen und dort fröhlich sein. Keiner schien es schlimm zu finden, was geschehen war. Und eigentlich war ja auch gar nichts geschehen. Sie machten eine Pause.

Als er am nächsten Tag erwachte und die Fotos an der Wand erblickte, fragte Olivier sich, wie es Mathilde wohl ginge. Wie das Zimmer aussah, in dem sie jetzt wohnte. Er überlegte, ob er sie anrufen sollte. Sie hatte eine Telefonnummer hinterlassen. Doch was, wenn sie mitbekäme, wie verkatert er klang? Vielleicht würde sie denken, er hätte gestern Party gemacht. Er ließ den Telefonhörer wieder sinken. Er würde sie nächste Woche anrufen.

In der Nacht musste er an die Hände des Umzugstypen denken. Er stellte sie sich auf Mathildes blasser Haut vor und bog in der Vorstellung die Finger einzeln zurück, bis sie knackten. Beim Einschlafen träumte er von Mathilde, sie war nackt, und er streichelte sie mit einer monströs großen Hand. Plötzlich hatte ihr Schamhaar Beinchen und kroch ihren Körper hinauf. Olivier schrak aus dem Schlaf hoch.

Am nächsten Tag trank er wieder zu viel. Und an den Tagen darauf vergaß er sie anzurufen, weil er auf dem Rugbyplatz oder bei Freunden war. Ein einziges Mal rief er sie an, doch da war Mathilde gerade nicht zu Hause. Vielleicht sollte er ihr eine Karte schreiben. Allerdings war eine Ansichtskarte auch ziemlich albern.

Nach drei Wochen hatte er immer noch nichts von ihr gehört, sich aber auch nicht gemeldet. Und als jemand den Vorschlag machte, sich abends am Place de la République zu treffen, überlegte er sich eine Ausrede, um nicht mitgehen zu müssen. Der Platz lag zu sehr in der Nähe ihrer neuen Wohnung – womöglich würde er ihr dort begegnen. Sie würde ihn anblicken und das Kinn vorrecken, und ihre schiefen Zähne würden ihn anblitzen, wenn sie ihn dann fragte: «Und, hast du dich nicht getraut?» Erst er als mit der Notlüge kam, er müsse irgendwo jemandes Katze füttern und könne wirklich nicht mitkommen, wurde ihm bewusst, dass dies Mathildes zweiter Test war und er wieder versagt hatte.

Mitten in seiner Ausrede geriet er ins Stocken. Jacques sah ihn erstaunt an. «Das dauert doch nicht den ganzen Abend? Komm einfach nach.»

Olivier musste an Mathildes scharfen Blick denken, wie er ihn spottend musterte.

«Okay.»

Mathilde traf er an diesem Abend nicht. Dafür aber eine Nicole, die ihn mit zu sich nach Hause nahm. Sie hatte sich ausgezogen, als er Reißaus nahm, weil er nicht konnte.

Das nächste Mal ging es aber. Und von da an traute er sich alles. Kiffen. Sich den Kopf kahl rasieren. Auf eine Art zurücklächeln, die zu seiner Körpergröße und dem Umfang seine Bizeps passte.

Die ersten Male, wenn er zu Hause duschte, sah er noch die Abdrücke, die Mathilde zuletzt auf der Duschkabine hinterlassen hatte. Ihre linke Schulter und ihr Oberarm, ihre Hüfte und ein Stück ihres Oberschenkels tauchten auf, ganz nah. Er konnte sie nicht berühren, ohne sie zu zerstören, und allmählich verschwanden sie. Dennoch reinigte er die Dusche monatelang nicht.

Einundzwanzig

Rugbyfeld im Regen. Jacques und Olivier laufen sich warm.

J: Ach, übrigens ... Da hast du ja ein schnuckeliges Liebesnest gebaut, weißt du, da in Butte-aux-Cailles.

O: Was?

J: Marc! Und dieses Mädel von dir, die Studentin, Sofie ... *Eh bien*, du hast sie gemeinsam in eine Wohnung gesteckt, da war das nur eine Frage der Zeit ...
(Schlägt ihm auf die Schulter.) Wie der Vater, so der Sohn.

O: Marc und Sofie?

J: Ja. Er hat mir erzählt, sie würden nun wirklich die Dusche miteinander teilen.
(Grinst. Olivier läuft, ohne eine Antwort zu geben, weiter.)
Du findest das doch nicht etwa schlimm?

O: Ob ich das schlimm finde? Er ist doch dein Sohn.

J: Ja, genau.

O: Was, genau?

J: Nun ja, es ist ein bisschen so, als hätte mein Sohn sich jetzt in deine Angelegenheiten eingemischt. Ich mein nur.
(Stille. Gleichzeitige Atemzüge.)
Weil sie doch über dich bei ihm ... und weil sie Mathilde ähnelt ...

O: Ach, Mann, der Unterschied ist mir durchaus bewusst.
(Er schnauft. Regentropfen laufen ihm an der Nase herunter.)

J: Na, ich weiß ja auch nicht. Aber du bist nicht ...? Du warst nicht?

O: He, Zwerg, jetzt hör doch endlich mal auf damit.
(Versetzt ihm einen Stoß. Jacques kommt kurz von der Bahn ab, schwenkt dann wieder zurück an seinen vertrauten Platz

neben Olivier.) Ich beschütze sie eher. Als wäre sie ... eine Tochter, weißt du. So ein blasses Wesen. Sie weckt bei mir den Beschützerinstinkt.

J: Oh, na, ich habe sie noch nicht gesehen. Wir hatten sie zwar zu uns nach Hause eingeladen, aus reiner Neugierde, aber sie konnte nicht mitkommen. Bisschen spröde, die Kleine, stimmt's?

O: Dein Sohn ist da offenbar anderer Ansicht.

Zweiundzwanzig

Als Olivier an diesem Nachmittag vom Spiel nach Hause kam, holte er den Karton vom Kaminsims und breitete die Fotos von Mathilde ein letztes Mal auf dem Tisch aus.

Sie hatte also einen neuen Freund. Einen Freund, verbesserte er sich selbst. Das Leben ging weiter. Er hatte sie an einem Ort abgesetzt, von dem aus sie sich nun selbst zurechtfand. Ein leeres Apartment, für einen Neuanfang. Das sollte reichen. Olivier würde loslassen und aus der Entfernung ihren Weg betrachten. Sonst nichts. Er würde nicht mehr an das Herrenhemd denken, in dem sie schlief, und Marcs kleine braune Hände, die darunter verschwanden.

Vor fünfzehn Jahren war er im Theater einer alten Kommilitonin Mathildes begegnet. Er hatte ihr Mathildes Adresse abgeluchst – und nach einer schlaflosen Nacht hatte er sich in den ersten Zug gesetzt. *Nuit blanche,* nannte man das. Die Nacht war kein bisschen weiß gewesen.

Am frühen Sonntagmorgen auf dem Bahnhof von Fontenay-aux-Roses hatte er noch etwas abgewartet, zunächst auf dem Bahnsteig, dann in einer tristen Bahnhofsgaststätte. In der Frühe hatte er vor ihrem Haus gestanden. Die Fensterläden und Vorhänge waren noch zu; hinter dem mattierten Badezimmerfenster schimmerte eine Gestalt. Er hatte nicht den Mut gehabt zu klingeln. Er hatte Angst davor, wer die Tür öffnen würde und wie sie die Tür öffnen würde; Angst, dass sie vielleicht furchtbar dick geworden war oder abgehärmt und mager oder sich gar nicht verändert hatte, Angst, dass ein verrotztes Kind an der Tür herumlümmeln würde. Hätte er geklingelt, er hätte niemals so viel sehen können, wie er jetzt, hinter verschlossenen Fensterläden, vorgehen sah. Und als eine unsichtbare Hand die Läden öffnete, war er hastig, und ohne sich umzuschauen, weggegangen. Die teuren Pralinen von Chapon befanden sich noch immer in seiner Jackentasche. Mit düsterer Genugtuung aß er sie während der folgenden Abende selbst auf.

Olivier legte die Fotos in den Karton zurück und verstaute ihn im Schrank neben dem Fenster. Dann musste er sie nicht immerzu anstarren. Und Sylvie auch nicht. Er hatte bemerkt, wie unruhig sie in der letzten Zeit war: Sie übernachtete öfter bei ihm und kam manchmal unangekündigt vorbei. Eigentlich verstieß das gegen die Abmachung. Aber sie brachte Wein mit oder Bücher, also hatte Olivier nichts gesagt.

Und wenn er sie einfach mal überraschte? Oder ob ihr das nicht gefallen würde? Olivier zögerte einen Moment und ging dann doch zu Sylvies Wohnung, in der Nähe von Invalides. Unterwegs kaufte er ein. Er würde ihr etwas Schönes kochen. Jedenfalls etwas, das ihr schmeckte, etwas Gesundes. Bei Le Bon Marché, wo die Lebensmittel wie Juwelen präsentiert wurden, kaufte er Quinoa und Gemüse und nahm noch etwas von dem köstlichen Gebäck mit.

Als er sich selbst in die Wohnung ließ, war Sylvie noch nicht zu Hause. Damit hatte er gerechnet: Sonntagmittag, Yoga. Ihre Wohnung in ihrer Abwesenheit zu mustern, war eigenartig anrührend; als würde er sie beim Schlafen beobachten. Die Wohnung war nicht so aufgeräumt wie sonst; offenbar war sie in Eile aufgebrochen, überall lagen noch Kleidungsstücke herum, und vor dem Sofa standen ihre rosa Pantoffeln mit den Pompons. Ganz eindeutig die Wohnung einer Frau, mit viel Aufmerksamkeit stimmungsvoll eingerichtet. Das Schlafzimmer und das Sofa erinnerten an ein Boudoir: viel Rot, etwas Rosa, vereinzelt Dunkellila. Dazwischen lag achtlos hingeworfen ein Nachthemd von Miss Etam. Ansonsten gab es unzählige Kerzen, Fotorahmen und orientalisch anmutende Lämpchen und Kissen. An der Küchentür hingen Kinderzeichnungen ihrer Nichte, die Sylvies Schwester ihr zugeschickt hatte. Nur um den Schreibtisch im Wohnzimmer herum herrschte blitzblanke Ordnung. Das Bücherregal war mit Fachliteratur vollgestopft. In den unteren Fächern standen ein paar Reiseführer und Coffeetable-Books über Mode mit glänzenden Umschlägen. Er warf einen kurzen Blick auf die Liste, die sie sich gemacht hatte: Reinigung – Arbeiten korrigieren – mehr Wasser trinken! – The Economist – Friseur.

Olivier packte seine Einkäufe aus und musste sich erst wieder in der Küche zurechtfinden. Sie aß völlig andere Sachen als er. Neben dem Salz stand eine Packung Haferflocken, die sie über jedes Essen schüttete, zur Ballaststoffergänzung. Er las den Text auf der Verpackung durch und fing dann mit dem Kochen an. Dabei summte er ein Chanson von Jacques Brel.

Nach einer halben Stunde hörte er Sylvie im Treppenhaus. Sie blieb erst stehen und öffnete dann behutsam die Tür.

«Ist da jemand? Hallo?»

Olivier spülte sich notdürftig die Marinade von den Händen und tauchte dann aus der Küche auf. Er trug ihre Küchenschürze; das fette Huhn, das darauf abgebildet war, hing bei ihm in Schritthöhe. Sylvie blieb stehen und starrte ihn an. Er dachte, sie würde in Gelächter ausbrechen. Stattdessen stürmte sie plötzlich auf ihn zu und umarmte ihn.

«Ach, wie lieb von dir! Olivier!»

Er streckte die Arme zur Begrüßung aus und versuchte sie mit den Ellenbogen an sich zu drücken. «Entschuldige, aber meine Hände sind schmutzig!»

Sylvie hielt ihn einen Tick zu lange und zu fest umschlungen, was ihm etwas unangenehm wurde. Als sie sich von ihm löste und zu ihm aufblickte, bemerkte er zu seinem Erstaunen, dass sie Tränen in den Augen hatte.

Während all der Jahre hatte er sie nur ein einziges Mal weinen sehen.

«He, ist alles in Ordnung?»

«Ja, es geht!» Sie lächelte glücklich. Als sie sich umdrehte, um ihre Jacke auszuziehen und endlich die Wohnungstür zu schließen, sah er, dass sie sich mit der Hand die Augen wischte.

«Ich koch dann mal weiter.»

«Ja, ist gut!»

Olivier hörte, wie sie im Badezimmer verschwand. Kurz darauf kam sie mit einem strahlenden Lächeln in die Küche. Unter ihrer Augenbraue klebte etwas Mascara.

«Was bereitest du da vor? Wow.»

«Ja, ich hab gedacht, ich könnte ja mal … Es ist dieser Salat, weißt du noch?»

«Wunderbar.»

Einen Moment lang schwiegen beide.

«Hast du gut gespielt?»

«Ja, locker gewonnen. Und bei dir?»

Sie nickte. Olivier spülte sich die Hände ab und schob das Backblech mit dem Gemüse in den Ofen. Dann wischte er ihr mit einer vorgetäuscht fürsorglichen Geste die Mascara unter der Augenbraue weg. Erneut schlang sie beide Arme um ihn und seufzte in sein Hemd.

Sylvie öffnete eine Flasche Wein und nahm schnell wieder ihr gewohntes Gebaren an. Sie spielte ihren Yogalehrer nach und brachte Olivier auf den aktuellen Stand über die Intrigen an ihrer Fakultät. Als er das Dessert servierte, legte sie sich die Hände auf den Bauch und seufzte theatralisch: «Ach, da gehen sie dahin, meine guten Vorsätze.»

«Na, du kannst dir das doch leisten.»

Er hatte sie nie als zu dick empfunden, bis sie es sich zur Gewohnheit gemacht hatte, bei allem, was sie aß oder trank, laut die Kalorien zu verkünden. Allmählich hatte sich ihr Körper wie ein Gegenstand zwischen sie gestellt, der von beiden taxiert werden musste. Mit einem zufriedenen Grunzen aß Sylvie den letzten Rest ihrer Tarte, schob das Schälchen von sich und ließ sich in die roten Kissen zurückfallen. Sie plauderten noch ein wenig über dies und das. Nach einer Pause sagte er: «Verrat mir deinen Traum!»

Sie nippte von ihrem Wein und neigte den Kopf. Eine Weile überlegte sie und sagte dann: «Ich würde gerne mal einen ganzen Sommer in Italien verbringen. Rom. Dann würde ich viele Sommerkleider tragen und verliebt durch die Stadt laufen. *Gelato,* Museen, Kirchenglocken.»

Sie strich mit den Fingernägeln über seine Bartstoppeln unterm Kinn. Es war als Liebkosung gemeint, so wie sie auch gerne ihre Hand in seinen Ärmel schob.

Danach zog sie ihre Hand wieder zurück, stützte ihr Kinn darauf und sah ihn an.

«Gut, dann fahren wir nächsten Sommer nach Rom.»

«Wirklich?»

«Wenn das dein Traum ist.»

Sie nickte entzückt. «Olivier, wie schön.»

Er legte ihr seine große Hand in den Nacken. So blieben sie eine Weile sitzen.

Aus dieser Nähe war er ein Kegel in ihren Augen, und sein ausgestreckter Arm verschwand über dem dünnen Rand ihrer Kontaktlinse, gleichsam im Weiß ihres Augapfels. Wenn sie mit den Wimpern klimperte, verschwand seine Silhouette langsam, und erschien dann wieder auf der Linse.

«Weißt du», sagte sie, «wir haben es gut miteinander.»

Er küsste sie auf die Stirn.

«Ich habe noch immer das Gefühl, dass wir uns gerade erst kennengelernt haben. Du bist noch immer neu für mich.»

Er erwiderte ihr Lächeln, schloss ihr mit einem Kuss den Mund, hob sie vom Stuhl hoch und trug sie ins Schlafzimmer.

Sie fragte ihn nicht nach seinem Traum, nicht abends in ihrem Café und auch später nicht. Je länger sie ihn nicht fragte, desto stärker dachte er darüber nach. Rom, das war einfach. Ein Traum, den er leicht Wirklichkeit werden lassen konnte. Und wenn er das getan hätte, kam vielleicht mehr nach. Ein größerer Traum, eine größere Frau, hinter der er sich verstecken konnte vor den Frauen, die es nicht mehr gab oder die es nicht geben durfte.

Dreiundzwanzig

Am Samstagvormittag putzte Olivier seine Wohnung. Zunächst die Küche, dann das Bad und schließlich das Wohnzimmer. Er suchte das Altpapier zusammen und sortierte überflüssige Papiere auf seinem Schreibtisch aus. Doch am Beistelltisch zögerte er. Dort, unter einem Stapel Kunstzeitschriften und einem Telefonbuch, lag die letzte Fassung von Fies Essay. Nach der Lektüre hatte er ihn in der Mitte gefaltet und weggelegt. Olivier hob die Zeitschriften hoch und zog die Blätter darunter hervor.

Stimmt, er hatte Wein darauf verschüttet. Er faltete den Essay auseinander, legte ihn auf seinen Schreibtisch und ließ den Blick darüberschweifen. Fie wartete bestimmt schon auf eine Reaktion von ihm, und eigentlich müsste er mit ihr über den Text reden. Denn er entsprach so gar nicht dem, was er von seinen Studenten erwartete. Eine biografische Studie über einen bestimmten Künstler, aus vier oder fünf Standardwerken zusammengestellt – das ginge ja noch. Doch das hier war etwas ganz anderes. Sie überspannte den Bogen – ihre Behauptungen waren zu weit hergeholt und zudem nicht ausreichend differenziert. Doch obwohl sie sich keinen Deut darum scherte und alle Regeln, die Studenten bei einem Essay zu beachten hatten, einfach über Bord warf, hatte er es nicht übers Herz gebracht, sie zu ermahnen. Er hatte ihren Essay mehrmals gelesen, doch wenn er dann im Kopf eine E-Mail formulierte, geriet er ins Stocken und kam mit seinen Überlegungen nicht weiter. Anstatt sie zurechtzuweisen, würde er sie lieber alles Mögliche fragen wollen. So ein stilles Wesen und dann so eine heftige Arbeit. Ein Hieb ins Gesicht der modernen Kunst. Wie kam sie nur darauf?

Beim letzten Rugbytreffen hatte Jacques sie eine Prinzessin genannt. Er hatte noch nachgeahmt, wie sie, als Marc sie seinen Eltern vorgestellt hatte, die Tasse mit Daumen und Zeigefinger am Henkel gehalten hatte. «Sehr gesprächig ist sie auch nicht gerade. Dafür sieht sie aber verdammt gut aus.»

Was wollte sie um Himmels willen mit so einem Jüngelchen wie Marc, Verkäufer in einem Computershop, einer, der nur virtuell glänzen konnte, mit seiner Spielkonsole vielleicht?

Olivier strich den Essay glatt. Unentschlossen sah er zu, wie sich die Seiten an den Ecken wieder hoben. Was machte er hier eigentlich? Diese obsessive Aufräumerei. Er ließ einfach alles stehen und liegen und verließ das Haus.

Sylvie saß im Bademantel auf dem Sofa, neben ihr stand eine leere Müslischale, auf dem Schoß lag die Zeitung. Sie erschrak, als er in die Wohnung kam. «Olivier? Wie spät ist es?»

«Zeit für die Liebe.» Schwungvoll ließ er sich neben ihr nieder, beugte sich über sie und küsste sie auf den Hals. Sie roch nach muffigen Daunenkissen und Kaffee. Am Hinterkopf standen ihr die Haare ab.

«He, warte mal.» Sie drehte den Kopf weg und schob ihn behutsam von sich weg. Er hielt sie fest.

«Sag mal, ist die Not so groß?» Sie sagte es mit ihrem üblichen Lächeln, doch als er zustimmend gurrte und ihren Bademantel öffnen wollte, schob sie ihn überraschend heftig von sich weg und sprang vom Sofa auf.

Im Badezimmer wurde das Radio eingeschaltet. Die Dusche rauschte, dann erklang ein Föhn. Olivier hörte alles ganz genau. Die alte Badezimmertür schloss nicht gut und ging oft von allein wieder auf, was auch an den vielen Kleidungsstücken lag, die an beiden Seiten der Tür hingen.

Vorsichtig erhob er sich vom Sofa, ging leise in den Flur und spähte durch den Spalt zwischen Badezimmertür und Rahmen. Sylvie stand vor dem Spiegel, der an der Seitenwand hing, und er konnte sie im Profil betrachten. Aus dem Bad kamen Dampf, Wärme, der Geruch ihrer Hautcreme und ihres Parfüms, angereichert vom Gedudel aus dem Radio.

Sie hatte sich nur ein Badetuch umgeschlungen. Auf ihren nackten Schultern perlten Wassertropfen, er war ihr so nahe, dass er die Tropfen hätte wegpusten können. Stellenweise war ihre Haut dunkler vom Sonnen, und in ihrem Nacken glitzerte noch Duschwasser. Wie sie da stand, mit feuchtem Haar und ohne Make-up, wirkte sie verletzlich, nachgiebig wie weiches Obst, das leicht Dellen bekommt. Olivier hätte gerne die Tür aufgerissen und ihr die Tropfen von ihrer Schulter geküsst. Er beobachtete, wie Sylvie den runden Spiegel mit dem Teleskoparm zu sich zog, wodurch ihr Gesicht grotesk gedehnt und vergrößert wurde. Sie trug eine Creme auf, die im Tiegel orangefarben war, auf ihrer Haut aber zu verschwinden schien. Mit den Fingerspitzen strich sie mit Nachdruck jede Falte aus. Danach pinselte sie sich rosa Puder auf die Wangen und auf den Hals und zog die Augenbrauen mit einem dunklen Stift nach. Während sie das Resultat im Spiegel betrachtete, zog sie eine Augenbraue hoch und zeigte ihr schiefes, ironisches Verführerlächeln. Danach fiel ihre Maske wieder. Die nach unten verlaufenden Falten neben ihrem Mund vertieften sich, während sie ihr Gesicht konzentriert mit einer Make-up-Schicht bedeckte.

Olivier beobachtete, wie Sylvie im Spiegel die Lippen schürzte, und merkte, dass er müde wurde. Sie drehte sich um und holte Wäsche aus einer Schublade. Er wusste, was sie nun anziehen würde. Die schwarze Spitze mit den Strapsen. Gleich würde er sie, wahrscheinlich bei Jazzmusik, wieder ausziehen, und sie würde ihn genauso anblicken, wie sie es vorhin im Spiegel getan hatte. Sie würde nicht weinen oder knurren oder plötzlich einen Lachanfall bekommen und ihre Nase in seinen Achseln vergraben. Sie würde fein stöhnen und seufzen und währenddessen darauf bedacht sein, dass ihr Bauch auch ja keine Röllchen schlug.

Leise entfernte er sich von der Badezimmertür. Danach ging er mit lautem Schritt zurück und klopfte an die Tür. «Sylvie?»

Sie schaltete das Radio aus.

«Ich geh mal eben runter und hole Brot. Möchtest du noch etwas? Croissants?»

Kein Mucks war zu hören. Er machte sich aus dem Staub.

Vierundzwanzig

Am Sonntagmorgen nahm Olivier die Metro zum Bois de Boulogne, das letzte Stück zu seinem Rugbyclub ging er zu Fuß. Die Sonne stand tief. Es war windstill, und das Herbstlaub lag wie ein Schatten unter den Bäumen.

Die Männer, die sich im Vereinslokal an der Theke versammelt hatten, waren laut. Sie würden heute gegen einen anderen Club aus Paris spielen, aus Vincennes. Sie diskutierten, wer die meisten Fans mitbringen würde. Olivier hatte niemanden eingeladen. Jacques hatte erzählt, dass auch sein Sohn und vielleicht noch ein paar Kollegen kommen würden. Die Vorstellung, dass Marc am Spielfeld stehen würde, behagte Olivier überhaupt nicht.

Als sich alle Mannschaftskameraden versammelt hatten, gingen sie in die Umkleide. Jemand rief die Spielernummern auf. Olivier meldete sich bei Nummer acht und fing das dunkelrote Trikot auf. Während er den Kopf durch die enge Öffnung zwängte, verebbte sein Unbehagen wegen Marc. In dem stramm sitzenden Polymer fühlte er sich wie ein Mann aus Stahl. Seine Haut wurde von Jahr zu Jahr schlaffer, sein Trikot hingegen immer enger. Keiner konnte sich an dem dicken, glatten Stoff festkrallen. In diesen Trikots waren sie wie lebendig gegerbte Tiere. Sogar die Strümpfe, die sich um ihre Waden spannten, fühlten sich wie Pfeiler an.

Um Olivier herum standen noch weitere Männer auf ihren Eisenstollen. Die Gespräche verstummten, Brillen wurden abgelegt, Eheringe abgenommen, Uhren, Piercings. Einige klebten ihre Ohren mit weißem Sporttape am Kopf fest. In Kolonnen strömten sie aufs Feld. Sie liefen sich warm und spürten die Schwerkraft des ovalen Balls. Während der Übungen kreiste der Ball durch die Luft, von dreißig beweglichen Händen oben gehalten.

Als der Gegner das Spiel anstieß, verschwand der weiße Ball kurz am Himmel. Einen Moment lang wurde seine Schwerkraft aufgehoben, und es war still. Aus dem Augenwinkel konnte Olivier die Zuschauer am Rand des Spielfeldes sehen. Dann landete der Ball wieder und sog ihn in den Wettkampf hinein. Fangen, passen, passen. Die Zuschauer hatten nur noch Augen für das Spiel. Sein erster Mannschaftskamerad ging zu Boden, der Ball verschwand in einem Gewirr aus Beinen und schnellte wie ein trudelndes Ei wieder daraus hervor. Olivier schnappte ihn sich und rannte damit weiter. Er klemmte sich den Ball unter den Arm; den anderen Arm stieß er in das feuchte Gesicht von jemandem, der versuchte ihn nach unten zu ziehen. Er rannte los, genoss das Gefühl, wie furchterregend es wohl war, ihn heranstürmen zu sehen. Und obwohl es verboten war, zu brüllen, stieß er dennoch manchmal ein tiefes Grunzen aus, wenn er zu einem Tackling ansetzte. Vor ihm stemmte ein Mann seine Stollen ins Gras, und Olivier beugte sich über den Ball und bohrte sich in die blaue Flanke des Gegners. Sofort wurde er von Armen umklammert und von warmem Atem eingehüllt, und fiel zu Boden. Hände zerrten ihn in Position wie einen Sandsack gegen die Flut. Schlamm, Gras und Gliedmaßen prallten gegen seinen Rücken, bis der Ball weitergegeben wurde. Olivier richtete sich auf und sprintete dem Ball hinterher. Erst als er einen Gegner mitsamt dem Ball über die Seitenlinie getrieben hatte und abgepfiffen wurde, achtete er wieder auf das Publikum, das ihn plötzlich umringte. Jemand schrie, und jemand rief: «Olivier!» Eine winkende Hand fiel ihm ins Auge. Marc sah ihn lachend an. Und neben ihm stand Mathilde. Einen Moment lang war alles lautlos, dann drang die Außenwelt wieder auf das Spielfeld und ihn ein. Neben Marc stand Fie.

Verwirrt übernahm Olivier den Einwurf und schaute zu, wie sich das Spiel von ihm entfernte. Er konnte nur schwer die Versuchung unterdrücken, sich umzudrehen und zurückzulaufen. Hätte Marc doch mit einem blauen Trikot auf dem

Platz gestanden, dann hätte er ihn einfach weggefegt. Zwischen den Stößen, die Olivier abfing, sah er Fie am Rand des Spielfelds stehen. Zu allem Überfluss meinte er auch noch, Paul Bonnard aus dem Augenwinkel wahrgenommen zu haben. Er verpasste sein nächstes Tackling und fluchte.

Dann fing er endlich den Ball auf, und die Welt ballte sich über ihm zusammen. Er stürzte sich in eine Art Implosion. Eisenzähne pflügten den Matsch, Schultern stemmten sich gegen Schultern und verschmolzen miteinander. Unter sich sah er vier, fünf trompetende Beinpaare und er presste den Ball mit beiden Armen an sich. Das Getöse schien aus ihm selbst zu kommen. Er sah seine Hände, den Ball, die Linie.

Sie redete sich selbst ein, es sei ein schöner Herbsttag. Dass sie ihn genießen sollte. Für November war es mild, die Wagemutigen liefen im T-Shirt herum. Ein paar Kinder spielten mit einem Rugbyball und warteten darauf, dass das Spiel begann.

Als sie noch bei den Bonnards wohnte, hatte ihre Laufstrecke durch diesen Park geführt. Doch sie hatte noch nie eine Pause eingelegt, um beim Rugby zuzuschauen. Neugierig sah sich Fie die anderen Zuschauer an. Viele Männer, Jungen, ein paar Mütter mit Kindern. Am Zaun stand ein knutschendes Pärchen. Sie lehnte sich mit ihrem ganzen Gewicht gegen ihn. Machte er einen Schritt zur Seite, würde sie hinfallen. Natürlich blieb er stehen. Als er zu stoßenden Bewegungen mit den Hüften überging, sah Fie weg und hakte sich bei Marc unter.

Auf der anderen Seite des Spielfelds fingen die Spieler an, sich warmzulaufen. Marc versuchte ihr zu zeigen, welcher der Männer sein Vater war. Da waren blaue und rote Gestalten, sein Vater gehörte zu den roten. Aber es war schwierig, ihn zu erkennen. Weil sich die Trikots alle glichen, sah Fie nur verschiedene Körper: kleine, sehr große, runde, krumme, einige stärker behaart, andere weniger. Die Gesichter wurden von den Trikots verschluckt. Sie wusste, dass Olivier auch unter den Spielern sein musste, zögerte aber, sich nach ihm zu erkundigen.

Inzwischen liefen beide Teams über das Feld und machten vollkommen konzentriert leicht komische Lockerungsübungen. Allmählich kamen immer mehr Fans hinzu. Marc zündete sich eine Zigarette an, die zwischen seinen Lippen zitterte. Fie schlenderte allein herum und beobachtete ein vielleicht vierjähriges Mädchen, das sich lang im Gras ausgestreckt hatte. Das blonde Köpfchen lag auf einem Kuschelhasen, und sie sang unentwegt dieselbe Melodie. Das Mädchen blickte zu

Fie hin, hob die Beine, öffnete die Knie und sang weiter. Auf ihrem Höschen stand *Belle*. Fie stellte sich vor, dasselbe zu tun. Sich einfach ins feuchte Gras zu setzen, zu singen und das zu tun, wozu ihr Körper gerade Lust hatte. Undenkbar! Doch mit geschlossenen Augen in der Sonne zu stehen, das ging. Sie versuchte es, bis der Schiedsrichter das Spiel anpfiff.

Verblüfft schaute sie den Männern auf dem Feld zu. Sobald einer von ihnen den Ball hatte, wurde er gnadenlos niedergerungen und augenblicklich unter schnaufenden, stampfenden Körpern begraben. Marc plapperte ihr ins Ohr und versuchte, ihr den Ablauf zu erklären. Mit jeder weiteren Regel, die er ihr erklärte, stieg ihr Unverständnis für das Chaos auf dem Spielfeld. Schwere Leiber krachten gegeneinander, behaarte Beine trampelten den Rasen kaputt. Ab und zu wurde das Spiel kurz unterbrochen, und die Spieler stellten sich in einer langen Reihe auf. Sie wischten sich den Schweiß von den Stirnen und keuchten. Sobald sie stehen blieben, stiegen Dampfwölkchen in die windstille Herbstluft auf. Fie erinnerte das an die Hochlandrinder in der Veluwe.

Manchmal kamen die Spieler ganz nah und schleuderten Dreckklumpen ins Publikum. Ein Spieler in einem blauen Trikot, den Ball unter den Arm geklemmt, sprintete an der Seitenlinie entlang. Von rechts tauchte ein Gegner auf, der den Kopf senkte und ihn mit voller Wucht rammte. Die Zuschauer stoben gerade noch rechtzeitig auseinander, bevor der Fleischbrocken in ihrer Mitte aufkam. Jemand schrie vor Schreck. Es wurde gepfiffen. Die Spieler befreiten sich und standen schnaufend auf.

«Olivier!», rief Marc plötzlich. Der große Mann schaute sich verdattert um, bis Marc die Hand hob. Das Gesicht des Mannes erstarrte. Kurz sah er die beiden an und nickte ihnen zu, bevor er aufs Feld zurückging.

Von diesem Moment an verfolgte Fie ihren Professor aufmerksam. Sein Trikot war mit Dreckspritzern übersät, seine grauen Locken klebten ihm an der Stirn. Ihr war bislang gar nicht aufgefallen, dass er so groß war. Er hatte unglaublich lange Oberschenkel. Wo versteckte er diesen großen, behaarten Körper während der Vorlesungen? Sie stellte sich vor, wie dieser Körper in einem ordentlichen Anzug auf den Seminarbänken saß und sich plötzlich schnaufend und schwitzend auf einen Studenten stürzte, so wie jetzt. Eigentlich sah er ziemlich gut aus oder hatte einmal sehr gut ausgesehen.

Jemand bekam einen Schlag auf die Nase ab und schnäuzte blutigen Schleim ins Gras. «Schau dir das an!» Marc stieß sie an und stellte sich auf die Zehenspitzen, damit er nichts verpasste. «Schau dir das an, der spielt einfach weiter! Ein Held.» Marc hatte rote Flecken im Gesicht. Er würde es noch nicht einmal schaffen, sie hochzuheben, dachte Fie, aber jetzt sah er sich das an und platzte fast vor Bewunderung.

Vorsichtig lehnte sie sich an ihn. Sie konnte sein Aftershave und sein Chanel riechen. Sie dachte an den Morgen im Bett und den Geruch, den sie zum Glück abgeduscht hatten. Offenbar gehörte das dazu, und sie versuchte sich daran zu gewöhnen. Das echte Leben war offenbar ziemlich schmutzig.

Wieder stampften zwanzig behaarte Beine vorüber. An ihren eigenen Beinen sprießten nur blonde Härchen, die sie sich jeden Morgen rasierte. Wie das wohl war, wenn man mit solchen Beinen unter der Dusche stand: braune Säulen, von denen man zunächst die Schlammplacken lösen musste, bevor man mit dem Rasierer die Haut Bahn für Bahn freilegte. Sie schauderte und suchte erneut Olivier aus den Menschenknäueln heraus. Wiederholt beobachtete sie, wie er ganz offenbar absichtlich ein Tackling suchte, als würde das nicht wehtun. «Verspürst du nie den Wunsch, ganz darin einzutauchen?», hatte er sie gefragt. Damals war ihr diese Frage seltsam vorgekommen.

Plötzlich schreckte sie auf. Eine bekannte Stimme sagte: «Ach, sieh an! Guten Morgen! Unser verlorenes Küken!»

Paul und Marie, beide in beigen Trenchcoats. Sie hatte fast vergessen, dass sie hier ganz in der Nähe wohnten. Fie ließ verdattert die Begrüßungsküsse über sich ergehen. Das Ehepaar Bonnard sah Marc neugierig an, und Fie stellte ihn den beiden als ihren Freund vor.

«Aha, also deswegen bist du damals verschwunden», grinste Paul. «Ich habe als Gastgeber ja mein Bestes gegeben, aber ... ich sehe, dieser junge Mann ist mir überlegen. Haha!»

Marc zog die Augenbrauen hoch und sah Fie unsicher an.

Paul schien das nicht zu bemerken.

«Du wolltest also mal sehen, was dein Prof heute in seinem Affenkostüm zustande bringt?», fragte er. Fie setzte einen höflich fragenden Blick auf. «Olivier spielt mit, das ist doch sicherlich eine Attraktion?»

«Nein, eher weniger. Marcs Vater ...»

«Mein Vater spielt hier die Prop-Position», ergänzte Marc, «die Nummer vier.»

«Deswegen», sagte Fie.

«Na ja, ich schaue ab und zu mal vorbei, um zu sehen, wie mein Kollege abschneidet. Die Nummer acht, siehst du? Reicht für ein nettes Gespräch am Kaffeeautomaten.» Er zwinkerte. Marie hatte kaum etwas gesagt. Nun ergriff sie behutsam den Ellenbogen ihres Mannes und verabschiedete sich.

«Dann noch einen schönen Sonntag.»

«Und richte deiner Mutter herzliche Grüße von mir aus!», rief Paul noch.

Als sie weg waren, sagte Fie: «Igitt, hast du sein Zwinkern gesehen? So verhält er sich andauernd.»

«Waren das etwa die Leute, bei denen du gewohnt hast?»

Fie nickte, und Marc drückte sie fest an sich.

Vorsichtig legte sie ihre Wange an sein Gesicht. «Ich dachte schon», schnaubte er. «Der ist ja tatsächlich widerlich. Wie hast du es dort nur ausgehalten?»

Sie sah den Bonnards nach, bis sie außer Sichtweite waren, und Marc schrie: «Try!»

Vierundzwanzig

Nicht lange danach schrieb Fie ihm eine Mail, um sich zu erkundigen, ob ihr Essay bei ihm angekommen sei. Also gut, dachte Olivier. Jetzt wird geantwortet. Er schrieb ihr zurück, dass er ihr ein letztes Mal ein Feedback zu ihrem Essay geben würde, und lud sie für den nächsten Tag in sein Büro ein. Dort war es am sichersten.

In der Nacht bekam er kein Auge zu und schrieb Sylvie eine SMS, ob er vorbeikommen könne. «Ich habe Lust auf dich.» Sie reagierte nicht mehr. Und als sie ihm am nächsten Morgen mehrere Smileys schickte, war er schon auf dem Weg zur Uni.

Fie klopfte bereits um fünf vor zehn an. Er rief sie herein. Als sie die beiden Kolleginnen sah, mit denen er sich das Büro teilte, blieb sie erstaunt stehen. Eine der Kolleginnen telefonierte gerade, die andere tippte mit zwei Zeigefingern, wobei ihre Tastatur auf dem Tisch klapperte. Wenn Olivier Fie hier ihre Sache vortragen ließ und währenddessen mit seinen Unterlagen hantierte, war er sie am schnellsten wieder los.

«Hallo, Fie, dann leg mal los.»

Sie suchte nach Worten und zog ihren Essay aus der Schultertasche hervor. «Ich wollte fragen …» Bevor sie fortfuhr, warf sie einen Blick auf seine Kolleginnen, die sie nicht weiter beachteten. Sie streckte den Rücken und hob leicht den Kopf. Das hatte Mathilde auch gemacht, wenn sie sich ärgerte. Olivier zögerte. Dann siegte bei ihm die Neugierde. Er unterbrach sie, indem er aufstand und seinen Mantel nahm.

«Komm. Lass uns einen ruhigeren Platz suchen.»

Aus dem Lesesaal wurden sie sofort wieder verscheucht. «Das hier ist eine Ruhezone», sagte die Dame hinter dem Pult scharf.

«Ist ja schon gut», erwiderte Olivier laut. «Dann lass uns

rausgehen. Offenbar muss man hier aus Ehrfurcht vor der Wissenschaft erstarren.» Er warf sich den Mantel über die Schultern und rauschte durch die sich öffnenden Saaltüren hinaus. Fie folgte ihm mit gesenktem Blick.

«Wie wäre es mit dem Park, was meinst du? Ein schöner Ort, perfekt für erschöpfte Wissenschaftler.»

Sie gingen die Treppen hinunter, liefen zwischen den rauchenden Studenten hindurch. Ihre Fakultät lag an der Avenue de l'Observatoire, einem Ausläufer des Jardin de Luxembourg. Das Wetter war umgeschlagen; der Himmel war grau und die Luft so kalt, dass sie beim Einatmen in der Nase stach. Die Baumskelette trennten sich von ihren letzten Blättern, und Männer mit signalgelben Westen schnitten die Sträucher zurück. Vereinzelt saßen ein paar alte Leute in der Parkanlage.

«Du möchtest mit mir also über die letzte Fassung deines Essays sprechen. Wie findest du ihn denn selbst?»

Fie schob ihr Kinn vor, antwortete aber nicht sofort. Die Frage war aber auch wirklich ziemlich gemein.

«In Ordnung. Dann fasse ich es mal zusammen ... Du hast doch anfangs über etwas anderes geschrieben – wieso jetzt dieses Thema? Wieso von vorne anfangen?»

«Ich habe irgendwo gelesen, dass Henry James eine Geschichte geschrieben hat, die auf der von Balzac basiert. Und diese Geschichte drückt es noch deutlicher aus.» Sie war kurz angebunden und verhielt sich zurückhaltend. Olivier überlegte sich einen anderen Weg.

«Ich sage dir jetzt mal die Wahrheit, Fie, du machst es mir nicht gerade leicht. Einem Studenten mit solch kühnen Behauptungen, die auch noch so wenig untermauert sind, müsste ich eigentlich ein Mangelhaft geben. Oder vielleicht eine etwas bessere Note wegen deines Mutes. Aber für solch eine Note finde ich deinen Essay wiederum zu interessant.»

«Oh.»

«Ein Beispiel: Du stellst die Geschichten über Frenhofer

und Theobald so dar, als hätten sie den Kurs der ganzen modernen Kunst bestimmt – aber weißt du, nicht die gesamte Avantgarde hat diese Sachen gelesen!»

Sie nickte widerwillig. In der Realität war sie lange nicht so geschwätzig wie auf dem Papier, dachte Olivier.

«Du urteilst ziemlich hart.»

«Aber was für ein Urteil denn?»

«Na, zum Beispiel das über Theobald und seine Madonna der Zukunft.»

«Nun ja», sagte Fie, «das ist aber doch wirklich ziemlich dumm. Er hört nicht auf mit dem Geschrei: ‹Alt! Sie ist alt! Hach, wie furchtbar, mein Modell hat Falten!› Als ob das ihre Schuld wäre. Als ob er die Falten nicht einfach weglassen oder sich ein neues Modell für seine Madonna suchen könnte. Oder, noch besser: eine Pietà malen, auf der Maria sowieso ungefähr vierzig ist.»

Olivier musste über ihren Ausbruch lachen. «Da stimme ich dir zu. Aber er wollte eben eine junge Madonna.»

«Ich finde, das ist dennoch kein Grund.» Sie bekam wieder diese roten Halbkreise auf den Wangen.

«Das Schlimmste sind aber die Parallelen, die du zur Gegenwart ziehst. Du stellst Koons und Konsorten gerade so dar, als wären sie ein Ebenbild des gewieften Künstlers aus der Novelle. Mit seinen Pornofigürchen von Affen und Katzen. Aber weshalb stellst du dann nicht auch das moderne Äquivalent von Theobald dar? Solche Idealisten müsste es doch sicherlich auch geben?»

Sie zuckte mit den Schultern. «Mag sein.»

«Okay», sagte Olivier. «Wir verabreden Folgendes: Du differenzierst deine These, und dann suchst du aber auch eine moderne Version von Theobald. Das würde mir schon reichen, und ich wäre zufrieden.»

«In Ordnung.»

Es ärgerte ihn, dass sie so unnachgiebig wirkte und ihren Standpunkt nicht revidieren wollte. «Hör mal, Fie. Ich weiß,

Paul hat dir versprochen, dass ich mich um dich kümmere, aber viel mehr als das hier kann ich nicht tun. Ich kriege sowieso schon Kommentare zu hören.»

Sie nickte. Schweigend gingen sie über den Parkweg. Etwas anderes, als eine Runde zu drehen, war nicht drin. Ab und zu wurden sie von einem Jogger eingeholt. Olivier schämte sich für seinen Ausbruch.

Um das Schweigen zu brechen, sagte er: «Ich habe dich am Sonntag auch im Bois de Boulogne gesehen, mit Marc.»

«Ja, stimmt.»

«Und, wäre das vielleicht ein Sport für dich?»

Sie lächelte milde. Blätter wehten bei ihren Schritten mit, und es klang so, als würde sie noch jemand begleiten. Er machte einen weiteren Versuch.

«Aber dein Apartment gefällt dir noch?»

«Ja, sehr. Die Gegend ist sehr angenehm. Und um die Ecke habe ich auch eine Bäckerei entdeckt… Ja, vielen Dank, es gefällt mir wirklich sehr gut.»

«Und keine lästigen Hausgenossen mehr.»

«Keineswegs.» Sie lächelte. Ihre Zähne waren zu gerade. Olivier hob sein Gesicht zum grauen Himmel, vor dem sich Äste wie Risse abzeichneten.

«Jedenfalls bin ich froh, dass Marc als Hausgenosse auszuhalten ist. Sein Vater ist ein alter Freund von mir.»

«Ja, das hat er mir erzählt… Dann haben Sie bestimmt auch gehört, dass Marc und ich jetzt zusammen sind», sagte sie mit einem leichten Zögern.

Er sah sie kurz an. Dann murmelte sie: «Manchmal muss man sich einfach etwas trauen.» Sie hatte es nur ganz leise gesagt, aber er hatte es dennoch gehört. Ihre Wangen und ihre Stirn waren purpurrot.

Sie teilten sich nun also wirklich die Dusche: Erst jetzt, da es aus Fies Mund kam, wurde es auch definitiv. Jemand durfte sie berühren. Er dachte an Mathilde, die sich in der engen Duschkabine zur Wand drehte und ihm ihre Pobacken präsentierte, ganz rot vom heißen Wasser. Sein Schwanz regte sich und schwoll an, bis seine Hose spannte. Er traute sich nicht, ihn mit einer Hand unter dem Mantel wieder in die richtige Position zu rücken, vielleicht würde sie etwas davon mitbekommen. Hitze stieg in ihm auf und wanderte bis zu seinem Bauch hoch. Er versuchte ein Liedchen zu trällern, ein altes Kinderlied, hielt dann aber inne.

Der Parkweg war noch lang. Doch am Ende der Rasenfläche gabelte er sich. Dann würde sie zu ihrer Dusche zurückgehen, mit Marc, und Olivier zu seiner. Er konnte seinen Herzschlag am Hosenschlitz spüren, und seine Arme wurden warm und schwer.

Sie ist wie eine Tochter. Ich habe nur eine Beschützerrolle.

Alle Väter sind so, kein Vater kann den Gedanken an seine Tochter in der Dusche ertragen, wie sie sich mit den Händen an der weiß gekachelten Wand abstützt.

Ma fille.

Die Weggabelung rückte näher. Olivier überlegte, was er sagen könnte, um eine Verbindung zu ihr zu bekommen. Er musste sich dazu zwingen, die Zeit nicht zu vergessen, die zwischen ihnen lag, die vielen Jahre, in denen er gelebt, überlegt und gearbeitet hatte, und die den Abstand zwischen ihnen markierten. Er musste sich zwingen, alt zu sein, damit er sie nicht an sich zog. Jetzt befand er sich unwiderruflich auf der anderen Seite, damit er sich von ihr fernhielt und sich nur ihretwegen sorgte.

Sie erreichten die Weggabelung, und er blieb stehen. Sie ging weiter. Unwillkürlich machte er eine Bewegung, als wolle er sie am Arm festhalten. Sie sah ihn an.

«Du … Entschuldige … Aber du hast auf meiner Leine gestanden.»

«Was?»

«Meiner Leine. Von meinem Hund.» Er gab sich geschlagen. Er war zu müde. Sie durfte ruhig denken, er sei verrückt. Hauptsache, sie dachte das andere nicht.

«Du kannst ihn nicht sehen. Aber ich führe ihn oft hier aus. Gerade bist du auf seine Leine getreten.»

Sie sah ihn verständnislos und leicht argwöhnisch an. «Echt?» Er neigte den Kopf und seufzte. Er hatte es vermasselt. Doch Fie machte einen vorsichtigen Schritt zurück und stand dann neben ihm. Sie fragte: «Und wo ist er jetzt?»

«Hier, genau vor dir.» Er bückte sich, um ihn zu streicheln. Der Hund hatte offenbar eine ziemliche Größe. Er stellte sich meistens einen großen Hund vor. Als er zu ihr hochsah, erschien ein Lachen auf ihrem starren, fragenden Gesicht. Sie ging neben ihm in die Hocke, mit einer Hand stützte sie sich im feuchten Laub ab, damit sie nicht das Gleichgewicht verlor, mit der anderen suchte sie den Kopf des Hundes.

«Weißt du, was für eine Rasse er ist?», fragte sie.

«Ach, eine Promenadenmischung. Jeder sieht etwas anderes in ihm. Für mich hat er jedenfalls diese wunderbar weichen großen Ohren.»

«Und Flecken, Grau mit Weiß.»

«Und buschiges Fell, in dem Laub hängen bleibt. Siehst du, dort hängt ein ganzer Wald.»

«Ja ... Wie heißt er?»

Olivier zuckte mit den Schultern. «Ich rufe ihn nie. Die Leute denken sich sowieso schon ihren Teil.»

«Er braucht einen Namen.» Sie wirkte vollkommen ernst.

«Meinst du?»

«Darf ich ihn mal halten?»

Er nahm die Schlaufe von seinem Handgelenk und reichte sie ihr. Sie lief wieder weiter und hielt die Leine am ausgestreckten Arm energisch fest, erst mit einer Hand, dann mit beiden. Er war sich nicht sicher, ob sie sich nun über ihn lustig machte.

Eine Frau mit einem blonden Labrador kam ihr entgegen. «Ganz ruhig!», sagte Fie. «Sehen Sie mal, wie der zieht!» Die Frau drehte den Kopf weg und versteckte sich hinter ihrem iPhone.

Fie war ein kleines Mädchen, das ganz im Spiel aufging. Ab und zu zog ein Schatten über ihr Gesicht, als würde sie es sich verbieten, sich zu schämen. Ein erneutes Zerren an der Leine klärte ihre Gesichtszüge wieder. Er hatte eigentlich angenommen, alle würden das mit den Milchzähnen verlieren.

«Ich habe auch einen Hund. Hast du das gewusst? Meiner ist aber etwas zuverlässiger. Er heißt Bär. So ein großer schwarzer mit Schnauzbart. Meine Mutter hat ihn aus dem Tierheim geholt, da war er noch ganz klein. Ich wollte aber nicht, dass er daran erinnert wird, dass ihn jemand weggegeben hat, also habe ich mir etwas anderes für ihn ausgedacht. Ich habe immer so getan, als wäre er ein aus dem Zirkus ausgebrochener Bär, auf den ein großer Finderlohn ausgesetzt war. Und damit er nicht gefunden wurde, lief er als Hund herum, mit angeklebtem Schnauzbart.»

So viel hatte sie noch nie erzählt. Und noch nie hatte sie ihn so stark an Mathilde erinnert, besonders jetzt, wenn sie, wie früher Mathilde, in ihren Fantasien aufging. Nur waren es diesmal seine Fantasien.

«Ist er noch in den Niederlanden?»

«Ja, aber in meinem Studentenzimmer hatte ich keinen Platz für ihn, also ist er bei meiner Mutter geblieben.»

«Schade, aber wenn du später mal mehr Platz hast.»

Sie schüttelte mit dem Kopf. «Nein, ich glaube eher nicht.»

«Wieso?»

Sie zuckte mit den Achseln. «Ich kann ihn meiner Mutter jetzt nicht mehr wegnehmen. Sie kann nicht so gut allein sein.»

«Aber du schon?»

Ihr Gesicht verschloss sich wieder. Dennoch versuchte er es noch einmal: «Also Bär muss bei ihr bleiben.»

«Ja.»

«Tapfer.»

«Nun ja, eigentlich müsste ich ihr Gesellschaft leisten, nur bin ich in Paris.»

«Gibt es denn sonst niemanden?»

Sie blickte zu Boden, vielleicht auf den Hund, und erzählte. Sie erzählte von ihrem Vater, und Olivier stellte ihn sich als einen großen Mann mit schmalen, hochgezogenen Schultern vor. Sein Kopf war kahl rasiert, und beim Sprechen bewegte er ihn andauernd. Er rauchte ständig.

Fie erzählte von ihren Streitereien. Ihr Vater beklagte sich bei ihrer Mutter, dass sie ihn nicht einfach mal in Ruhe ließe. Jeden Abend wollte sie beim Essen haargenau wissen, was bei ihm während der Arbeit passiert sei, und er konnte nicht einmal mehr nach einem Zuckerwürfel greifen, ohne sich ihre Warnung vor diesem und jenem anhören zu müssen. Fie sprach in einem nasalen Ton. «Mich macht das verrückt!» Und ihre Mutter, sagte er, würde doch sowieso nur tagein, tagaus hinter einem Schalter hocken. Viel Interessantes hätte sie da abends auch nicht zu berichten. Und doch müsse man sich zu Hause immer über irgendetwas unterhalten. Aber er durfte sich auch nicht einfach mal die Sportschau ansehen, nein, alles musste immer eine Bedeutung, einen Inhalt haben. «Inhalt, verdammt. Eine Wurst hat Inhalt.»

«Als er das zu ihr gesagt hat und dann noch, dass das genau der Inhalt sei, der zu ihr passen würde, hat sie ihm am nächsten Tag Würste aufgetischt. Und danach hat sie gesagt, dass sie die Scheidung wolle. Wurde auch Zeit.»

«Fandest du das auch?»

Fie schnaufte. «Sie hat das bereits seit Jahren gewollt. So, wie sie miteinander gelebt haben, haben sie gerade mal das Minimum dessen erfüllt, was man Ehe nennt. Sie haben zwar gemeinsam in einem Haus gelebt, aber es war nicht richtig. Es war eigentlich überhaupt kein Leben. Aber sie haben unbedingt damit warten wollen, bis ich mit dem Studium anfange.»

Und dann ihre Mutter. Sofie schob die geöffneten Hände ineinander, während sie von ihrer Mutter erzählte, als würde sie einen kleinen Menschen tragen. Das Menschenwesen klammerte sich an ihrem Daumen fest, damit es nicht hinunterfiel.

Ihre Mutter hatte zwar noch versucht ihn zu halten, aber es ging nicht mehr. «Da hat sie gesagt: ‹Er ist halt ein Mann, der seine Freiheit braucht›, und dass sie ihm die nicht hinreichend gegönnt hätte. Sie hat auch gesagt, dass man nichts dagegen tun könne, wenn man sich auseinanderlebt. Sie hat immer für alles eine Entschuldigung parat.» Fies Gesicht nahm einen verbissenen Ausdruck an. «Würde sie das selbst glauben, dann ginge es ja noch. Aber ich weiß, dass er ihr fehlt. Und sie beklagt sich auch immer, dass es im Haus so leer ist.»

«Wo wohnt er denn jetzt?»

Sie zuckte mit den Achseln.

«Hast du keinen Kontakt zu ihm? Aber zu deiner Mutter doch?»

«Na, ich bin jetzt hier in Paris.»

Olivier antwortete nicht.

«Es ist doch nicht meine Aufgabe, für sie zu sorgen», sagte Fie.

Olivier war es unbehaglich warm, und er wusste nicht, was er erwidern sollte. Als er zur Seite sah, erschrak er über den Blick, mit dem sie ihn ansah: begierig, abwartend – und ihm wurde bewusst, dass sie sich einen Ratschlag von ihm erhoffte. Von ihm. Als wäre er der Weisere von ihnen beiden. Er stammelte etwas vor sich hin, das in seinem lauten Bass wie ein Ausruf klang: «Ja, doch!»

Fie senkte den Blick, als hätte er sie zurechtgewiesen. Ist ja klar, dachte er. Sie denkt, ich bin alt. Ich bin der erwachsene Professor. Und das vergesse ich immer wieder.

«So meinte ich das nicht. Ich weiß auch nicht. Wahrscheinlich kannst du das besser beurteilen.»

Doch Fie blickte weiter zu Boden und schien nichts mehr herauslassen zu wollen.

«Sag mal, ich muss wieder zurück in die Uni. Wir sehen uns dann im Seminar.» Sie nickte. «Konnte ich dir denn wenigstens ein bisschen weiterhelfen?»

Sie meinte, ja. Und gerade als Olivier dachte, sie hätte ihre Maske wieder aufgesetzt, bückte sie sich kurz, um den unsichtbaren Hund zu streicheln, hob die Hand zum Gruß und verschwand. Er sah, wie sie einen Hüpfer machte, als sie auf der anderen Seite den Bürgersteig betrat. Und einen Moment glaubte er, dass sie eine Leine in der Hand hielt, mit einem Hund, den sie vor sich her die Metrotreppe hinunterschickte.

«Bär», murmelte er, und blieb einen Augenblick stehen, um sich an die Welt zu gewöhnen, bevor er zurück zur Universität ging.

Sofie

Hinten im Café an der Ecke der rue Bara war noch ein Tisch frei. Fie musste zwei Stunden bis zu ihrem nächsten Seminar überbrücken. Obwohl ihr kalt war, bestellte sie sich einen Eistee. Davon hatte man länger was.

Sie ließ den Blick durchs Café schweifen. Es wurde gern von Studenten besucht, einige saßen vor ihren Laptops, andere lasen Zeitung. Am Fenster hatten einige Studentinnen Platz genommen, die pausenlos ihre langen Haare zurückwarfen. Eine Studentin kam ins Café, die Fie aus den Seminaren kannte. Fie hatte einmal genau hinter ihr gesessen, und ihre Locken hatten ihr fast die Sicht genommen. Einmal hatte sie sie auch um einen Stift gebeten; eigentlich war sie nett. Fie hob die Hand zum Gruß, aber die Studentin ignorierte sie. Sie ging zum Tisch am Fenster und küsste ihre Freundinnen zur Begrüßung. Sie küssten sich hier alle ununterbrochen. Aber zuwinken, nein, so lief das nicht.

Fie nahm ihr Handy und schrieb Marc eine SMS, ob er vorbeikommen wolle. Seine Arbeitsstelle lag um die Ecke, und sie wusste, dass er gerade Mittagspause hatte. Sie legte das Handy neben ihre Unilektüre und versuchte zu lesen. Die Studentin lachte laut auf. «Das ist nicht dein Ernst. Das hat er echt gesagt?» Eine andere beugte sich zu ihr hinüber. Ihr Flüsterton war noch immer gut zu verstehen. Widerwillig hörte Fie das Gespräch mit. «Er hat also gefragt: Was muss ich tun, um eine wie dich zu kriegen? Darauf ich: Meines Erachtens reicht deine Fantasie dafür nicht aus. Und ein bestimmtes Körperteil auch nicht.» Gelächter. Die Rednerin drapierte ihr Haar über die andere Schulter, bevor sie weitersprach. Die Studentin ihr gegenüber verfolgte die Geste aufmerksam. Sie sah hübsch aus. Fie erinnerte sich daran, wie sie selbst im Gymnasium an einem Tisch in der Kantine gesessen hatte, mit genau demselben brennenden Blick, leicht vorgebeugt, um ja nichts zu verpassen. Die mit den Locken zündete sich eine Zigarette an. Während sie den Rauch langsam ausstieß, warf sie über ihre Schulter einen Blick nach draußen. «Siehst du den Typen dort mit der roten Jacke? Der ist jetzt mit Anne zusammen.»

«Ich finde nicht, dass die so toll aussieht.»

«Nein, dabei tut sie immer so, als wäre sie etwas Besonderes.»

«Er hat geguckt!»

Fie rückte mit dem Stuhl etwas nach rechts, aber sie konnte den Jungen mit der roten Jacke nicht sehen. Anne kannte sie auch nicht. Das war sowieso dummes Gequassel. Sie wusste ohnehin, wie das Gespräch weitergehen würde, denn sie hatte ähnliche Gespräche auch schon geführt. Und ihre Freundinnen zu Hause hockten jetzt vielleicht gerade in Amsterdam in einem Café, die Wangen gegen das Erröten gepudert, und zerrissen sich das Maul über sie. Dass der viele Camembert sie fett gemacht habe. Oder dass sie zu stark mit ihrem Leben als Pariserin und mit ihren angeblichen neuen Freunden beschäftigt sei.

Anfangs war sie noch zu den Studententreffen gegangen, dem Erasmusfest auf dem Boot auf der Seine. Doch nachdem sieben verschiedene Leute sie nach ihrer Herkunft, ihrem Studienfach und den Hobbys befragt und dieselben Informationen von sich selbst preisgegeben hatten, hatte es ihr gereicht. Immer das Gleiche. Hier hatte offenbar jeder die beste Zeit seines Lebens. Alle fanden Paris zwar unglaublich toll, doch richtig beeindrucken konnte sie eigentlich nichts.

Dennoch verfolgte Fie nun gespannt das Gespräch am Nebentisch.

«Offenbar hat sie nun was mit diesem Prof.»

«Nei-ei-ein, echt?» Vor Erstaunen rissen sie die Münder weit auf. «Das hätte ich ja echt nicht von ihr gedacht. Er ist doch verheiratet und so?» Dann ganz ehrfurchtsvoll: «Wenn das herauskommt!»

Fie dachte an Olivier. Der große, graue Mann, der plötzlich

zum Jungen geworden war, mit seinem Hund. Vielleicht hatte sie doch einen echten Freund gefunden. Die da drüben am Tisch würden mit den Ohren schlackern, wenn sie ihnen das erzählte. Sie würden an ihren Lippen hängen und kreischen! Fie schreckte auf: Schauten sie jetzt zu ihr hinüber? Sie hatte wirklich das Gefühl, dass ein Blick der Lockigen sie gestreift hatte. Jetzt drehte sich auch noch eine ihrer Freundinnen zu ihr um und musterte beiläufig Fies Tisch. Hastig blätterte sie in ihrem Buch weiter. Sie würde keine Aufmerksamkeit erregen und nichts weitererzählen – welch hässlicher Gedanke. Sie wusste ganz genau, dass Olivier das niemals tun würde. Er war vielleicht etwas seltsam, aber er war auch der Erste in diesem Land, der ihr direkt in die Augen geschaut und mit dem sie ein Gespräch geführt hatte. Das wollte sie wirklich nicht den Löwen zum Fraß vorwerfen. Man würde sie dann beide fressen, nur ihre Schuhe würde man wieder ausspucken. Fie schob ihre Füße weiter unter den Stuhl und bewegte nervös die Zehen.

Ihr Handy piepste. Marc würde kommen. Sie schlug eine Seite um.

Die Mädels am Tisch drüben gaben zu jedem, der vorbeiging, einen Kommentar ab. Fie schaute mehrmals auf, ob er es schon war. Schließlich tauchte er in der Entfernung auf. Gespannt schaute sie zum Mädchen-Tisch hinüber, als Marc ins Café kam und an deren Tisch vorbeiging. Die Lockige warf ihm einen gelangweilten Blick zu und widmete sich wieder dem Gespräch. Sie drehten sich nicht ein einziges Mal zu ihnen um.

Marc gab ihr einen Kuss und setzte sich im Trenchcoat schwungvoll zu ihr an den Tisch. Er wirkte ungemein zufrieden.

«Alles in Ordnung?»

Fie zuckte mürrisch mit den Achseln. «Och, ich versuche zu lernen, aber es ist so laut hier.»

«He, was ist denn los?»

Fie bekam nur mühsam den Mund auf. Die Lockige lachte und zündete sich erneut eine Zigarette an.

Sechsundzwanzig

Olivier entdeckte Fie, als sie das Institut betrat. Er grüßte sie von Weitem, doch als er auf sie zuging, verschwand sie in der Damentoilette. Sie hatten schon länger nicht mehr miteinander gesprochen, und er sah sie immer nur aus der Ferne. Er hatte zudem die leise Vermutung, dass sie seinen Vorlesungen absichtlich fernblieb. Dennoch spürte er immer stärker, dass sie tatsächlich in der Stadt war. Er wurde unruhig, wenn er glaubte, irgendwo ihre Haarfarbe oder ihren Gang zu erkennen. Manchmal hatte er sogar das Gefühl, er könnte ihren Geruch aus dem der vorbeigehenden Frauen herausfiltern.

Während er seine Vorlesung hielt, folgte sein dicker trockener Finger den Zeilen auf dem Papier, und sein Blick suchte die Reihen im Saal ab. Er konnte seinen Text fast auswendig. Die Wörter waren inzwischen abgeschliffen wie Kiesel; in seinem Mund fühlten sie sich glatt und vertraut an wie seine Zähne. Manchmal versuchte er etwas am Ablauf zu verändern, aber er konnte nichts weglassen, denn dann musste er gleich etwas Neues hinzuerfinden. Flossen die Sätze einmal richtig, konnte er sie nicht stoppen, ohne dass es zu schmerzhaften Brüchen gekommen wäre. Zudem konnte er seinen Gedanken während der Vorlesungen freien Lauf lassen. Sein Blick sprang von links nach rechts über die gebeugten Köpfe.

Als Kind hatte er eine Murmelbahn gehabt. Ein rechteckiges Gestell aus Holzbahnen in den Primärfarben. Jede Murmel, die man oben hineinwarf, rollte erst über drei schräge Latten – prrr, prrr, prrr –, klackte dann über die Metallstufen einer Treppe, bis sie schließlich in einer der nummerierten Mulden ihr Ziel erreichte. Immer wieder hatte er dieselbe Murmel hineingeworfen, immer wieder prrr, prrr, prrr, tingtingting, pock. Bis der Ablauf sich so intensiv bei ihm eingeprägt hatte, dass es ihn in Panik versetzte, wenn jemand die

Murmel auf halber Strecke anhielt. Das war eine Unterbrechung der Zeit, so blieb alles unvollendet. Ganz selten rollte die Murmel an den Mulden vorbei, und das «pock» blieb aus. Dann schüttelte er das Gestell, bis sie in eine Mulde rollte.

Die Suche nach Fie war für ihn zu einem neuen Ritual geworden. Normalerweise saß sie hinten im Saal; heute schweifte sein Blick weiter. Als er sie endlich in der zweiten Reihe entdeckte, geriet mit seinem Blick auch seine Stimme ins Stocken. Er räusperte sich. Einige Köpfe hoben sich und senkten sich erst wieder, nachdem er seinen Text erneut aufgenommen hatte. Die Studentin neben Fie beugte sich kurz zu ihr. Mehr konnte er nicht erkennen. Hingucken ging eigentlich auch nicht mehr.

Bald war Weihnachten. Noch zwei Arbeitswochen. Im Januar würde sie nur noch ihre Prüfung bei ihm ablegen, und das wäre es dann. Vielleicht wäre das auch die beste Lösung: Sie würde verschwinden und ihn endlich in Ruhe lassen.

Sofie

Im größeren Zimmer ihrer kleinen Wohnung war Marc auf dem Sofa eingeschlafen. Ihr war das erst aufgefallen, als sie von ihrem Buch aufgesehen hatte, weil sie sich einen Tee kochen wollte.

Er trug noch das feine Hemd von der Arbeit, aber an den Füßen karierte Pantoffeln. Fie hatte anfangs beschlossen, sie süß zu finden. Doch jetzt irritierte sie das nur noch.

Sie schlich zu ihm hin. Da er nicht aufsah, sich nicht rührte und auch nicht auf sie reagierte, wirkte er wie leblos. Mit geschlossenen Augen konnte er ihren Blick natürlich nicht durchkreuzen, den sie ungestört über seinen Körper schweifen ließ. Eben noch hatten sie sich über alltägliche Dinge unterhalten: seine Arbeit, die Stadt, sogar über Fußball. Es war fast vertraut gewesen. Jetzt schlief er. Fie ließ sich vorsichtig auf den Knien neben dem Sofa nieder und rückte noch ein Stück näher heran, um ihn zu betrachten.

Sie runzelte die Stirn, sie fühlte sich getäuscht. Wieso war ihr nie aufgefallen, was für ein sonderbares Geschöpf er war? Wie war es ihm gelungen, sie von den merkwürdigen Zügen abzulenken, aus denen sein Gesicht bestand? Die glatte Haut, aus der plötzlich dunkle Haare sprossen, und diese dunklen Löcher in seinem Gesicht, aus denen warme Luft entstieg. Sein kurzes Haar wirkte wie eine Eisenbürste, über die sie lieber nicht mit den Blicken fahren wollte. Hatte sie mit ihm …? War er das wirklich, mit dem sie …?

Sie betrachtete eine Zeitlang die Mulde über seiner Lippe und den schmalen Streifen weißer Haut darunter, der wie ein Schneegrat über den Rand seiner Oberlippe verlief. Drumherum wuchs ein Stoppelfeld, das sich aus kleinen Kuhlen erhob. Eine Schreckenswoge schwappte durch ihren Bauch, als sich seine Lippen plötzlich bewegten.

Sie schüttelte den Kopf und ließ den Blick weiterwandern. Der blaue Hemdstoff erstreckte sich über seinen Oberkörper und endete an einer erhabenen Stelle, die rhythmisch pulsierte. Der Stoff bewegte sich leicht auf und ab und schien lebendiger als der Rest von ihm.

Als ihre Augen nicht einmal mehr sein Hemd erkennen konnten und alle Formen schwanden, wandte sie mühsam den Kopf ab. Hier waren ihre Hände. Hier war der Boden.

An der Wand stand ein Regal, daneben ein Stuhl, über dem seine Jacke hing. Ansonsten war das Zimmer leer. Es gab hier nichts, worin sie sich wiedererkannte.

Vorsichtig erhob sie sich und ging in das kleine Badezimmer, dabei strich sie mit einer Hand an der Wand entlang. Im Bad setzte sie sich auf die Toilette und zog ein T-Shirt aus dem Wäschekorb, dann noch eine Strickweste. Das Shirt roch würzig nach ihm. An ihrer Weste roch sie nichts. Sie stopfte beides wieder zurück und starrte eine Weile in das bleiche Gesicht, das sie über dem Waschbecken anblickte.

Ihr Gesicht. Logisch.

«Reiß dich zusammen», sagte sie laut.

Dann ging sie zu ihm zurück, der vor lauter Fremdheit fast auseinandergefallen war, und rollte sich, ohne noch einmal zu ihm hinzuschauen, neben Marc auf dem Sofa ein. Brummend legte er einen Arm um sie, und einen Moment lang sah sie seine gerillten Fingernägel vor ihrem Gesicht. Dann schloss sie die Augen. Sie hatte es versucht. Sie hatte etwas angefangen.

Sie hoffte, dass er bald aufwachen und sie ihn wiedererkennen würde.

Siebenundzwanzig

Es war Montagmorgen, die letzte Woche vor den Ferien. Die Sonne war nicht mehr stark genug, um das ganze Gebäude zu erwärmen, doch immer dann, wenn ein Student die Saaltür öffnete, fiel das Sonnenlicht bis auf die ersten Sitzreihen.

Olivier wusste, dass es die Studenten nach draußen zog, und er beendete sein Seminar früher als sonst. Sofort flogen die Türen auf, und die Sonne fing die Studenten mit ihren Lichtstrahlen ein und entführte sie nach draußen. Womöglich war das in diesem Jahr ihr letzter Fang.

Träge packte er seine Sachen zusammen und schlenderte ins Freie. Er wandte sich nach links Richtung Park und pfiff vor sich hin. In diesem Park konnte man schnell alles vergessen. Ganz gleich, was er erblickte, alles war bereits von anderen geplant worden: die Weggabelungen, die Anlage der Rasenflächen, die Blumenbeete und Bäume, sogar die verschiedenen Baumarten, die nebeneinander gepflanzt worden waren. Vereinzelt standen Stühle da, die die Besucher zur Sonne hin ausgerichtet hatten. Nun waren die Stühle eine Sonnenuhr, die anzeigte, wann ein Spaziergänger zuletzt auf ihnen gesessen hatte.

Olivier registrierte, dass sich seine Bauchmuskeln anspannten, bevor er begriffen hatte, weshalb er erschrak. Fie schlenderte etwas weiter vor ihm auf dem Weg, die Hände tief in den Taschen ihres Wintermantels vergraben. Sie hatte ihm den Rücken zugewandt und kickte ein Steinchen vor sich her.

Er verlangsamte sein Tempo. Er würde sie gerne ansprechen, doch in der letzten Zeit hatte sie ihn nicht ohne Grund gemieden. Vielleicht hatte sie das Gefühl, bei ihrem letzten Treffen zu viel erzählt zu haben – oder eine ihrer Kommilitoninnen hatte gefragt, was sie denn immer mit ihrem Professor zu besprechen hätte. Vielleicht fand sie ihn verrückt mit seinem Hund. Olivier dachte an seine Vorsätze und blieb unentschlossen stehen. Gerade als er wieder umkehren wollte, bemerkte sie ihn und blieb ebenfalls stehen. Sie schien nicht überrascht zu sein, ihn hier zu treffen – sie schien sogar darauf zu warten, dass er sie einholte.

Also spazierte er weiter in ihre Richtung und grüßte sie, ohne stehen zu bleiben. Doch als er an ihr vorbeiging, schloss sie sich ihm an. Zur Sicherheit stellte er die Frage, als wäre es umgekehrt: «Darf ich dich begleiten?»

«Natürlich», sagte sie empört. Ihr Kopf verschwand in den Windungen ihres Schals und versank hartnäckig dort.

«Lustig, dass wir uns hier wieder über den Weg laufen», sagte er. Sie zog den Kopf noch weiter ein. Es war also ein absichtlich herbeigeführter Zufall.

Ein älterer Herr kam an ihnen vorbei und grüßte. Ein Herr, so jemand würde er auch gern einmal sein und dann so in Erscheinung treten, als wäre alles vollkommen selbstverständlich. Olivier grüßte höflich zurück, er war erleichtert, dass er den Mann nicht kannte, und versuchte, seine Verwirrung zu verbergen. Eine solches Schweigen machte ihn immer nervös: An Schweigen konnte man nichts festmachen. Er atmete die Winterluft so tief ein, dass er spürte, wie seine Rückenwirbel erschauerten.

Er sah verstohlen zur Seite. Fie sah verfroren aus, als liefe sie hier bereits seit Stunden umher. Sie bewegte sich steif und wirkte noch verschlossener als sonst. Was machte sie hier? Hatte sie ihn abgepasst?

«Kann es sein, dass ich dich länger nicht in der Vorlesung gesehen habe?»

«Hmmm.» Kleine Atemwölkchen stiegen aus den Falten ihres Schals auf.

«Krank gewesen?»

«Ähm, ja.»

Er übte sich in glasklarem Schweigen und atmete tief ein. Er konnte ihr natürlich auch nicht einfach so eine Frage stellen und sich dann von ihr verabschieden. Seine Beine prickelten schon, er war bereit davonzulaufen. Doch Fie sah jämmerlich aus. Ihre spitze Nase war rot angelaufen und schaute aus dem senfgelben Schal heraus.

«Spazierst du hier schon lange herum?»

«Eine Weile.» Eigentlich war das nicht sein Problem, egal, was sie nun umtrieb. Schließlich hatte sie Eltern. Und falls wirklich etwas war, dann bot die Universität den Studenten diverse Hilfen an. Doch angesichts der verkrampften Situation wurde ihm allmählich unwohl.

«Ist was?»

Einen Moment lang befürchtete er, sie würde ihn überrascht ansehen und «Nein, wieso?» sagen, um dann abzuziehen und ihm einen letzten, befremdeten Blick zuzuwerfen. Vielleicht hoffte er es aber auch nur. Was fast auf dasselbe hinauslief. Doch stattdessen igelte sie sich ein, indem sie die Schultern vorschob und den Mund verzog, als würde sie gleich anfangen zu weinen. Einen Moment sah sie unerträglich zerbrechlich aus. Schließlich schluckte sie hinunter, was sie hatte sagen wollen.

Vorsichtig half er ihr auf die Sprünge. «Wenn ich irgendetwas für dich tun kann, dann sag es mir bitte.»

«Wieso eigentlich?» Von der Seite traf ihn ihr argwöhnischer Blick. Er zuckte mit den Achseln.

«Paul hatte mich gebeten, dir behilflich zu sein.»

«Ja, aber das heißt doch noch lange nicht, dass man es auch tatsächlich tut.»

«Wieso denn nicht?»

«Sie sind zu nett.»

«Wer sagt das?», fragte er erschrocken.

«Niemand. Ich», antwortete Fie. «Oder sind Sie mit all Ihren Studenten befreundet?» Trotz ihres schnippischen Tons klang ihre Stimme schwach.

Sie hatte ihm hier also aufgelauert wie eine kleine streunende Katze, die erst seine Gesellschaft suchte und ihn dann kratzte, sobald er sie streicheln wollte. Olivier merkte, wie ungerecht der Vorteil war, den er seiner Statur und seiner Position zu verdanken hatte. Er ragte über sie hinaus, aber tatsächlich war er genauso scheu und unsicher. Aus einer plötzlichen Anwandlung heraus antwortete er ehrlich:

«Ich werde dir verraten, warum ich dir helfe. Ich wollte eigentlich einer anderen Person helfen. Einer Freundin aus vergangenen Zeiten, die dir sehr ähnelt. Ich habe geglaubt, sie zu kennen, doch könnte ich sie einem Fremden heute nicht mehr beschreiben.»

Er fühlte sich verwundbar wie eine Kastanie ohne Schale, aber dennoch war er auch erleichtert. Er atmete jetzt gelöster. Fie warf ihm einen Blick zu.

«Wie hieß sie?»

«Mathilde.»

«Ah, du hast mich mal gefragt, ob ich sie kennen würde.»

«Ja.»

«Und ich ähnele ihr?»

«Du könntest ihre Tochter sein.»

Sie gingen weiter, während Fie das eben Gehörte verarbeitete. Ihre Atemluft war zu sehen. Sie wirkten ruhig, sinnvoll und zielstrebig, diese Atemwölkchen, dachte er. Gemeinsam stiegen sie auf, und gemeinsam lösten sie sich auf. Im Winter brauchte man nicht so viel zu reden.

Angesichts der Dezembersonne schob sich Fies Kopf immer weiter aus dem Schal heraus.

«Ist sie jetzt auch unsichtbar?»

Lächelnd schüttelte er den Kopf. «Sie nicht. Nur keine Angst.»

«Das war doch Ihr Ernst, oder? Das mit dem Hund.»

Er nickte, und auch sie neigte den Kopf. Eine würdige Geste. «Dann verstehe ich.» Und, mehr oder weniger zu sich selbst: «Ich glaube schon, dass es okay ist.»

Sie hatte gewartet, bis sie auf ihn stoßen würde, da war er sich nun ganz sicher. Und sie hatte ein Problem. Ähnlich wie beim letzten Mal würde er die Worte aus ihr aufsteigen lassen: bunt schillernde Seifenblasen, die sie überrascht zu fangen versuchte. Er wollte sie so gerne beruhigen. Könnte er ihr doch nur etwas von der Vertrautheit vermitteln, die zwischen ihren Körpern eigentlich schon bestand. Ihre Umrisse wirkten perfekt in seinen Augen, die ruhig blickten und ihr sagen wollten, dass sie dort, wo sie sich nun befand, augenscheinlich hingehörte. Olivier fing erneut an zu pfeifen. Langsam entspannte sie sich.

Schließlich befreite Fie ihren Kopf mit einem Ruck ganz aus dem Schal und strich sich das glatte Haar hinters Ohr. Er konnte sehen, dass sie den Atem anhielt. Gleich sagt sie etwas, dachte Olivier. Das Atemwölkchen, das folgte, begleitete nur die Worte: «Ziemlich kalt heute, nicht?»

«Ja.»

Und dann: «Wollen wir irgendwo hingehen, wo man drinnen sitzen kann? Es ist noch keine Mittagszeit.»

«Willst du wirklich?»

«Ich will nicht nach Hause.»

Sie sah ihn ernst an. Ihre Augenlider waren gerötet und leicht geschwollen. Olivier zögerte, während ihn diese roten Augen anstarrten.

«Ich will nicht nach Hause», wiederholte sie.

Sie sah ihn an, als wäre sie weit weg. Er kannte diesen Blick; hier war etwas schiefgelaufen.

«Du hast doch gesagt, ich könnte dich immer um ...»

Er nickte zustimmend zu dem Wort, das sie verschluckt hatte.

«Wohin sollen wir gehen?»

«Museum?», schlug sie erleichtert vor.

«In Ordnung. Musée d'Orsay?»

«War ich letzte Woche.»

«Louvre?»

«Da ist es immer so voll.» Er überlegte.

«Gut. Ich glaube, ich weiß die perfekte Exkursion, mit

Kunst und ohne Leute. Es liegt außerhalb der Stadt, und wir müssen mit dem Zug dorthin fahren.»

«In Ordnung.»

Château Chantilly befand sich eine halbe Stunde von Paris entfernt. Sie fuhren mit der Metro zum Gare du Nord. Das war keine gute Idee, aber Olivier konnte es nicht lassen. Er konnte bei Fie die Leere fühlen, wie er sie früher bei Mathilde gespürt hatte. Fie würde das bestimmt nicht so nennen, aber sie wirkte so auf ihn. Ganz selbstverständlich schlüpfte Olivier wieder in die Rolle des Spaßmachers, die er sich damals für Mathilde angeeignet hatte. Am Ticketautomaten verdeckte er überfürsorglich das Ziel und flüsterte Fie zu: «Bereit für den Fluchtversuch?» Er sah sich um, drückte die Fahrkarten an seine Brust und setzte zu einem Sprint zum Zug an. Fie folgte ihm mit einem leicht verkniffenen Lächeln.

Als der Zug aus der Stadt fuhr, hatte der Himmel sich zugezogen. Die Häuser wurden grauer und verschmolzen schließlich ganz mit dem grauen Himmel. Der erste Schnee des Jahres suchte sich seinen Weg zwischen den Zweigen im Wald hindurch.

Olivier betrachtete Sofie, die aus dem Fenster schaute. Ihre Blicke wanderten hin und her, fielen auf die Bäume draußen. Wieder dachte er, sie würde gleich anfangen zu weinen, doch diese Aufwallung legte sich wieder. Sie entspannte sich und summte eine Melodie, die er nicht kannte. Es hatte Mathilde auch immer gutgetan, die Stadt hinter sich zu lassen.

«Erzähl mal was», bat sie. Er sprach von dem Museum, das fast so schön wie der Louvre sei, allerdings wenig bekannt. Sie gab ab und zu einen Ton von sich, der zeigen sollte, dass sie ihm zuhörte. «Mmh.»

Irgendwann verstummte er und spielte mit seiner Fahrkarte. Er strich sich mit der Papierkante über die Wangen; ein angenehmes Gefühl, wie das Papier über seine Bartstoppeln schabte. Fie sah ihn stirnrunzelnd an.

«Was ist? Man wird sich doch wohl noch rasieren dürfen.»

Fie beugte sich vor, noch immer stirnrunzelnd.

Nun rasierte er sich auch sein erhobenes Kinn und die Koteletten.

«Du hast heute Morgen übrigens auch ein Haar übersehen. Dort.» Er deutete auf ihre Wange, sie befühlte sie mit der Hand.

«Nicht wahr.»

«Dann eben nicht. Aber wenn du möchtest, rasiere ich es dir schnell ab.»

Fie schnalzte mit der Zunge. «Tock. Okay.» Sie hielt ihm die besagte Wange hin und verzog den Mund, so, wie sie es vorhin bei ihm gesehen hatte, damit sich die Haut auf ihrer Wange straffte.

«So ... und nun die andere ...»

Eine Stimme von der Abteildecke kündigte Chantilly an.

«Ist es in Ordnung, wenn ich dir einen Schnauzer stehen lasse?»

«Ich habe keinen Schnauzer!»

«Wie du meinst.»

«Stopp! Kann ich bitte mal das Rasiermesser haben?»

«Wir sind da!»

«Gib her! Gib schon ... So kann ich doch nicht aussteigen ...»

Sie schnappte sich seine Fahrkarte und rasierte sich, bevor der Zug anhielt, schnell den Schnauzer ab.

Vom Bahnhof liefen sie ein Stück durch den Wald und über Wiesen, die zum Schloss gehörten. Schnee blieb an ihren Ärmeln und in ihrem Haar kleben, und der Boden war stellenweise weiß. Als Olivier nach oben schaute, wusste er nicht, ob er stillstand oder in rasendem Tempo lief. Fie spielte mit ihren Fußspuren. Sie ging eine Weile rückwärts neben ihm, dann trat sie in seine grünen Fußspuren. Sie überquerten die Weiden, auf denen im Sommer Pferderennen stattfanden und über die jetzt der Schnee in Schwaden hinwegwehte.

Ihnen beiden liefen die Nasen, und sie schnauften. «Wir sind wie Pferde.» Und da galoppierte sie los, ein kleines Kind, das noch keine Scham kannte. Die Spontanität, mit der sie sich auf das Spiel eingelassen hatte, überraschte ihn. Je mehr er von ihr mitbekam, desto weniger verstand er sie. Doch ihre Stimmungsschwankungen alarmierten ihn.

Im Museum tranken sie heiße Schokolade, um sich aufzuwärmen. Fie suchte einen Tisch am Fenster aus. Sie hielt ihren Becher mit beiden Händen fest und hielt ihn sich dann an die Wangen, die von der Kälte gerötet waren. Draußen verschwand die Welt im Schnee. Sie konnten nur mühsam die Türmchen auf der gegenüberliegenden Seite des Innenhofs erkennen. Früher hatte sich hier zur Bewachung des Weges von Senlis nach Paris einmal ein mittelalterliches Fort befunden. Heute stand an der Stelle ein Schloss mit zahlreichen hohen Sälen mit Damasttapeten und Gemälden. Es waren nur wenige Besucher da. Die Stille und die würdevoll auf und ab gehenden Museumswärter schienen Fies ausgelassene Stimmung nur noch zu verstärken. Sie amüsierte sich über das Jesuskind von Raffael, das schon jetzt Geheimratsecken hatte. «Kein Wunder, wenn man gleich zwei Väter hat.» Und sie musste über drei nackte Frauen von Raffael lachen, wie sie Arm in Arm dastanden und jeweils eine schwere kupferfarbene Kugel in ihren Händen betrachteten. «Sie überlegen, welcher Rivalin sie als Erster damit den Schädel einschlagen sollen.»

«Fie, deine ikonografischen Kenntnisse sind jämmerlich. Das sind die ‹Drei Grazien›, und sie halten Goldäpfel in den Händen.»

«Das sind Frauen! So läuft das nun mal bei denen.» Sie blickte ihn prüfend an. «Und, findest du Raffaels Künste wirklich so überragend?»

Olivier hielt sich mit seinem Urteil zurück. Dieses Museum war ihm einfach zu vertraut. Die Werke aus all den Jahrhunderten der Kunstgeschichte, die hier an den Wänden hingen, gaben ihm das Gefühl, sie würden seine eigene Vergangenheit repräsentieren. Was hier zu sehen war, das waren die Motive für die Dias, die sein früherer, von ihm hochverehrter Professor in den Vorlesungen gezeigt hatte. Hier versammelten sich die Bilder seiner Romreise, und das dort war der Maler, der ihn einst dazu gebracht hatte, Kunstgeschichte zu studieren. Diese Künstler hatten ihn dazu überredet, doch noch einen Moment zu bleiben, sich noch ein weiteres Bild anzuschauen, bis er ihnen schließlich ausgeliefert gewesen war.

Sie unterbrachen ihre Tour, um etwas zu essen. Dabei unterhielten sie sich über Paris und tranken zwei Karaffen Rotwein. Olivier gab Anekdoten über verrückte Künstler zum Besten. Er erzählte von Michelangelo, der einmal einen bedeutenden Staatsmann hereingelegt hatte, als dieser ihm einen Besuch abstattete. Michelangelo war gerade mit seinem *David* beschäftigt, doch der hohe Besuch mäkelte an dessen viel zu großer Nase herum. Also kletterte der Bildhauer auf die Leiter, legte mit dem Meißel los und ließ Marmorstaub hinabrieseln, ohne auch nur einen Deut an der Nase zu ändern. «Wie gefällt sie Ihnen nun?» «Oh, kein Vergleich, viel besser. Sie haben sie zum Leben erweckt!» Fie lachte laut. Sie sah immer gelöster aus.

Nach dem Mittagessen besuchten sie die Gemächer des Duc d'Aumale, der laut Fies Zusammenfassung aus dem Führer «unglaublich gestunken haben soll».

Sie blieben, bis das Museum geschlossen wurde und sie verdutzt in die Kälte entlassen wurden. Es hatte aufgehört zu schneien. In der Dämmerung überquerten sie erneut die Wiesen. Die Dunkelheit erreichte die Baumkronen, nur der Himmel war noch hell. Die Schimmeldecke auf dem Gras zog sich unter ihren Schuhen knirschend zusammen. Sofie schwieg. Mit jedem Schritt, mit dem sie sich dem Waldrand näherten, hinter dem unsichtbar der Bahnhof lag, verlangsamte sich ihr Tempo. Schließlich drehte sie sich zu dem erleuchteten Schloss in der Ferne um.

«Erzähl mir von Mathilde», sagte sie.

«Mathilde?»

«Der ich ähnele.»

Er seufzte. Jetzt war es also so weit. Er trat näher zu ihr.

«Sie war vor langer Zeit meine Freundin, damals, als wir beide studiert haben.»

«Und dann?»

«Dann ging es auseinander.»

«Einfach so?»

«Ja. Eigentlich schon.»

«Denkst du noch immer an sie?»

«Manchmal. Oft.»

«Wie traurig.»

Er sah sie an, sie ihn aber nicht.

«Wieso soll das traurig sein?»

«Na ja, wenn man sich von so etwas nicht lösen kann. Das würde mich traurig machen.»

«Aber mir gefällt das gerade.»

«Wieso?»

«Möchtest du das wirklich wissen?»

Sie nickte. Olivier presste Daumen und Zeigefinger auf die geschlossenen Augen, bis das Schwarz sich in bunte Kreise auflöste und er wusste, was er sagen wollte.

«Ich komme aus einem kleinen Dorf. Eins von der Sorte, wo man mehr über seinen Nachbarn als über seinen eigenen Vater weiß. Mit einer Dorfkirche, einem Dorfplatz und drei Bänken neben dem Kriegerdenkmal. Wir haben immer auf dem Dorfplatz gespielt, und auf einer der Bänke saß oft eine Frau. Sie saß dort jede Woche zu einer bestimmten Zeit, zwischen vier und fünf Uhr. Entweder sah sie uns zu, oder sie hatte die Augen geschlossen. Wir haben dann gespielt, sie sei der schlafende Wachposten einer uneinnehmbaren Burg oder so etwas in der Art. Wenn wir sie darum baten, hat sie sich auf unseren Wunsch auch schlafend gestellt, ab und zu öffnete sie aber plötzlich die Augen. Manchmal hatte sie auch keine

Lust. Doch sie saß dort immer eine Stunde lang, auch im Regen. Irgendwann habe ich einmal zu Hause am Esstisch von ihr erzählt, und meine Mutter hat gesagt, ich solle lieber nicht mehr mit ihr sprechen. Die Frau saß da und wartete auf ihren Verlobten, mit dem sie dort um vier Uhr verabredet gewesen war, wenn er Heimaturlaub bekam. Doch ihr Verlobter war nie aus dem Krieg zurückgekehrt. Also haben die Dorfbewohner versucht, die Frau von dieser Bank wegzukriegen. Als sei sie verrückt. Aber: Die Frau wusste durchaus, dass er nicht mehr zurückkehren würde. Stell dir vor, sie hätte sich zwischen vier und fünf Uhr von der Bank vertreiben lassen und zu Hause Kreuzworträtsel gelöst, Kaffee getrunken, Fernsehen geguckt oder was auch immer, anstatt dort auf der Bank zu sitzen. Dann hätte diese Stunde für sie an Bedeutung verloren. Weißt du, irgendwann kannst du alles ausradieren, dann behältst du leere Tage zurück. Man kann das als Freiheit bezeichnen. Aber ich glaube, das wäre nicht richtig. Alles verschwindet ohnehin schon schnell genug, da muss man sich wenigstens an irgendetwas festhalten können.»

Fie schwieg und wischte sich ab und zu mit dem Ärmel über die Nase. Sie machte ein trübsinniges Gesicht.

«Also bin ich dein Termin von vier bis fünf Uhr», sagte sie schließlich. «Dein Kriegerdenkmal.»

«Anfangs vielleicht. Aber so einfach ist das nicht.»

«Ach, nein?» Ihre Stimmung war wieder gekippt. Und in ihrer Schnippigkeit klang Angst mit.

«Nein.»

«Meines Erachtens erkennst du noch nicht einmal den Unterschied zwischen dieser Mathilde und mir.»

«Hör mal, ich bin hier, weil du mich um Hilfe gebeten hast. Und nicht etwa zum eigenen Vergnügen.»

Sie zog die Nase hoch. Sie wirkte verfroren und verärgert.

«Aha, es ist also purer Zufall, dass wir hier sind», sagte sie höhnisch. Olivier überlegte. Er war Mathilde begegnet – das war reiner Zufall gewesen. In einem Alter, als er empfänglich dafür gewesen war, und so hatten sie sich ineinander verliebt. Auch das war vielleicht wirklich Zufall gewesen. Doch alles, was danach kam, war eine Wahl gewesen. Dass er sich jährlich am selben Tag betrank, war auch eine Wahl. Dieser Tag war von großer Bedeutung.

«Also gut», sagte er dann. «Du ähnelst ihr. Das bedeutet natürlich etwas. Glaubst du, ich würde das hier alles für eine x-beliebige Studentin machen? Und weißt du, was passieren würde, wenn ich solche Dinge einfach überginge? Wenn so etwas keine Bedeutung mehr haben dürfte? Wenn ich zwischen vier und fünf Uhr staubsaugen würde?»

«Na. Das schafft immerhin Ordnung.»

«Ich werde es dir zeigen.»

Er setzte sich in den Schnee und klopfte mit der Hand einladend neben sich.

«Was soll das werden?»

«Setz dich.»

Sie ließ sich in den Schnee sacken. Olivier zog sich die Kapuze über den Kopf und streckte sich im Schnee aus. Er machte eine Geste, dass Fie sich auch hinlegen solle.

Der Himmel über ihnen war nun tiefschwarz und klar. Die einzigen Wölkchen stammten von ihrem Atem. In der Ferne war das Rauschen der Autobahn zu hören.

«Hast du das schon mal gemacht? Im Dunkeln auf dem Rücken liegen und in den Himmel sehen? Und hast du dir schon einmal Gedanken darüber gemacht, dass du an einer Kugel festklebst, die sich in einer unendlichen Leere dreht? Das ist es, was wir sehen.» Er legte eine kurze Pause ein, um die Wirkung seiner Worte zu steigern. «Und wenn du lange genug hinschaust, kannst du es ganz kurz spüren – bevor du dich wieder beruhigst, mit dem Gras unter dir, das fest an deinen Rücken drückt, dem Geräusch der Autobahn und der festen Hülle deiner Kleidung, die du einfach bei H&M gekauft hast, und deiner Socke mit dem Loch, durch das du die zweite Zehe hindurchschiebst. Denn wer kann schon über die unendliche Leere nachdenken, während er mit der Zehe im Loch einer billigen Socke herumspielt. Nur ganz kurz: Dass dich nichts vor dem Himmel schützt; dass du plötzlich hineinstürzen kannst; und dass du im Weltraum nicht existierst, ähnlich der Eins an der hunderttausendsten Stelle hinter dem Komma, die man einfach als Null schreibt.»

Er schwieg und blickte weiter in den Himmel. Ab und zu wehte ihr weißer Atem zwischen ihm und der Dunkelheit daher.

«Vielleicht gelingt es dir, die Sterne einfach nur zu betrachten. Früher gab es für mich nichts Schöneres auf der Welt. Früher träumte ich von der Raumfahrt. Doch heute merke ich, wie sie an mir zerren. Und ich versuche mich zu verankern. Die Menschen klammern sich an alles Mögliche: an Namen, an Lieder, an andere Menschen. Das geschieht nicht ohne Grund.»

Endlich blickte er zur Seite. Sie lag ganz ruhig da, den Mund leicht geöffnet, die Augen fast geschlossen.

«Echte Leere ist», sagte sie schließlich, «wenn derjenige, mit dem man zusammenlebt, einen nicht mehr sieht. Alles wird leer. Es fängt an den Rändern des Tages an. Morgens fragt man sich, welchen Sinn es hat, aufzustehen, abends, wieso man noch duschen soll. Wozu dieser ganze Aufwand?» Sie sprach leise und langsam, als wäre er nicht da. «Schließlich gibt es in deiner Wohnung Stellen, die dir nichts mehr bedeuten. Die Fotos im Flur. Seine Hälfte im Kleiderschrank. Dann: deine Hälfte im Kleiderschrank. Der Spiegel. Erst, wenn der auch leer geworden ist, verstehst du, was da gerade passiert, und du klammerst dich an allem fest. An deiner Tochter. Aber ich bin nach Paris gegangen. Am Hund deiner Tochter, der sich nie fragt, ob er ins All fallen könnte, und zudem mit doppelt so vielen Beinen auf dem Boden steht wie du. Er ist warm und schwer und liegt nachts auf deinen Füßen.»

Sie wandte ihm den Kopf zu. Ein Auge wurde vom Rand ihrer Kapuze verdeckt.

«Ich habe schon einmal nachts die Sterne betrachtet.»

Dann drehte sie den Kopf wieder weg.

«Ich wollte dir das alles eigentlich gar nicht erzählen. Mir ist kalt.»

Sie richtete sich auf und klopfte sich, so gut es ging, den Schnee von der Jacke ab.

«Möchtest du, dass ich dich in Ruhe lasse?»

Sie überlegte einen Moment: «Nein, das ist es ja gerade. Ich wünschte, ich würde es mir wünschen, dass du mich in Ruhe lässt, und ich wünschte, dass ich allein sein könnte. Aber es gelingt mir einfach nicht.»

«Ich versuche dir zu helfen. Nicht aufregen.»

«Ich weiß.» Sie blickte kurz zur Seite. «Vielleicht lerne ich es ja noch.»

«Ja. Und vielleicht lernst du irgendwann, ohne Essen und Trinken auszukommen.»

«Haha.»

Sie sah wieder zu den Sternen hoch.

«Ich erfriere hier gleich. Brechen wir auf?»

Sie gingen zurück. Ihre Silhouetten spiegelten sich verzerrt im Zugfenster, hinter dem der Wald wieder zur Stadt versteinerte. Die Lichter kehrten zurück und auch die Menschen. Er war wieder zweiundfünfzig.

Am Gare du Nord ging Olivier automatisch in Richtung Metro. Dort angekommen, blieb er stehen und legte ihr zum Abschied die Hand auf die Schulter. «Also …!»

Bevor er noch etwas sagen konnte, fragte sie: «Wohin gehen wir jetzt?»

Sie sah ihn mit wachem Blick an, ohne sich zu rühren. Nur ihre Lider zitterten.

Olivier dachte an Sylvie, die ihn – es war bereits nach sieben Uhr – vielleicht erwartete, und daran, was er ihr gleich sagen würde. Die Wahrheit, abzüglich Fie. Ein Schreck fuhr ihm in den Magen, als Fie plötzlich ihren Widerstand aufgab. Er hatte das Gefühl, sich lange an eine Mauer gelehnt zu haben, die nun plötzlich zerbröckelte, woraufhin er kopfüber durch die Lücke stürzte. Seit Monaten war er ihr mit dem Fernglas aus großer Entfernung gefolgt, und nun, da er das Glas herunternahm, stand sie plötzlich vor ihm, mit zitternden Augen und fragte: «Wohin gehen wir jetzt?»

Sie sagte «wir», und er stürzte sich auf das Wort.

«Gut. Wohin gehen wir jetzt? Es ist zwar schon spät ... aber wir könnten zum Boulevard Haussmann gehen, dort sind alle Geschäfte noch geöffnet. Ich würde mich dort gerne nach einem Geschenk für meine Freundin umschauen. Vielleicht kannst du mich beraten. Du weißt bestimmt besser, was einer Frau gefällt.» Freundin, er warf das Wort wie eine Barriere in den Raum. Es würde helfen, damit er wenigstens nicht mit leeren Händen nach Hause kam.

Fie nickte. Er ging ihr voraus, durch die Gänge der Metro. In der überfüllten Bahn verlor er sie kurz aus den Augen. Er sah sein eigenes Spiegelbild, das über die anderen hinausragte, ein bedrückt aussehender Mann mit tiefliegenden Augen, der sich steif und unnachgiebig mit der Metro mitbewegte. Wohin gehst du? Nach heute Abend, Olivier, Abstand. Der große Mann nickte ihm ernst zu und bewegte murmelnd die Lippen. Er nahm sie mit zu Quick und bestellte ihr einen Teller mit Hamburger und Pommes. Er trank ein Bier. Mit spitzen Fingern angelte sie sich die Pommes aus der Schachtel, als seien es Pralinen. Dann klappte sie den Hamburger auf und zog die Gurke heraus.

«Magst du die nicht?»

«Doch», sagte sie mit einem verschlossenen Gesichtsausdruck.

Er grinste, sie nicht.

Olivier dachte daran, wie es gewesen war, mit Mathilde Streit zu haben, und dass er danach immer den Clown spielen musste, während sie in ihren Schweigestreik verfiel. Musste sie lachen, hatte sie verloren. Fast immer fing sie irgendwann an zu lachen.

Als sie den Hamburger gegessen hatte, schob Fie die Gurke in die Schachtel zurück, erhob sich wortlos und ging zur Toilette.

Auf dem Tisch stand noch ihre Tasche; eine Ecke ihres Kalenders lugte hervor. Oliviers Blick blieb daran hängen, und er zog das Büchlein heraus. Zwischen den ersten Seiten steckte ein altes Foto, das von den vielen Berührungen matt geworden war. Olivier legte das Foto auf den Tisch: Sofie, einige Jahre jünger, mit einem rundlichen Gesicht zwischen zwei Menschen, die offenbar ihre Eltern waren. Erstaunt musterte Olivier den Vater, der Fie den Arm um die Schulter gelegt hatte. Er war blond, hatte volle Wangen und lachte breit. Er sah nicht wie der Mann aus, der vor seinem geistigen Auge aufgetaucht war, als Fie von ihm erzählt hatte. Hatte sie nicht gesagt, er sei dünn?

Er sah, dass die Toilettentür aufging, war aber nicht schnell genug.

Fie schob ihren Stuhl zurück und setzte sich mit verschränkten Armen hin.

«Entschuldige, ich –»

«Was hast du dir angesehen?»

«Nichts, ich habe nur geguckt.»

«Was du dir angesehen hast?», zischte sie.

«Das Foto, he, ich habe gedacht, dein Vater sei viel schlanker.»

Sie lehnte sich auf dem Stuhl zurück.

«Oh, das tut mir aber schrecklich leid, dass du dir ein anderes Bild von meiner idyllischen Familie gemacht hast», sagte sie.

«Ich hätte es nicht –»

«Du kennst mich nicht», schnitt sie ihm das Wort ab. «Was du über mich weißt, hast du dir selbst ausgedacht.»

Aufgewühlt trank sie einen Schluck von ihrer Cola und setzte den Becher so hart ab, dass ihr die Flüssigkeit über die Finger schwappte.

«Verdammt.»

«He, alles in Ordnung?»

«Mir geht's prima, vielen Dank.» Sie verschwand erneut auf der Toilette. Als sie mit einer Papierserviette zurückkam, sagte sie in einem griesgrämigen Ton: «Also, was für ein Geschenk brauchst du?»

«Etwas Festliches für eine Frau. Vielleicht eine Tasche oder Handschuhe oder Parfum.»

«Ziemlich unpräzise.»

«Also meinetwegen ist das jetzt nicht unbedingt nötig. Ich würde sogar gern nach Hause gehen.»

«Schon gut. Entschuldigung.»

«Ich hätte nicht in deinen Kalender gucken sollen, das war falsch von mir, entschuldige bitte. Vergibst du mir?»

«Von ganzem Herzen», sagte sie bissig.

«Dann stürzen wir uns jetzt ins Getümmel. Ich bin froh, dass wir uns wieder verstehen. Ich habe da doch eine gewisse … Spannung bemerkt.»

«Pff», machte sie, aber er wusste, dass er so gut wie gewonnen hatte.

Im großen Kuppelbau von Lafayette blühte das goldene Ornament. Parfumwolken und geduldige Chinesen scharten sich um sie. Während sie sich den Weg durch die Abteilung mit den Accessoires bahnten, versuchte Olivier Fie zu erklären, was Sylvie gefiel. Sie gab sich sichtlich Mühe, fröhlich zu wirken. «Das hier?», fragte sie, «Oder die?», und hielt Seidenhandschuhe in verschiedenen Farben hoch. «Die rosafarbenen, zieh die doch mal an.» Sie kriegte die Handschuhe nicht übers Handgelenk, und Olivier überlegte, ob Sylvies Hände kleiner waren.

«Oder vielleicht Schmuck.» Fie probierte drei Paar Ohrringe an. Sie fasste ihr Haar im Nacken zusammen und ließ die Ohrringe an ihrem Hals hin- und herschwingen. Danach legte ihr die Verkäuferin eine Kette um. Das Gold war so fein, dass es an ihrer Haut kleben blieb. Es glänzte mit den blonden Flaumhärchen im Nacken um die Wette, die zu einer Linie zusammenliefen. Hinter dem Ohr hatte sie ein winziges Muttermal. «Sehr schön», sagte Olivier und meinte das auch so. «Ganz entzückend», sagte die Verkäuferin. Olivier nahm die Kette. Während er zahlte, schlenderte Fie weiter und strich mit den Händen über die Waren. Sie war kreideweiß.

«Fie. Komm mal mit.»

Er ging mit ihr in die schickste Bekleidungsabteilung, in der weihevolle Stille herrschte. Eine Verkäuferin schritt auf sie zu.

«Guten Tag. Ich hoffe, Sie können uns behilflich sein. Meine Tochter» – er klopfte Fie auf die Schulter und merkte, dass er sie erschreckte – «muss demnächst auf eine wichtige Hochzeit, und wir suchen noch das passende Kleid dafür. Es wird ein großes Event – natürlich kann ich nicht verraten, wer es ist – jedenfalls ist es ganz wichtig, dass das Kleid Aufmerksamkeit erregt und keine das Gleiche trägt. Aktuelle Kollektion natürlich. Etwas Besonderes.»

Die Verkäuferin nickte und musterte Fie mit einem Lächeln.

«Ich glaube, ich habe da ein paar interessante Stücke für Sie. Größe 36, nehme ich an?»

Die Frau verschwand geschwind zwischen den Kleiderstangen.

Fie lächelte vergnügt, die Zungenspitze zwischen den Zähnen. Da war sie wieder.

«Wer sind wir?»

«Ich bin Duc d'Aumale, und du bist die Gräfin.»

«Klasse.»

«Ja? Spielst du mit? Das hatte ich gehofft.»

«Du bist ein ziemlich komischer Kauz», sagte sie zufrieden.

Die Verkäuferin tauchte mit fünf unbezahlbaren Kleidern wieder auf, die Fie alle anprobierte. Sie trat aus der Umkleidekabine, gekleidet in ein eng anliegendes Etuikleid mit Panthermuster, in ein schwarzes Lederkleid mit Nieten, das von oben bis unten in Streifen geschnitten war, und schließlich ragte ihr Kopf verloren aus einem schillernden rosa Etwas mit einer riesigen Schleife auf dem Bauch. Bei jeder neuen Anprobe schritt sie feierlich auf weißen Socken vor der Kabine auf und ab. Olivier applaudierte und gab in seinem lauten Bass Kommentare ab, und die Verkäuferin klatschte ausgelassen mit. Beim vierten Kleid, einem giftgrünen Modell, ging Olivier mit ausgebreiteten Armen auf die Gräfin zu, um sie vor dem Spiegel im Kreis zu drehen.

«*Ravissante*», sagte er und sah erwartungsvoll zu der Verkäuferin hin. Das schimmernde Kleid saß viel zu eng. Sie blickte ihn mit offenem Mund an und sagte: «... *éblouissante*.»

«Haben Sie vielleicht einen dazu passenden Hut? Und lange Handschuhe ... Schuhe mit Absätzen ... Mir schwebt da etwas in Rosa vor.» Die Verkäuferin eilte beflissen davon.

Fie grinste sich im Spiegel an. «Ich habe eine Höllenangst, dass ich gleich aus dem Kleid platze. Hast du den Preis gesehen? Ich zieh es aus, und wir hauen schnell ab.»

Gerade als sie wieder in ihre Jeans geschlüpft war, kehrte die Verkäuferin mit einem rosa Berg in den Armen zurück.

«Wunderbar», sagte Olivier. «Legen Sie es bitte zurück. Wir schauen noch kurz bei den Juwelen vorbei und sind gleich wieder da.» Er schob Fie vor sich her.

«Ihr Name?»

«Duc d'Aumale!», schmetterte er von der Rolltreppe aus.

«Das geht doch gar nicht. Der wurde doch mit der Guillotine hingerichtet, oder?»

«Ist doch egal.» Er warf einen zufriedenen Blick auf seine verwöhnte Tochter. Sie schien vollkommen vergessen zu haben, womit sie sich so herumquälte. Ihre Wangen waren gerötet, als hätte sie Fieber. «Und jetzt?», fragte er. «Diamanten? Champagner?»

«Ich habe da eine bessere Idee.»

Im Erdgeschoss sprach sie einen jungen Mann im schwarzen Anzug an, der andächtig die Parfumauslagen betrachtete.

«Entschuldigung, haben Sie vielleicht meinen Hund gesehen? Ich vermisse meinen Hund ... Ja, ein kleiner weißer, ich hatte ihn hier in der Tasche, dann habe ich sie kurz abgestellt, um Schuhe anzuprobieren, und jetzt ist er weg ...»

Der Mann bat sie zu warten und funkte einen Kollegen an, der aber auch keinen Hund gesehen hatte.

«Am besten fragen Sie mal bei den Fundsachen nach.»

«Fundsachen? Er ist doch keine Sache. Er heißt Charly!» Der junge Mann errötete.

«Pardon, Mademoiselle. Mein Kollege wird ihn für Sie suchen.»

Fie ging in die Hocke und kroch dann auf Händen und Füßen unter den Auslagetischen herum. «Charly! Charly! Wo steckst du, Darling?» Es bildete sich ein Auflauf, die Leute deuteten auf sie.

Der Mann kam zurück und sagte bedrückt, dass kein Hund gefunden worden sei. Fie setzte sich mitten im Gang auf den Boden und machte ein trauriges Gesicht. Plötzlich fing sie an zu weinen.

Der Mann sah sich verzweifelt um. Niemand half. Auch Olivier rührte sich nicht.

Behutsam tätschelte der Mann Sofie das Knie.

«Hören Sie, es wird bestimmt alles wieder gut.»

«Ach ja, dann sorgen Sie doch bitte dafür, dass alles wieder gut wird!»

Sofort machte er zwei Schritte zurück. Da ging Olivier vor ihr in die Hocke und legte ihr die Hände auf die Knie.

«Sag mal Fie, was wird das hier?»

Sie antwortete nicht, sondern weinte weiter und sah ihn verärgert durch die Tränen hindurch an.

«Ich spiele. Und du?»

«Du übertreibst. Komm, lass uns gehen.»

«Aber erst will ich mein Hündchen wiederhaben.»

«Sofie, hör auf mit dem Mist und komm jetzt.»

Er zog sie hoch und schob sie zum Treppenhaus in der

Nähe, das seit dem Einbau der Rolltreppen von niemanden mehr benutzt wurde. Ihm war warm, und er fühlte sich unwohl.

«Lass mich! Lass mich!» Fie versuchte nach ihm zu schlagen, während er sie am Ellenbogen festhielt. Nur mit Mühe konnte er sie bezwingen, schließlich musste er sie hochheben, um sie die Treppe hochzuschicken.

«Hallo, Fie, das hier ist ein Spiel! Dein Hund ist zu Hause ... Also bitte, komm mal wieder runter. Und putz dir die Nase. He!»

Sofie hörte auf zu strampeln, schniefte weiter und sah sich panisch keuchend immer wieder um.

«Du machst mich nervös. Ich hätte jetzt gerne wieder die echte Fie.»

Er schüttelte sie sanft, da drehte sie ihm blitzartig das Gesicht zu.

«Die echte Fie?»

Er zwinkerte bestätigend.

«Pfff. Die gibt es nicht.» Sie zog die Nase hoch und unterdrückte einen Schluchzer.

«Und ob es die gibt. Sei jetzt mal wieder normal. Mein Gott, du drehst ja vollkommen durch.»

«Du meinst, so normal wie deine Version der Ersatztochter?»

«Ich meine deine eigene Version.»

«Meine Version will heute heulen.»

Olivier ließ sie vorsichtig auf eine Treppenstufe sinken und setzte sich eine Stufe unter sie. Lebensgroße Spiegel bildeten die Szene ab.

«Jetzt ist gut. Und jetzt bitte die Version, die nicht mehr weint und ein ruhiges, aufgewecktes Mädchen ist.»

«Das ist doch blöd.»

«Außerdem bist du eine fleißige Studentin und musst einfach mal früh ins Bett. Du bist ziemlich durcheinander.»

«Das gefällt mir. Glaub nur ruhig, dass mein Vater ein dünner Idiot ist und ich unter Schlafentzug leide. Nur zu, projiziere schön! Echt super.»

Unten an der Treppe tauchte eine Verkäuferin auf, die sie beunruhigt ansah. Olivier hob die Hand, um anzudeuten, dass alles in Ordnung sei. Fie sah auf und fing wieder heftiger an zu weinen, mit tiefen Schluchzern, dabei zeigte sie auf die Verkäuferin, die schnell verschwand.

«Fie, jetzt komm doch bitte mal wieder zu dir!», zischte Olivier.

«Nein. Dann will ich Mathilde spielen.»

Er packte sie an den Schultern und schüttelte sie so heftig durch, dass ihre Zähne aufeinanderschlugen. Dann ließ er sie wieder los. In den Sekunden, in denen sie ihn anstarrte, wurde ihm bewusst, dass er ihr Professor war. Er dachte, sie würde auf ihn losgehen. Ein paar Tränen rollten über ihr unbewegliches Gesicht, wie eine Skulptur im Regen. Dann schnupfte sie, wischte sich unter den Augen entlang und prüfte, ob sie Mascara an den Fingern hatte.

«Fie?»

Sie sah ihn an. «Ich bin schwanger.»

Achtundzwanzig

Mit einem Schlag befand sich Olivier wieder genau an jener Stelle, zu der zurückzufinden er jahrelang vergeblich versucht hatte.

Erst einmal sagte er nichts. Wie gelähmt starrten sie sich an, bis in die Unendlichkeit widergespiegelt in dem raumhohen Glas. Erst als er ihr seinen schweren Arm umlegte, sackte sie zusammen und weinte leise in seine Jacke hinein. Diese war zwar aus Gore-Tex, aber er hatte dennoch das Gefühl, die Tränen spüren zu können.

Er zog sie hoch, legte den Arm um sie und führte sie behutsam wieder die Treppe hinunter, durch das Kaufhaus und zum Ausgang. Auf der Straße und in den belebten Metrogängen schob er die Leute beiseite und beschützte Fie mit seinem Körper, als sei sie ein Rugbyball aus Porzellan.

Fie hatte sich unter seinen Arm verkrochen. Sie schien nicht einmal auf den Weg zu achten. Blonde Haarsträhnen breiteten sich über seine Jacke aus und blieben an seinen rauen Lippen hängen, als er ihr einen Kuss aufs Haar drücken wollte. Mit seiner freien Hand tippte er in der Metro mühsam eine SMS an Sylvie: «Stress, zu viel Arbeit, heute bitte nicht, aber gerne bald.» Bevor er die SMS verschickte, las er sie noch zwei Mal durch und fügte dann noch «Alles Liebe» hinzu. Er versuchte die blassen Dezembergesichter, die ihn anstarrten, nicht zu beachten.

Von der Metrostation aus schleppte er Fie die Treppe in seine Wohnung hinauf und richtete ihr ein Bett auf dem Sofa her. Dann suchte er nach etwas zum Anziehen für die Nacht, einen Schlafanzug von Sylvie oder ein Oberhemd von sich. Doch als er damit zurückkam, lag sie bereits auf dem Sofa. Sie bewegte sich nicht. Auf dem Boden lagen verstreut ihre Kleidung, Schuhe, die Uhr und ihre Haarklammer wie die Reste eines geschmolzenen Schneemanns. Offenbar lag sie nackt unter der Decke. Er löschte die Lichter und versuchte sich möglichst leise, mit geschlossenem Mund, die Zähne zu putzen. Als er aus dem Badezimmer kam, blieb er im Flur stehen und lauschte. Sie atmete regelmäßig. Nach einer Weile schimmerte ihr blondes Haar im Dunkeln. Sie lag zusammengerollt auf der Seite, die Fäuste am Kinn, und schlief. Er ließ die Tür geöffnet und zog sich in das Schlafzimmer zurück. Er meinte zu hören, wie sie im anderen Zimmer atmete. Da lag sie, und er stellte sich vor, wie er diesmal alles richtig machen würde. Als er einschlief, stand sie auf und sprach. In seinem Traum erschienen Szenen von früher und aus der Zukunft. Ab und zu tauchte er wieder an die Oberfläche und suchte mit geschlossenen Augen ihre Atemzüge. Nicht einen Moment vergaß er, dass sie da war.

Mitten in der Nacht wurde er von dem lärmenden Handy aus dem Schlaf gerissen. Erschrocken schoss er hoch und tastete hektisch auf dem Nachttisch herum, bis er es endlich gefunden hatte. Bevor er sich noch melden konnte, hörte er: «Olivier? Hier ist Paul Bonnard.»

«Paul. Was issn?»

«Ist da Olivier Massarin?»

«Ja. Mensch, es ist mitten in der Nacht.»

«Das weiß ich auch», sagte Paul gereizt. «Ich wurde gerade vom Anruf eines gewissen Marc aus dem Schlaf gerissen, der wissen wollte, ob Fie Schoonhoven vielleicht bei uns sei. Er wirkte äußerst besorgt. Sie ist heute Nacht nicht nach Hause gekommen.»

«Oh.»

«Ja. Oh! Er überlegt, ob er die Polizei informieren soll. Nun wird also mein Gastkind vermisst! Wenn das rauskommt, wenn das ihre Mutter erfährt!»

«Paul, bitte!»

«Ich habe keine Ahnung, wen ich anrufen soll. Sie geht schon den ganzen Abend nicht ans Handy. Ihr Freund hat fünf Nachrichten auf ihrer Mailbox hinterlassen, und ich habe es auch schon versucht. Und du bist der Einzige, von dem ich weiß, dass er sie kennt.» Er quengelte regelrecht. Pauls nächtliche Stimme hatte Olivier noch nie gehört.

«Paul, das sind Studenten. Bei denen wird es öfter mal spät.»

«Aber Olivier ...» Er klang ängstlich. «Du kümmerst dich doch um sie und schaust immer mal, wie es ihr geht? Stimmt's, Olivier? Ich dachte, der Olivier weiß bestimmt, wo sie sein könnte.» Da war er wieder, der alte Prahlhans. Das ging ja flott. Olivier schwieg. Er stellte ihn sich vor, ein Männlein im sexy Nachthemd, das sich die dünnen Haarbüschel über den Schädel streicht. Vielleicht trug er ja grüne Wollslipper. Da Olivier schwieg, fuhr Paul nachdrücklich fort: «Oder weißt du vielleicht, mit wem sie in der Uni Kontakt hat, dann rufen wir dort mal an.»

«Gut, ich kümmere mich, okay? Danke, dass du angerufen hast. Leg dich jetzt mal wieder schlafen.»

«Du kümmerst dich?»

«Ja, mach ich.»

«Sehr schön.»

Sie wünschten sich noch eine gute Nacht, als könnte es die noch geben. Nachdem Olivier das Gespräch beendet hatte, wartete er einen Moment. Im anderen Zimmer war es ruhig geblieben. Er hoffte, Fie würde weiterschlafen. Vorsichtig drehte er sich auf den Bauch und tippte die Nummer von Jacques ein.

«Jacques, ich bin's. Entschuldige, dass ich dich um diese Zeit aus dem Schlaf hole. Ach, du warst schon wach? Ja, das dachte ich mir schon ... Ich rufe an, weil ich dich eigentlich um Marcs Nummer bitten wollte, aber dann kannst du es ja auch gleich an ihn weitergeben, oder? Ich denke, ihr könnt jetzt wieder schlafen gehen. Fie geht es gut. Sie ist bei mir – jetzt schläft sie auf dem Sofa – ja – nein, sie war heute Mittag ziemlich durcheinander. Ich hatte den Eindruck, dass sie sich nicht nach Hause traute. Nein, sie schläft. Nein, nein, nichts Ernstes, das geht schon wieder vorüber. Obwohl: vorüber, na, das werden wir sehen. Nein, nicht krank. Nein, nein, das ist es ganz bestimmt nicht … Sie war nur über etwas erschrocken, und sie braucht jetzt etwas Bedenkzeit. Nein, ich verrate nichts, Fie sagt es ihm schon selbst, wenn sie dazu bereit ist. Ich werde es weitergeben. Okay, du auch.»

Er legte auf. Zufrieden, dass er nichts hatte durchblicken lassen. Dann rief er Paul zurück, um ihm zu sagen, dass es Fie gut gehe.

«Du brauchst dir keine Sorgen zu machen, es ist alles in Ordnung.»

«Wo war sie denn?»

«Sie ist einfach etwas später nach Hause gekommen.»

«Etwas später? Es ist drei Uhr in der Nacht! Ich habe mir schon das Schlimmste vorgestellt! Wo hat sie denn gesteckt?»

Olivier wägte seine Antwort ab. Noch schlimmer wäre es, wenn Paul später dahinter käme, über Sylvie oder über Fie und ihre Mutter. Also ließ er die Katze aus dem Sack: «Bei mir.»

«Bei dir!»

«Ja, sie ist nach der Vorlesung mit einem ernsten Problem zu mir gekommen, und das hat dann etwas gedauert. Ich versuche ihr zu helfen. Eine Lösung zu finden.»

Die Stille, die darauf folgte, hielt lange an.

«Schließlich war alles wieder gut, du brauchst dir also keine Sorgen zu machen. Tschüss, Paul, wir sehen uns.»

«Darauf kannst du dich verlassen», antwortete er kurz angebunden und legte auf.

Natürlich. Wunderbar. Prima so, dachte Olivier. Aus einem plötzlichen Impuls heraus rief er im Sekretariat an und hinterließ auf dem Anrufbeantworter die Nachricht, dass er am nächsten Tag nicht zur Arbeit kommen würde. Ihm ginge es nicht gut. Das war noch nicht einmal gelogen.

Er ließ sich wieder ins Bett sinken. Im Nebenzimmer war

es noch immer still. Er hörte jetzt nicht mehr Fies Atemzüge, sondern seinen eigenen Herzschlag, der übersäuertes Blut in seine Muskeln pumpte. Er versuchte sich zu entspannen, doch das Heimelige war aus der Nacht verschwunden. Seine Augen öffneten sich immer wieder, und seine Blicke blieben an den scharfkantigen Umrissen im Schlafzimmer hängen. Auf dem Kaminsims glitzerten Sylvies Armbänder, und auf dem Nachttisch starrten ihn ihre Perlen an. Er musste es ihr sagen.

Olivier lauschte dem Sekundenzeiger des Weckers, der nach jeder Minute kurz innehielt und vor dem nächsten Schritt zu zögern schien. Als ob alles plötzlich ganz anders verlaufen könnte. Vor ein paar Stunden hatte er überlegt, dass er, traute er sich jetzt, zu Fie ins Bett zu kriechen, am Ende in einer anderen Nacht ankommen würde. Dass er als zwanzigjähriger Student aufwachen würde. Erst jetzt wurde ihm wirklich bewusst, was da unter der Decke lag: nicht die Lösung eines alten Problems, sondern ein neues Problem, brisant und groß. Er wollte aufstehen, doch dann bewegte er sich doch nicht. Wohin? Sein Wecker zählte langsam die Minuten.

Neunundzwanzig

Und so wurde es Tag.

Olivier blieb im Bett, bis er irgendwann dringend rausmusste. Danach trödelte er möglichst lange im Bad herum. Er duschte, rasierte sich, schnitt sich die Nasenhaare. Doch als er um die Ecke spähte, lag dort noch immer ein schlafender Vulkan. Bald würde sie aufwachen. Als Erstes würde sie auf ihrer nackten Haut die Bettwäsche mit den Pollock-Motiven spüren, die er in den USA gekauft hatte, dann die Sofaritzen. Wenn sie die Augen öffnete, wüsste sie mehr von ihm, als sie durfte. Ein Wissen, das zwischen ihr und ihrem Professor verboten war. Olivier schloss die Augen. Der Anblick seiner Wohnung kam ihm plötzlich so obszön vor wie ein Blick in sein Körperinneres. Auch in der Wohnung erblickte man sein Inneres: Die Notizblätter neben seinem Bett verrieten seine Gedanken; öffnete man den Küchenschrank, erblickte man seinen Mageninhalt. Die Spiegel hatten ihn nackt widergegeben. Und seine sämtlichen Interessen standen im Bücherregal zur Schau. Am liebsten würde er sie mit verbundenen Augen und betäubt abführen, damit sie zu Hause aufwachen und glauben sollte, alles sei nur ein Traum gewesen.

Vorsichtig trat er in das Zimmer hinein, bis er ihr Gesicht sehen konnte. Was wusste er über sie? Olivier betrachtete die vertrauten Umrisse dort in den Kissen, die er regelrecht unter den Fingern spüren konnte, als hätte er sie selbst geformt. Er wusste genau, wie diese Nase beim Sprechen mitzuckte, und kannte ihre Gesichtszüge beim Aufwachen. Er kannte sie auswendig, und jetzt verfluchte er ihre Erscheinung.

Sie war der Wolf und er ein eher zweifelhaftes Rotkäppchen. Er nahm seine Jacke und den Einkaufskorb und verließ fluchtartig die Wohnung.

Draußen war es bitterkalt. Das Salz hatte den Schnee weggefressen. Olivier ging zum Metzger, Bäcker, Gemüseladen, kaufte Käse, Trüffel, Trockenfrüchte. Die Marktverkäufer, die ihre Arme kreisen ließen, um sich aufzuwärmen, hatten bei dieser Kälte seltsamerweise keine Eile, ihn zu bedienen, und er hielt mit jedem ein Schwätzchen. Für den Wein machte er einen weiten Umweg und legte noch eine Kaffeepause mit Zeitungslektüre ein. Wahrscheinlich würde Fie weg sein, wenn er nach Hause kam. Vielleicht würde sie doch zu den Bonnards zurückkehren oder zu Marc oder sogar in die Niederlande.

Als er gegen ein Uhr nach Hause kam, saß sie wartend auf dem Sofa. Das Bettzeug lag zusammengefaltet neben ihr. Sie grüßte ihn freundlich und heiter. Ansonsten war nichts von der Nacht zurückgeblieben.

Olivier erkundigte sich, ob sie schon gefrühstückt hätte, aber das hatte sie noch nicht. Er klappte den Esstisch aus, kochte Kaffee und räumte seine Einkäufe in den Kühlschrank. Sie aßen Toast und hörten Radio. Er fragte, ob sie gut geschlafen hätte, und bestellte ihr Grüße von Marc. Er sagte, sie solle mal auf dem Handy nachschauen, dort seien bestimmt einige Nachrichten für sie. Der Akku sei leer, sagte sie. Er bot ihr sein Ladegerät an, und sie saß eine Weile über ihr Handy gebeugt da und tippte eine SMS ein. Dann legte sie das Handy mit dem Display nach unten wieder weg.

Jetzt war der Moment gekommen, ihr Hilfe anzubieten oder zumindest eine Bleibe auf unbegrenzte Zeit. Er müsste dann erneut mit Weisheiten ankommen, die er selbst in seinem Leben nie befolgt hatte.

«Was machst du jetzt?», fragte er sie schließlich.

Fie zupfte an ihrer Nagelhaut herum. «Das weiß ich noch nicht.» Darauf mit einem Clownsgesicht: «Ratschlag?»

«Da bin ich wirklich der Letzte, der dir den geben könnte.»

Er fing an, den Tisch abzuräumen. Und weil er nicht wusste, was er mit ihr oder sich selbst anfangen sollte, blieb er stundenlang in der Küche. Auf der Anrichte sammelten sich immer mehr Messbecher und Messer, während er Leber mit Cognac flambierte und sie zu einer Sauce pürierte. Danach bereitete er eine *pâte brisée* zu. Er berechnete alle Zutaten für zwei Personen, ohne zu wissen, wer die zweite Person sein sollte und wen er sich am Tisch dazuwünschte – Sylvie oder Fie. Während er kochte, wuchs die kleine Küche immer weiter zu. Drei Wände waren bereits mit Regalbrettern und Schränkchen bedeckt, auch der Platz im Flur über der Tür und dem Fenster war mit Regalen besetzt. Die Reinigungsmittel hingen außen am Fenster in Blumenkästen aus Kunststoff. Auf dem Herd briet Olivier das Küken an, das er gefüllt hatte. Ab und zu musste er die Küchenutensilien wegräumen, die sich angesammelt hatten. Das Radio plapperte laut in seine Gedanken hinein. Manchmal gelang es ihm, in der Arbeit auf der Küchenanrichte zu verschwinden und sich in dem komplizierten Rezept zu verlieren. Doch dann hörte er wieder das Knarzen der Dielen, und wenn er aufblickte und die junge Frau durch seine Wohnung gehen sah, war es, als würde die Zeit stolpern und für einen Moment den Bodenkontakt verlieren; und bis er ihn wiedererlangt hatte, wusste er nicht, in welcher Zeit er sich befand.

Er musste an das Telefonat in dieser Nacht denken, auch an Bonnards «darauf kannst du dich verlassen», während er das Küken mit der Gemüsefüllung in den Teigmantel wickelte und in den Ofen schob. Als er auch die Trüffelsauce zubereitet hatte, der Abwasch erledigt und die Küche geputzt war, musste er wieder in den Dienstag zurückkehren, der ihn als Geisel genommen hatte.

Fie hatte es sich mit einem seiner Bücher auf dem Sofa bequem gemacht und las, als er ins Zimmer kam und zögernd stehen blieb. Konnte er sie wegschicken?

«Na», sagte er. Nein, er konnte nicht. Er fragte sie, ob sie etwas trinken wolle, einen Kaffee oder Tee.

Ein Tee wäre schön. «Sag mal», fing sie an, bevor er sich umdrehen konnte. «Ist sie das?» Sie zeigte auf den Kaminsims.

Er hatte die Fotos wieder herausgeholt und ein Bild hingestellt. «Ja, das ist Mathilde.»

«Darf ich mal sehen?»

Er nahm den Karton und trug ihn zum Sofa. «Hier ist Mathilde.»

«Echt?», fragte Fie erschrocken.

«Ach nein, sie lebt noch. Glaube ich. Es sind Fotos.»

Er stellte den Karton zwischen sie aufs Sofa, wartete einen Moment und hob dann den Deckel, wobei er die Vorstellung hatte, ein Geist könne aus dem Karton emporsteigen. Zunächst geschah nichts. Neben ihm atmete Fie geräuschvoll aus, sie schob sich das Haar hinters Ohr und nahm das oberste Foto in die Hand. Dann das nächste und das übernächste. Schweigend sah sie sich die Bilder an und legte sie dann aufs Sofa. Manche hielt sie sich nah ans Gesicht und studierte sie eingehend. «Wo war das hier?», fragte sie dann, oder: «Wer ist das?» Olivier betrachtete ihr Gesicht, das ab und zu dem von Mathilde ganz nahe kam.

«Seltsam.» Sie sah ihn mit unsicherem Blick an. «Ich habe das Gefühl, ich müsste mich erinnern.»

Lange hielt sie die Fotos ihres ersten Sommers in der Hand. Die beiden standen am Strand, vom Wind aneinandergedrückt und glücklich. «Das hier ist schön.» Sie stellte das Bild ihrer Umarmung neben sich auf den Beistelltisch und errötete wie auf dem fremden Foto.

«Was ist eigentlich mit ihr passiert …? Darf ich das fragen?»

Er sackte zusammen.

«Sie wurde schwanger.»

«Und dann?»

Er zuckte mürrisch mit den Achseln. «Ich habe mich nicht getraut.»

Da spürte Olivier, wie sein Gesicht an den Mundwinkeln aufbrach. Er senkte den Kopf und weinte lautlos. Fie hielt die Luft an. «Entschuldige», sagte er und hielt sich die große Hand schützend vors Gesicht. Regungslos saßen sie nebeneinander auf dem Sofa.

«Ich dachte, dass du … Du hast gerade gesagt …»

«Ich war so alt wie du!» Olivier schrie es fast heraus und erschrak über seine eigene Stimme.

Nach einer kurzen Pause sagte sie in einem gewollt lockeren Ton, jedoch eine Oktave zu hoch, als dass es heiter geklungen hätte: «Na, jedenfalls krieg ich ein ‹Ausreichend› von dir für meine Arbeit. Ich habe gewonnen.»

Verständnislos sah er sie an.

«Ich habe deinen modernen Theobald gefunden.»

Dann stand sie auf und verschwand im Badezimmer.

Sie verachtet mich, dachte Olivier.

Sobald sie die Tür geschlossen hatte, warf er den Kopf zurück und zog den Rotz hoch. Er atmete ein paarmal tief durch. Als die Dusche lief, beruhigte er sich und ließ sich auf dem Sofa zurückfallen. Licht fiel durch den Spalt der geschlossenen Badezimmertür hindurch, während es draußen angefangen hatte zu dämmern. Da stand sie also, unter seiner Dusche, so, wie er sich das vorgestellt hatte, aber sie war eine Fremde und teilte keine einzige seiner und Mathildes Erinnerungen.

Er blickte auf die altmodische Ledertasche, die auf dem Boden stand, und öffnete sie. Lippenbalsam, Pfefferminz, Tampons in orangefarbener Folie, ihr Kalender. Ein paar Bleistifte, auf denen sie offenbar herumgekaut hatte. Die Tasche irgendeiner jungen Frau.

Während er dort noch saß, hörte er Schritte vor seiner Tür. Erschrocken schnellte er hoch. Ein Schlüssel drehte sich im Schloss, das sich geschmeidig öffnete, worauf Sylvie eintrat.

Bewegungslos starrten sie sich an. Er, im Gesicht noch die Hitze und das Schuldgefühl, mitten im Zimmer im Begriff zu fliehen; sie, den Schlüssel wie ein gezücktes Messer in der Hand, während sie ihn mit finsterer Miene ansah. Das Duschwasser prasselte in die Stille hinein. Jemand klickte eine Shampooflasche auf und drückte sie wieder zu.

«Bonnard sagte, du hättest dich krankgemeldet. Was ist denn los?»

Olivier machte eine Geste, die sie auffordern sollte einzutreten. Sylvie kam einen Schritt näher, jedoch ohne die Tür hinter sich zu schließen, und ihre Nasenflügel wurden weiß. Sie sah zu der Tasche, die mitten auf dem Boden stand und aus der die bunte Folie eines Tampons aufflammte.

Sylvie ließ den Blick durchs Zimmer schweifen. Fies Turnschuhe, ihr senfgelber Schal über der Sofalehne, ihr Handy auf dem Kaminsims. Und auf dem Tischchen stand das Foto, das Fie dorthin gestellt hatte und das den Fotorahmen mit Sylvies Porträt verdeckte.

Olivier stellte sich dem Unvermeidlichen.

«Also gut. Sag ruhig, was du denkst, dann sage ich dir, dass das nicht stimmt, und damit hat sich die Sache. Okay?»

«Okay?» ahmte sie ihn nach. «Wer steht denn da unter deiner Dusche? Glaubst du etwa, dass ich das okay finde?»

Olivier ließ den Kopf in den Nacken sinken und seufzte. Das war genau die Reaktion, die sie am meisten aufbringen würde, aber er hätte nicht sagen können, warum er sie nicht unterließ.

«Doch nicht etwa sie?» Sylvie deutete mit dem Kopf auf das Foto mit Mathilde, die sich darauf an Olivier schmiegte und sie mit wehenden Haaren anlachte.

«Nein-nein, Bloß eine Studentin, die mich …»

«Eine Studentin!», schrie sie. «So, so! Unser Herr Professor fängt also was mit einer Studentin an! Ist ja originell!»

«Nei-ein, sie ist eine Austauschstudentin und hat bei unserem Kollegen Paul gewohnt, der mich gebeten hat –»

«Du meldest dich plötzlich krank, du lässt mich wissen, dass ich vorerst nicht hier auftauchen soll, das erklär ich dir später, Schatz, und du glaubst wirklich, dass du so davonkommst? Wieder einmal? Du verdammter Scheißkerl!»

«– der mich gebeten hat», brüllte er weiter, «sie unter meine Fittiche zu nehmen!»

«Unter deine Fittiche! Pah! Na, ich kann mir gut vorstellen, worunter sie noch so gelegen hat!»

«Sylvie, sei nicht so hysterisch. Syl–»

Sie drehte sich um, zwei klackernde Schritte, und schon stand sie vor der Badezimmertür, gegen die sie mit den Fäusten hämmerte, um anschließend an der Türklinke zu rütteln, bis Olivier sie an den Handgelenken packte.

«*Ouvrez! Ouvrez, petite salope!*»

Plötzlich wurde die Dusche abgestellt.

«Jetzt reg dich doch mal ab. Überleg doch erst mal. Überleg –»

«*Salope*!»

«Sie saß in der Klemme, sie konnte nirgendwohin. Ich gebe ihr für ein paar Tage eine Bleibe, bis sie eine Entscheidung getroffen hat…»

Er sprach laut, hatte die Augen weit geöffnet und bewegte langsam den Kopf, als würde er mit einem begriffsstutzigen Menschen oder einem ängstlichen Tier sprechen. Für einen Moment sah es so aus, als würde sie sich wieder beruhigen lassen.

«Sie ist mir doch auch nur von Bonnard zugeschoben worden. Ich konnte einfach nicht ablehnen, sie ist so etwas wie ein Patenkind auf Zeit…»

«Ein Kind!», höhnte Sylvie, die plötzlich wieder aus ihrer Hypnose erwachte. «Also auch noch Inzest!»

Und wieder geriet sie außer Kontrolle.

«Psst! Sylvie! Sie kann dich verstehen!»

«Dann kriegt sie es eben auch mal richtig zu hören! *Sale pute*!» Über ihre Schulter hinweg schrie sie die verschlossene Tür an.

Olivier zog sie von der Badezimmertür weg und schob mit dem Fuß die Wohnungstür zu.

«Sylvie, also bitte!», zischte er. «Jetzt hör mal gut zu, du bist hysterisch. Die Studentin ist ganz allein hier im Ausland, sie kennt niemanden, und» – er raunte es ihr aus dem Mundwinkel zu – «sie ist ungewollt schwanger.»

Sylvie starrte ihn an, und das Weiße in ihren Augen wurde

so groß, dass er fürchtete, ihre Pupillen könnten ganz darin verschwinden. Ihr Blick hatte etwas Wahnsinniges.

«Bitte, ich weiß doch auch nicht, was ich jetzt tun soll. Ich hatte gehofft, du könntest mir helfen.»

«Oooh ... schwanger. So weit ist es mit ihr also schon.» Sie kaute auf den Worten herum. «Ging es dir darum? Musstest du unbedingt deinen Samen irgendwo einpflanzen? *Pauvre con ...*»

Plötzlich wurde er furchtbar müde. Er ließ ihre Tirade über sich ergehen und setzte sie mit Mühe vor die Tür. Im Flur befreite sie mit einem Ruck ihre Handgelenke und trat zwei Schritte zurück. «Es ist diese Studentin, stimmt's?» Sie keuchte. «Die deiner alten Flamme so sehr ähnelt. Ich habe das nicht vergessen. Ich wusste, dass da was war. Eine Studentin.» Sie sagte das Wort mit einem giftigen Unterton, aber es schwang auch ein gewisser Stolz mit, den er nicht verstand.

«Sylvie, wie oft soll ich es dir denn noch erklären? Aber es hat ja sowieso keinen Sinn, wenn du es nicht begreifen willst. Wir können ja weiter darüber reden, wenn du dich wieder beruhigt hast.»

Als er die Tür hinter ihr schloss, schrie sie: «Und glaub ja nicht, dass ich das für mich behalte! Das mit dir und Frau Tampax Super Plus! Du wirst dich nirgendwo mehr blicken lassen können!»

«Auch gut», murmelte er.

Irgendetwas flog noch mit einem metallischen «Klonk» gegen die Tür, dann war es ruhig.

Die Dusche lief nicht mehr, doch es dauerte noch etwas, bevor Fie wieder auftauchte. Er musste erst ausrufen: «Die Luft ist rein!»

Als sie aus dem Bad trat, sah sie aus, als hätte sie sich nass geheult.

«War das deine Freundin?»

Er nickte auf dem Sofa sitzend, über das er seine langen Arme und Beine wie ein angespülter Seestern drapiert hatte.

«Und wo ist sie jetzt hin?»

«Phhh ... wahrscheinlich ins nächste Café, wo sie ihren Freunden erzählen kann, dass sie dem Yeti begegnet ist. Er wohnt in Paris und verspeist junge Studentinnen.»

«Du musst ihr nach! Sie wartet bestimmt darauf. Hol sie zurück, ich erkläre ihr alles.»

Er schüttelte den Kopf und ließ sich zurücksinken. Er fühlte sich körperlos. Sein Kopf schwebte abgetrennt über seinem Hals.

«Die hol ich nie wieder zurück. Die ist schon viel zu weit weg.»

Fie blickte hinunter auf ihre nackten Füße auf dem Parkett. Ihre Nägel waren hellblau lackiert.

«Ich zerstöre nur alles. Ich muss hier weg.»

«Bleib ruhig da. Das Huhn ist fertig.»

«Ich kann sie überzeugen.»

Er schüttelte nur den Kopf. Sie insistierte nicht weiter. Gemeinsam aßen sie sein *coq en pâte*.

Liebe Sylvie,

Nicht gleich löschen.

Ich weiß, dass du verärgert bist, weil du glaubst, ich hätte eine Affäre. Du weißt, dass eigentlich nichts vorgefallen ist und dass du mich jederzeit anrufen kannst, damit ich dir die Sache erkläre. Ich habe dich angerufen, aber du gehst nicht ran.

Ich weiß nicht, was Bonnard dir erzählt hat, dass du dich so aufgeregt hast. Aber stell dir doch mal vor, eine solche Geschichte würde bei Inspector Barnaby gezeigt, dann würdest du sie doch auch nicht glauben, sondern sofort sagen: «Mensch, der war das doch nicht», und erbost den Fernseher lauter stellen, in der Hoffnung, dass der Fall dann schneller gelöst wird. Ich habe nichts getan, was du nicht hättest wissen dürfen. Der einzige Vorwurf, den ich mir mache, ist der, dass ich nicht sofort deine Hilfe gesucht habe, als plötzlich eine schwangere Studentin vor meiner Tür stand. Ansonsten habe ich nichts mit der Sache zu tun: Ich habe Bonnard zugesagt, ihr zu helfen, also blieb mir keine andere Wahl.

Dir habe ich einmal versprochen, dass ich dich für immer lieben werde. Das «Immer» gilt, glaube ich, noch immer. Ruf mich an, wenn es für dich nicht mehr so ist. Ruf mich in jedem Fall an.

Ruf mich an, lass eine Kamera in meiner Wohnung installieren oder zwick mich um Mitternacht in den großen Zeh und frag mich nach der Wahrheit. Hauptsache, du gibst ein Lebenszeichen von dir und sagst mir, ob wir diesen Sommer noch in Rom verbringen werden, der ewigen Stadt der Liebe.

Olivier

Dreißig

Am nächsten Morgen meldete er sich wieder krank. Betreten saßen sie am Frühstückstisch.

«Hast du gut geschlafen?»

«Joh.»

Er wartete einen Moment, ob sie ihm vielleicht helfen würde, und fragte dann: «Seit wann weißt du es eigentlich?»

«Seit drei Tagen», antwortete sie prompt.

«Und du bist dir sicher?»

Sie nickte. «Ich warte bereits seit ein paar Wochen auf… aber es kam nichts. Dann habe ich den Test gemacht. Zwei Striche.»

Wie viele Wörter es doch gibt, die wir nicht in den Mund nehmen können, dachte Olivier.

«Weiß deine Mutter es schon? Oder sonst jemand?»

Fie schüttelte den Kopf. «Ich habe meinen Hausarzt angerufen. Und auch schon einen Termin in der Klinik. Kurz vor Weihnachten wird mir geholfen. Danach geh ich gleich in die Niederlande zurück.»

«Für immer?»

«Über Weihnachten.»

«Und dann?»

«Zurück.»

Er nickte bei dem Wort, als wüsste er alles, was es implizierte.

«Und du bist dir sicher, dass du es nicht behalten willst?»

Steif hockte sie mit der Kaffeetasse in beiden Händen am Tisch. Ihren Gesichtsausdruck konnte er hinter ihrem Haarvorhang kaum erkennen. Schnell hintereinander fielen Tropfen in ihre Tasse und hinterließen Löcher im Milchschaum.

«Jedenfalls kannst du danach erst einmal nach Hause. Zu deiner Mutter. Mit ihr Weihnachten feiern.»

Da hob sie den Kopf. Was von ihrem Gesicht zwischen ihrem Haar zu sehen war, drückte Verärgerung aus.

«Ja, Weihnachten mit meiner Mutter. Echt gemütlich.» Sie strich sich das Haar aus den Augen. «Wenn ich mit meiner Mutter in diesem Haus bin, ist das ungefähr so, als säße ich dort allein am Tisch, verstehst du? Auf der einen Seite sitze ich, auf der anderen ich vor dreißig Jahren. Ich sehe es alles schon genau vor mir.»

«Du kannst auch in Paris bleiben.»

Sie schnaufte. «Und sie dann allein zu Hause hocken lassen, immer nur in einem erleuchteten Zimmer.»

«Ach so, ja, 'tschuldige … Du musst wissen, was du willst.»

«Aber es ist ja überhaupt nicht das, was ich will. Ganz genau das will ich ja gerade nicht.»

«He … das wird schon wieder alles.»

Sie sagte nichts.

«Hat Marc sich bei dir gemeldet?» Marc. Natürlich. Marc war seine Hoffnung.

«Vier Mal.»

«Du musst mit ihm reden. Für ihn ist das auch die Hölle.»

Sie hob die Augenbrauen und sah auf den Teller, auf dem sie mit dem Zeigefinger die Krümel zusammenschob.

«Wenn du willst, rufe ich ihn für dich an und wir verabreden uns irgendwo in einem Café. Ich kann dich dorthin begleiten. Irgendwann muss es ja mal sein. So geht es nicht weiter.»

«Ich möchte ihn nicht sehen. Ich möchte mich bei ihm nicht entschuldigen müssen.»

«Das brauchst du doch auch gar nicht?»

«Wenn ich ihn sehe, tue ich es automatisch.»

«Wieso?»

«Er sieht es mir bestimmt an.»

«Aber es ist doch von ihm?»

Sie sah ihn betont säuerlich an.

«Na, dann muss er es auch wissen. Außerdem wohnt ihr

zusammen, es gibt also sowieso kein Entrinnen. Ich ruf ihn mal an, okay?»

«Vielen Dank.» Sie lehnte sich auf dem Stuhl zurück und versteckte sich in ihrem Schal.

Olivier räumte den Tisch ab und rief Jacques an, der wiederum Marc anrief. Sie verabredeten sich zu einem Treffen in zwei Stunden im Le Café Parisien. Das war ein angenehm neutraler Ort.

Danach verschwand er im Badezimmer. Vor einem Rugbyspiel musste er auch immer dringend aufs Klo. Das ging fast allen so. Vor dem Anpfiff stank es immer in der ganzen Umkleidekabine. Er hatte festgestellt, dass auch Vögel immer etwas Kot fallen ließen, wenn sie erschrocken aufflogen. Als ob das helfen würde, fünf Gramm weniger bei der Flucht.

Als er endlich fertig war, fühlte er sich elend. Er öffnete das Badezimmerfenster und ging unter die Dusche. Nach ihm betrat Fie das Badezimmer und kam mit einer kompliziert geflochtenen Frisur und schwarz geschminkten Augen wieder heraus. Schließlich waren sie gerade noch pünktlich.

Auf der Treppe vor dem Café stand klein und stämmig Jacques und wartete auf sie. Halb hinter ihm verborgen sein schmächtiger Sohn.

«Ein hübsches Paar, unsere beiden», sagte Jacques, als sie drinnen an der Bar saßen und hinausblickten. Die Terrasse war zur Straße hin mit Plastikvorhängen abgeschirmt und wurde mit Heizstrahlern gewärmt. Dennoch saß dort fast niemand. Marc und Sofie hatten sich einen Tisch in der Ecke ausgesucht.

«Du kannst mir glauben, die vergangenen Tage waren ziemlich aufwühlend für mich. Mir war sofort klar, dass sie schwanger ist.»

«Wieso hast du das gleich gewusst?»

«Das ist es doch?», fragte Jacques. «Marc hat das auch sofort gedacht. Natürlich hat er einen Riesenschreck bekommen. In nächster Zeit wird er sich seinen Schwanz wohl zwischen die Beine klemmen müssen…»

Sie blickten beide gleichzeitig hinaus. Die Männer verstummten, als sie Marc und Fie im Gespräch sahen, wobei Fie fast allein sprach. Zwei Mal bemerkte Olivier, wie sie sich die Hand auf den Bauch legte, der nicht vollkommen flach war, aber bestimmt auch noch nicht wie der einer Schwangeren wirkte. Aber dennoch, diese Hand auf ihrem Bauch. Der Junge ihr gegenüber klammerte sich an seiner Cola fest, in der einen Hand das Glas, in der anderen die Flasche. Cola, dachte Olivier. Was soll man auch sonst in einer solchen Situation trinken. Kaffee wäre unpassend gewesen.

Bald würde Fie die Metro nehmen, zu ihrer Wohnung in Butte-aux-Cailles fahren und ihre Sachen zusammenpacken. In Kürze war Weihnachten, und sie hätte sowieso ihre Taschen packen müssen. Anschließend konnte sie sich selbst in seine Wohnung reinlassen. Sie hatte einen Ersatzschlüssel bekommen. Damit sie genügend Zeit hatte, wollte Olivier Marc noch allein sprechen. Ihn in ein Gespräch verwickeln, hier an der Bar, eine Stunde lang. Auf ihn einreden. Vielleicht ließ er sich umstimmen. Olivier könnte ihn fragen, ob er sie liebte. Ein Nein wäre keine akzeptable Antwort. Ein Franzose traut sich nicht, Nein zur Liebe zu sagen, auch wenn es keine große Liebe war. Bei einem «Ja» würde er ihn ernst, forschend anschauen und ihm von seiner eigenen ersten Liebe erzählen, Mathildes Schwangerschaft, seiner damaligen Angst und seinen schrecklichen Beschwichtigungsversuchen. Damit könnte er den Jungen mit seiner Stachelfrisur in die Enge treiben. Andernfalls ihm den Kopf einschlagen.

«Sie wird es doch nicht behalten wollen, oder?», fragte Jacques.

«Ich weiß nicht.»

«Das wäre wirklich ziemlich dumm. So ein junges Ding und dann alles allein machen müssen.»

Olivier sah ihn an, doch Jacques starrte hartnäckig auf das Glas, das er auf dem Tresen im Kreis drehte. Er hatte sich also schon entschieden.

«Hast du mit Marc gesprochen? Was meint er?»

Jacques schüttelte nur entschieden den Kopf. Olivier kannte diesen Kopf und auch das kantige Kinn. Hier war nichts zu machen. Ein übles Gefühl stieg in ihm auf.

Oder die Sache anders angehen? Marc an der Bar Platz nehmen lassen und sagen: Mein Junge, du brauchst einen Schnaps. Ich weiß, wie du dich fühlst. Aber das wird schon alles. Heutzutage kann man solche Dinge regeln. Und falls du dich damit herumquälst, kannst du mich jederzeit anrufen. Seine Nummer würde er ihm aber nicht geben.

«Und was wirst du jetzt tun?», wollte Jacques wissen.

«Wieso?»

«Nun, ich mein nur, du hast ein schwangeres Mädchen bei dir in der Wohnung. Sylvie –»

«– weiß davon.»

«Ach?»

«Hysterisch.»

Er nickte verständnisvoll.

«Tja, so kann sie immerhin erzählen, es sei ein Familiendrama mit einer geschwängerten Studentin. Das hat wenigstens Stil», sagte Olivier.

«Du weißt, dass alle das glauben?»

«Du etwa auch?»

Jacques schwieg einen Augenblick. «Nein, ich nicht. Aber meine Frau ist wütend auf die Kleine und auch auf dich. Sie ist der Ansicht, du hättest Marc das eingebrockt. Ihr Sohn tut doch so etwas nicht. In ihrer Welt ist Marc noch immer sechs.» Er schüttelte den Kopf. «An der Uni werden sie bestimmt auch ziemlich schnell Wind von der Sache bekommen, was meinst du?»

«Sie wissen es schon. Das mit Schwangerschaft zwar noch nicht, aber mein Chef kennt Fie. Er hat mich zu Beginn des Semesters darum gebeten, mich um sie zu kümmern.»

«Und du schwängerst sie gleich. Das nenne ich effiziente Fürsorge.»

«He, sag mal, ich doch nicht! Das war dein Knabe! Schau ihn dir doch an, wie er jetzt da hockt. Macht sich vor Angst in die Hose.»

«Jetzt bleib mal auf dem Teppich, ich sage doch nur das, was alle denken werden.»

Olivier zuckte mit den Schultern.

«Aber was wirst du nun tun? Du wirst doch dafür sorgen, dass sie das Problem löst?»

«Das habe ich nicht zu entscheiden.»

«Aber was, wenn sie es behält?»

Das Glas in seinen Händen beschlug. Es gab nur eine richtige Antwort.

«Dann helfe ich ihr.»

«Beim Pressen oder was.»

«Mein Gott, du kannst es auch nicht mal sein lassen, du Blödmann. Nein, nicht beim Pressen. Mit, ach, was weiß ich.»

«Na, ganz schön edel von dir. Aber prima, dass du das übernehmen willst. Das meine ich ernst. Noch so jung.»

«Es bleibt ihre Entscheidung.»

«Ich meinte Marc.»

Nach einer knappen halben Stunde verschwand Fie. Bleich und bedrückt. Sie ging, ohne sich zu verabschieden, und als sie ein Stück weiter an der Ampel stehen blieb, meinte Olivier zu sehen, wie sie sich über die Wangen wischte. Er war erleichtert, dass er diesmal nicht dabei war. Trösten machte alles nur noch schlimmer.

Ja, was würde er jetzt tun? Was sollte er machen, wenn sie das Kind behalten wollte? Und was, wenn alle denken würden, es sei von ihm? Wenn, wenn. Wenn sie überhaupt zurückkäme und nicht direkt nach Hause fuhr. Man konnte nie wissen. Olivier trank sein Glas aus.

Marc kam herein und setzte sich zu seinem Vater an die Bar.

«Und?», fragte Olivier.

«Was trinken?», fragte Jacques.

«He, jetzt mach doch nicht so ein trauriges Gesicht. Wird doch alles gut! Was hat sie gesagt?»

«Eine Cola, bitte», sagte Marc zu dem Barmann.

«Cola? Komm, Mann. Du hast doch gerade bewiesen, dass du ein echter Mann bist … Er will ein Bier», sagte Jacques.

«Ein dunkles. Zwei.»

«Drei.»

«Worauf trinken wir?»

«Auf die Frauen.»

«Auf alle Frauen.»

«Alle anderen Frauen.»

«Heee … ein bisschen Mitgefühl, ja.»

Der Barmann lachte und zerbrach das Glas, das er gerade polierte.

«Stimmt doch, oder Olivier? Der ist ledig geblieben, der alte Freibeuter, der lässt es sich gut gehen.» Jacques stieß seinen Sohn in die Seite, der fast vom Hocker fiel, aber er konnte ihn gerade noch festhalten.

«Stimmt doch, oder?»

Olivier grinste, und sie stießen so heftig an, dass das Bier von einem Glas ins andere schwappte. Er dachte an die anderen Frauen: Mathilde, Manon, Sylvie und die kurzen Abenteuer, die es zwischendurch gegeben hatte, wobei er sich nur noch an runde Arschbacken und die Zähne, ob gerade oder schief, erinnern konnte. Er überlegte, ob noch viele Arschbacken hinzukommen würden.

Sie tranken noch eine Runde, und das Bier machte Marc redselig, wohingegen Olivier immer schweigsamer wurde. Er sah gut aus, Marc, obwohl er blass und dünn war. Er sah wahrscheinlich intelligenter aus, als er in Wirklichkeit war. Und dann diese engen Jeans. Als Mann konnte er das vielleicht nicht so richtig beurteilen, aber dennoch erkennen, dass Marc auch als Frau geglückt gewesen wäre. Lange Wimpern, gestikulierende Hände. Jacques und er erzählten sich inzwischen schmutzige Witze. Die Erleichterung sprang von einem auf den anderen über, und sie lachten ausgelassen. «Was ist der Unterschied zwischen einer schwangeren Frau und einem angebrannten Kuchen?»

«Was ist der Unterschied zwischen einer Walnuss und einer Klitoris?»

«Wie nennt man eine Blondine mit zwei Hirnzellen?»

«Eh», sagte Olivier, als ihn sein Freund anstieß.

«Schwanger!», feixte Jacques. Olivier starrte regungslos vor sich hin, Marc bemerkte das und wurde rot. Jacques fragte: «Was ist der Unterschied zwischen einer schwangeren Frau und einer Glühbirne?», aber keiner antwortete mehr. Marc lachte mit seinem Bierschaumbart.

Sein Vater räusperte sich. «Jetzt aber mal im Ernst», wandte er sich an Marc. «Ich kann mich noch daran erinnern, wie deine Mutter schwanger war. Das ist kein Spaß, sag ich dir. In deinem Alter hätte ich das nicht geschafft.»

Sie schwiegen alle drei und sackten über ihren Biergläsern zusammen.

«Wie sehen eigentlich deine Pläne für die Zukunft aus?», fragte Olivier.

«Oh, ich habe einen Jahresvertrag.»

«Und dann?»

Er zuckte mit den Achseln. «Reisen. Oder erst noch mal ein Jahr arbeiten. Vielleicht studieren. Vielleicht gehe ich auch in die Politik.»

Vater und Sohn begannen ein Gespräch über die Parteien, Grundsätze und «die Lage in Frankreich», von dem Olivier immer weiter wegdriftete.

Er betrachtete sie, Vater und Sohn. Marc hatte inzwischen gerötete Wangen, und seine unruhigen Hände flatterten über dem Tresen und in der Luft, während sie Pläne entwarfen, die am nächsten Tag schon wieder ganz anders aussehen würden. Jacques hatte seinem Sohn das Gesicht zugewandt, als würde er die Sonne genießen, das Kinn vorgestreckt, die Augen zu Schlitzen zusammengekniffen.

Olivier hörte ihnen nicht mehr zu und führte im Kopf andere Gespräche. Nach einer Stunde erhoben sie sich von der Bar und verabschiedeten sich.

«Und was wirst du jetzt tun?», fragte Jacques.

«Was ich tun muss», antwortete Olivier; das klang heldenhaft und blasiert zugleich, fand er.

Er sah ihnen nach, als sie um die Ecke verschwanden, sein gedrungener Freund mit dem hastigen Schritt, neben ihm Marc, dessen Beine unkontrolliert an seinem Körper zu schlenkern schienen. Dort gingen sie. Irgendwohin. Anderen Frauen nach.

Olivier spazierte langsam nach Hause, die Hände in den Taschen vergraben, auch wenn es eigentlich zu kalt zum Schlendern war. Der Wind biss ihm in die Ohren.

Auf dem Weg kam er an «Les Saltimbanques» vorbei, seiner Stammkneipe gegenüber von seiner Wohnung. Er ging öfter mit Sylvie dorthin. An diesem Tag waren die vertrauten Schemen durchs Fenster auszumachen, aber Sylvie war nicht dort. Olivier steckte den Wohnungsschlüssel, den er schon herausgeholt hatte, wieder weg und öffnete die Tür zur Kneipe. Drei Augenpaare leuchteten in dem Spiegel hinter der Bar auf und blickten weg. Olivier grüßte laut die Rücken, die ihm zugekehrt blieben. Er versuchte die Mimik der Gesichter im Spiegel zu entschlüsseln.

«Tag zusammen.» Wieder klang seine Stimme zu laut. Was sagte er sonst eigentlich? «Wie geht's?»

Sie tauschten Blicke, drehten sich halb auf ihren Hockern um.

«Hallo, Olivier. Ich sag's dir gleich. Ich halte mich da raus.»

«Das ist eine Angelegenheit zwischen Sylvie und dir», sagte der nächste. Der dritte nickte.

«Darf ich fragen, was sie euch erzählt hat?»

Sie hoben die Hände, die Handflächen offen, Zigarette zwischen Zeige- und Mittelfinger.

«Mein lieber Freund, die Sache ist mir zu heikel!»

Olivier machte den Mund auf, erblickte sein Gesicht in dem braunen Spiegel hinter der Bar, schloss wieder den Mund und verließ das Lokal.

Trübsinnig betrat er seine Wohnung. Fie war nicht da, aber sie war dort gewesen, was an dem großen Koffer zu erkennen war, der geöffnet auf dem Parkett stand und geradezu überquoll. Er ging um ihn herum, ohne etwas zu berühren. Eine Weile betrachtete er das Lokal unten durchs Fenster. Niemand betrat die Kneipe oder kam heraus. Nach fünf Minuten zog er die Vorhänge zu. Er holte Briefpapier aus der Schubladenkommode. Eins der Dinge, die Sylvie besorgt und dagelassen hatte, weil sie der Ansicht war, dass sie in seiner Wohnung fehlten. Sie hatte seinen Haushalt auch mit Kerzen, Toilettenduft und einer Salatschleuder ausgestattet. Die Fußmatte vor der Tür war ebenfalls von ihr, wie auch das Schirmlämpchen. Jetzt wirkten die Sachen neben seinen schlichten dänischen Möbeln noch stärker fehl am Platz und noch bunter.

Er knipste die geblümte Lampe an und fing an zu schreiben.

Liebe Sylvie,

Du antwortest nicht auf meine Mail und reagierst auch nicht auf meine SMS. Also schreibe ich Dir einen Brief, dann kannst Du nicht einfach auf «löschen» drücken. Vielleicht bist Du zu sehr verärgert und willst diesen Brief nicht lesen, vielleicht zerknüllst Du ihn und fischst ihn dann später doch wieder aus dem Papierkorb heraus. Oder vielleicht verachtest Du meine Worte, weil sie Dir nicht gefallen.

Siehst Du, Sylvie, ich kenne Dich ziemlich gut.

Ich weiß nicht, wie wir uns aussöhnen sollen, wenn Du keine Versuche von meiner Seite erlaubst. Und falls Du mir durch dein Schweigen etwas Kompliziertes sagen willst, dann sag es mir doch bitte laut und deutlich, damit ich es auch verstehe. Muss ich es wirklich noch einmal unterstreichen, dass ich keinen Sex mit ihr hatte? Wenn Du möchtest, dann wiederhole ich das jeden Tag für den Rest meines Lebens, denn es ist die Wahrheit. Hol mich aus dem Papierkorb heraus, und streich mich glatt. Ich habe Dich nie weggeworfen. Bitte: Ruf mich an!

Ich will gar nicht leugnen, dass mich diese junge Frau nicht völlig kaltlässt. Doch zwischen uns gibt es nichts außer einer Geschichte, in der sie nicht einmal vorkommt. Sie ähnelt Mathilde wie ein Schatten, und es gelingt mir nicht, mich von dem Gedanken zu verabschieden, dass die beiden etwas miteinander verbindet. Ich denke die ganze Zeit, dass sie Mutter und Tochter sind, dass es nun ein Kind gibt, zu dem es bei mir und Mathilde nie gekommen ist und ich also verantwortlich bin. Sie weiß nichts von alldem.

Aber jetzt habe ich sie am Hals. Hätte ich in die Zukunft sehen können, hätte ich ihr nie meine helfende Hand gereicht. Doch nun kann ich nichts mehr daran ändern, und die Einzige, die etwas verändern kann, bist Du. Bitte ruf mich an.

Denk nichts Schlechtes über mich. Verbreite nichts Schlechtes über mich.

Das habe ich nicht verdient. Ich liebe dich.

Olivier

Der Brief verfehlte seine Wirkung nicht. Als Olivier ihn beendet hatte, war er gerührt. In einer Gefühlsaufwallung spielte er sogar mit dem Gedanken, ihr von Mathildes Abtreibung zu schreiben, doch er hielt sich lieber zurück.

Er schrieb «Sylvie» auf den Umschlag und verließ das Haus. Er traute sich nicht, zu ihren Fenstern hochzublicken, und warf den Brief mit gesenktem Kopf in ihren Briefkasten ein.

Als er wieder nach Hause kam, war die Wohnung noch leerer und stiller geworden. Er legte Musik auf und stellte sie gleich wieder ab, sie klang wie Krach. Die Sachen auf dem Boden, dem Kaminsims und dem Tisch störten ihn. Er befürchtete erneut, Unheil auf sich herabzubeschwören, wenn er diese schlummernden Frauensachen berührte.

Olivier versuchte sich seinen Hund vorzustellen. Ein Tier, das sich traute, mit dem Schwanz zu wedeln, hätte ihm jetzt gutgetan. Er pfiff leise, schnippte mit den Fingern und schloss die Augen. Aber es gelang ihm nicht, das Tier wollte einfach keine Gestalt annehmen, und diesmal kam er nicht weiter als bis zu dem Wunsch: «Hätte ich doch nur einen Hund.»

Wie lange war es her, dass Fie das Café verlassen und ihre Sachen gepackt hatte? Vier Stunden oder viereinhalb? Er würde sie anrufen, doch sein Anruf löste nur ein Klingeln in anderthalb Metern Entfernung aus: Fies Handy lag auf dem Tisch.

Wo steckte sie nur? Was war mit ihr geschehen? Ihm wurde gleichzeitig heiß und kalt bei der Vorstellung, was alles mit ihr sein könnte. Und was, falls sie tatsächlich zu Marc, zu Bonnard oder in die Niederlande zurückgekehrt war? Oder wenn sie sich verirrt hatte, vergewaltigt wurde oder einfach verschwand und nie mehr zurückkehrte? Er strich mit der Hand über das Sofa, auf dem sie geschlafen hatte, und roch an ihrer Bettwäsche.

Wenn sie nicht zurückkäme, könnte er den ganzen Kram wegtun. Er würde alles wieder so herrichten, wie es ihm gefiel: leere Stellflächen, die Bücher alphabetisch geordnet, die Kissen ausgeschüttelt, Ordnung. Sylvie würde ihm vergeben, sie würden nach Rom fahren. Danach könnte er sein vertrautes Leben wieder aufnehmen, hier und jetzt. Nur in den Karton mit den Fotos auf dem Kaminsims, da würde er keine Ordnung reinbringen können.

Je länger Fie fernblieb, desto unruhiger wurde er. Er stand auf, ging in dem kleinen Wohnzimmer auf und ab und zog die Vorhänge beiseite, um die Straße zu sehen. Nicht mehr lange und es würde dunkel werden. Wenn sie nicht mehr zurückkäme... Er zählte die Fußgänger auf der Straße. Bei jedem Passanten, der nicht Fie war, stieg seine Scham, als würde sie fernbleiben, weil sie seine Gedanken erraten hatte.

Er erinnerte sich an den Blick seiner Mutter, als er ihr von Mathildes Abtreibung erzählt hatte. Er dachte an Mathildes Verschwinden. Er schwitzte im Nacken.

Sofie

Sie blieb länger als nötig in der Wohnung über dem Teeladen, um die wichtigsten Sachen zu packen. Danach ging sie zurück in Oliviers Wohnung. Er hatte ihr seinen Zweitschlüssel gegeben, bevor sie am Morgen ins Café gegangen waren. Nun besaß sie drei Wohnungsschlüssel: einen von zu Hause in den Niederlanden, den von der Wohnung mit Marc und den von Olivier. Drei Orte, an denen sie nicht zu Hause war. An ihrem Schlüsselbund hing sonst nur noch ein Minifotorahmen aus Plastik, aus dem sie einmal das Bild der Spice Girls herausgefischt und gegen ein Foto von sich aus der Oberstufenzeit ausgetauscht hatte. In der letzten Zeit fühlte sie sich unwohl bei dem Anblick ihres Schulmädchengesichts und der Zähne, die damals zu groß wirkten und etwas hervorstanden.

Während sie in der Metro auf das Foto starrte, hätte sie beinahe die richtige Haltestelle verpasst. Olivier hatte ihr am Morgen den Weg von der Metro zu seiner Wohnung aufgezeichnet.

Sie ließ sich selbst in die Wohnung ein und war erleichtert, dass er noch nicht da war. Ohne ihn war die Wohnung größer. Sie überlegte, ob Oliviers Freundin noch immer einen Schlüssel hatte, oder ob sie den nun besaß. Sie hatte nicht alles mitbekommen, obwohl sie frierend und lauschend unter der tropfenden Dusche gestanden hatte. Und wenn Sylvie nun hereinkäme? Ich erkläre ihr alles, hatte sie gesagt, aber Olivier war nicht darauf eingegangen. Sie zerstörte sein Leben, doch anstatt sie vor die Tür zu setzen, beschützte er sie auch noch. Wieso? Nicht nur ihretwegen, dachte Fie, und das beruhigte und enttäuschte sie zugleich. Im dämmrigen Park von Chantilly war Olivier ihr so nahe gewesen, dass sich beide aus nächster Nähe in die Augen sehen konnten. Links, rechts, doch wieder links. Sie hatte zuerst weggeguckt. Jetzt verstand sie, dass er sogar in diesem Moment nicht sie gesehen hatte. Er hatte blondes Haar, graublaue Augen, ihre Haut, einen Kopf gesehen, der ihm etwas bedeutete und der Fie dazu berechtigte, seine Wohnungsschlüssel zu haben. Nun ja. Es gab Leute, die wurden wegen weniger angebetet. Wer zufällig schön war, durfte anderen auch wehtun. Jetzt hatte sie also doch noch etwas von ihrem Gesicht.

Aber was wäre, wenn Olivier sich sattgesehen hätte? Oder feststellte, dass sie Mathilde doch nicht ähnelte? Fie hatte ohnehin keine Lust, in der Wohnung herumzusitzen und darauf zu warten, dass er nach Hause kam und sich nach ihren Plänen erkundigte.

Sie öffnete ihren Koffer und holte schnell ihren Jogginganzug heraus. Zieht man sich in einer fremden Wohnung aus, fühlt man sich besonders nackt. Von der Garderobe schnappte sie sich eine schwarze Wollmütze. Sie roch nach Mann, ganz anders als Marc. Das war jetzt auch besser so. Sie hatte seinen Geruch kaum ertragen können, als sie ihre Sachen zwischen seinen herausgesucht hatte.

Als sie den Jogginganzug angezogen hatte, blieb sie noch eine Weile stehen und sah sich in der Wohnung um. Die Fotos, die Bücher, das geblümte Schirmlämpchen, das so dermaßen aus dem Rahmen fiel, dass es sich nur um ein Geschenk handeln konnte. Von wem? Von Mathilde? Fie nahm das Foto in die Hand, das sie vorher auf den Beistelltisch gestellt hatte, und betrachtete es. Das Foto, das so viel Liebe ausstrahlte. Es munterte sie auf.

Sie öffnete den Karton mit den Fotos und blätterte mit beiden Händen die Bilder durch. Darauf sah man hundertfach ein Gesicht, das dem ihren ähnelte – auch wenn sie nicht sagen konnte, wie sehr. Ihr eigenes Gesicht und ihr Körper kamen ihr auf Fotos auch immer fremd vor und passten nicht zu dem Gefühl, das sie in ihr aufflammen ließen. Die Fassade war in einem anderen Stil als das Interieur, ein unbekannter, exotischer Stil, der ihr so fremd war, dass sie sich noch nicht einmal ein Urteil darüber bilden konnte.

Fie betrachtete den Mann, der Mathilde an sich drückte. Ein großer, gut aussehender Junge, größer und hübscher, als sein Gesichtsausdruck erkennen ließ. Er hatte ein aufmerksames, nahezu entschuldigendes Lächeln und dichte, dunkle, leicht hochgezogene Augenbrauen. Wäre er außerdem klein gewesen, hätte er verlegen ausgesehen. Mit einer Größe von zwei Metern war das kaum noch möglich, aber dennoch war ein Hauch von Verlegenheit zu erkennen. Dafür warf der junge Olivier ihr ein schönes Lächeln zu, mit offenem Blick schaute er in die Linse.

Die Ecke eines cremefarbenen Vorhangs fiel ihr ins Auge. Sie nahm das Foto in die Hand und hätte beinahe aufgeschrien. Die kleine Welt Mathildes, von der sie Ausschnitte gesehen hatte, überschnitt sich plötzlich mit ihrer. Sie erkannte den Hintergrund auf diesem Foto, den Kaminsims aus Marmor und den schweren Damast. Sie hatte die Vorhänge durch ihre Finger gleiten lassen; könnte sofort den Weg dorthin finden. Dort stand Mathilde, bei den Bonnards, mit unbehaglich zusammengekniffenen Lippen. Ihr Mund saß etwas zu hoch und zeigte das falscheste Lächeln aller Bilder im Karton. Neben Mathilde stand der junge Olivier, verdorrt und grau, scheu, als hätten sie sich gerade gestritten.

Irgendwo schlug eine Tür zu, und Fie schrak auf. Ihr Herz raste, als wäre sie gerannt. Sie steckte den Schlüsselbund in eine Socke und schob sie sich in den Sport-BH, zog schnell die Tür hinter sich zu und eilte die Treppe hinunter, die sich an vielen Türen vorbeiwand. Jeder Schritt kappte einen Gedanken. Sie stürmte aus der Haustür, raus an die frische Luft. In bonbonrosa Schuhen lief Fie im Slalom um Passanten in schwarzen Winterjacken herum. An jeder Kreuzung blieb sie stehen, es wimmelte von Autos und Paaren beim Einkauf, und an jeder Kreuzung musste sie sich neu entscheiden, in welche Richtung sie laufen wollte.

Ein brauner Wegweiser für Touristen wies den Weg zu Notre-Dame, und sie wählte den breitesten Boulevard.

Es war so kalt, dass man Paris nicht riechen konnte, außer an den Metroschächten, wo einem der Dunst zusammengepferchter Menschen entgegenschlug. Während der ersten zehn Minuten schmerzten Fies Zähne, weil sie von außen zu kalt und von innen zu warm wurden. Es gelang ihr nicht, durch die Nase zu atmen; zu oft musste sie ausweichen, das Tempo wechseln oder stehen bleiben. Sie keuchte. Erst als sie Notre-Dame passiert hatte und die Treppen zum Ufer der Seine hinabstieg, fand sie ihren Atemrhythmus wieder.

Marc und sie waren hier oft spazieren gegangen. Es war bereits November gewesen, dennoch hatte er keinen Schal zum offenen Trenchcoat getragen. Sein Shirt war tiefer ausgeschnitten als ihres. Damals war ihr das nicht lächerlich vorgekommen. Ihr hatte es gefallen, dass er es auf sich nahm, sich ihretwegen zu erkälten. Hauptsache, sie konnte die Kuhle an seinem Hals sehen, die sie das erste Mal geküsst hatte, als sie morgens gemeinsam aufgewacht waren. Heute im Café hatte er einen Schal getragen. Was sollte sie noch mit dieser Kuhle, in der sich sein Aftershave sammelte? Was sollte man noch mit jemandem, von dem man schwanger war? Alles war schon passiert.

Und wenn sie nun zurückginge? Wenn sie nun umkehrte und zu ihrer Wohnung fuhr? So oder so würde sie nicht einfach weitermachen können. Marc musste entweder ganz aus ihrem Leben verschwinden oder zumindest aus ihrem Körper. Doch bleiben, weitermachen, sich lieben, nein. Sie hatte es sehr wohl bemerkt: Er hatte eine Scheißangst. Von dem Moment an, als er seinen Schwanz aus ihr herausgezogen hatte, war sie eine Granate gewesen. Sie stellte sich vor, was er tun würde, wenn sie nun zurückginge und vor seinen Augen zu schwellen und zu schwellen anfinge, bis schließlich der blutige Ausbruch kam. Schon jetzt war es ihr zuwider, wie er sie ansehen würde. Ihr war es zuwider, dass sie sich entschuldigt hatte. Sie hatte die Pille vergessen – er alle Nächte, die Nacktheit und die Bravour. Wie er da vor ihr gesessen hatte, kleine Colabläschen in den zuckenden Mundwinkeln, die Lippen aufeinandergepresst. «Bist du dir sicher, dass es von mir ist?», hatte er sie gefragt.

«Von wem denn sonst, bitte?»

«Na ja, ich dachte, du wolltest doch unbedingt von den Bonnards weg, dass er vielleicht …» Sie hätte ihm zu gern eine reingehauen.

Sie joggte an den Hausbooten vorbei, die gegenüber der Île de la Cité am Ufer lagen. Sie waren von großen Pflanzen bewachsen, die ihre Wurzeln in den Schlick hängen ließen. Bevor Fie die Stelle am Kai erreichte, die durchbrochen war und wo die RER-Bahn wie eine Metallschlange hinter Betonpfeilern vorbeiglitt, rannte sie eine der Steintreppen am Kai hinauf und überquerte die Seine auf einer Fußgängerbrücke. Dort musste sie an einer Ampel warten. Unter ihren Füßen erzitterte der Boden von einer unsichtbaren Metro. Fie sah zu den hohen Mauern des Louvre ihr gegenüber, die nach der letzten Renovierung erstrahlten. Erneut bebte es unter der Haut der Stadt, weil sich etwas in den Betoneingeweiden bewegte.

Die Ampel sprang auf Grün. Fie lief im Zickzack zwischen den Touristen hindurch. Beim Rennen genoss sie gewöhnlich das Gefühl der Stärke und Kraft. Doch an diesem Tag vermeinte sie, bei jedem Schritt etwas in ihrem Unterbauch zu spüren, das sich nicht mitbewegte. Es fühlte sich an wie ein starker Harndrang. Sie überlegte, ob sie ihn herausschütteln könnte, den kleinen Blutpfropfen.

Der Tuileriengarten war kahl, die Bänke leer, und aus dem trockenen Brunnenbecken ragte nur eine fahle Wasserspritze heraus. Im Winter trat die skelettartige Kontur des Parks deutlich hervor. Nackt und betagt hatte er sich im Frost ausgestreckt. Außer ihr waren nur noch Mütter und alte Leute unterwegs. Menschen, die Fie normalerweise nicht aufgefallen wären. Hätte man sie gebeten, nach einem stundenlangen

Gang durch die Stadt zu beschreiben, welche verschiedenen Leute sie gesehen hatte, dann hätte sie zuallererst junge Menschen genannt, Menschen wie sie. Alte Leute nahm sie nicht wahr. Doch heute tauchten sie von überallher plötzlich wie die kleinen Teufelchen auf, plopp, plopp, kamen sie mit ihren Rollatoren angeschoben. Plötzlich sah Fie auch schwangere Frauen. Auf den Wegen, an jeder Ampel, überall waren Frauen mit Buggys, Babys in Tragesitzen, kugelrunde Wichte mit Biwakmützen, Kindergartenkinder, die auf ihren kurzen Beinchen hinter ihren Müttern herwackelten. Als seien sie alle Geister, die nur Fie erschienen. Sie wusste genau, dass sie die Einzige war, die auf dem Parkweg neben ihr die schlanke blonde Frau erblickte, die sich gegen das Gewicht ihres Bauches stemmte. Und auch die Einzige, die ein Stückchen weiter ein Pärchen sah, das ihren Weg kreuzte. Ein großer Mann schob mit der Hand einen Kinderwagen vor sich her, den anderen Arm hatte er um eine Frau gelegt, deren Gesicht von ihrem glatten Haar verborgen wurde. Fie bog schnell in einen Nebenweg ein.

Es gab ein Foto von Mathilde im Tuileriengarten, am Rande eines der Brunnen, auf dem kleine Schiffchen segelten. Hier hatte sie also gesessen, in dem altmodischen Shirt mit Früchtemuster. Ein Baumwollshirt, das im milden Wind flatterte und vom vielen Tragen ganz weich war. Fie konnte sich daran erinnern, als hätte sie selbst diesen Sommer erlebt. Sie konnte sich an das Geräusch der spielenden Kinder erinnern und sich die staubige Luft und den Nachgeschmack des Erdbeereises vorstellen. Sie konnte sich vieles vergegenwärtigen, so, wie sie sich auch an ihre Wiege erinnern konnte, ein riesiges schaukelndes Schiff, dunkelblau und mit weißer Baumwolle ausgelegt. Sie war damals fünf Monate alt gewesen, aber sie kannte die Wiege von Fotos. Wer konnte schon beweisen, dass die Erinnerung nicht authentisch war? Sie fühlte sich echt an. Die Sonne glänzte auf dem dunkelblauen Lack, die Räder quietschten, weißer Kies spritzte darunter weg. Wer konnte beweisen, dass sie nicht die junge Frau auf dem Foto war?

Die Vorstellung, dass sie aus mehr als einer Vergangenheit wählen konnte und aus mehr als einer möglichen Zukunft, hatte etwas Verlockendes. Hier im Park, betäubt von der Kälte und dem Tappen ihrer Schuhe, schien das fast selbstverständlich. Alle Wege führten zu immer neuen Gabelungen. Wenn sie nun einfach rückwärtsliefe?

Jetzt nur nicht durchdrehen. Sie versuchte, ihren Gedanken freien Lauf zu lassen. Als sie das Ende des Parks erreicht hatte, blieb sie stehen und sah zum Verkehr auf dem Place de la Concorde. Da wurde ihr plötzlich bewusst, dass sie vergessen hatte, in welcher Straße Olivier wohnte. Wie war das, rue P…, etwas mit einem P? Der Schreck fuhr ihr in die Glieder, und sie begann zurückzulaufen, schneller als auf dem Hinweg. Das erste Stück erkannte sie noch wieder. Aber dann? Ihr Handy lag in der Wohnung auf dem Tisch. Ob Olivier bereits zu Hause war? Und wenn sie zu lange wegblieb, ob er sie suchen würde? Doch wo um Himmels willen sollte er sie finden? An ihrem Schlüsselbund waren noch immer drei Schlüssel. Sie könnte zu Marc, zur Not auch zu Paul Bonnard. Sie musste nicht zu Olivier zurück. Sie schauderte, als sie in Gedanken den großen Mann weinen sah, neben ihr auf dem Sofa. Dieser große, fremde Mann, in dessen körniger Kodak-Jugend sie als blinder Passagier gelandet war.

Fie hatte den Fluss wieder überquert und stieg nun die Treppe zum Quartier Latin hinauf. Sie lief etwas zu schnell und fing an zu keuchen. Die Leute hörten sie herankommen und traten einen Schritt zur Seite oder pressten ihre Handtaschen fester an sich. Die kalte Luft stach ihr im Hals und in der Nase. Mann, was bin ich am Schnaufen, dachte sie. Wieso habe ich es so eilig, zu ihm zurückzukommen?

Sie hatte sich vorgehalten, dass sie eine Opportunistin sei, doch das reichte schon lange nicht mehr als Antwort aus. Und er war auch nicht mehr der weise graue Mann, den sie vor zwei Tagen aufgesucht hatte. Er war weder älter noch weiser als sie – höchstens stärker angeschlagen. Und eine Vaterfigur – nie im Leben! Ihr eigener Vater war zwar kein Held, doch wie ein Vater einen ansieht, wenn man mit den Rollschuhen hingefallen oder auf der Schultoilette mit einer Zigarette erwischt worden war, das hatte er ihr sehr wohl gezeigt. Dennoch wollte sie in die Wohnung zurück. Sie beschleunigte ihr Tempo.

Als sie merkte, dass sie ganz in der Nähe war, traute sie sich nicht mehr weiterzulaufen. Sie blieb eine Weile mit Seitenstechen stehen und drehte dann noch eine Runde durch die Nebenstraßen. Zweimal fragte sie nach der Metro, doch sie wurde zu einer Haltestelle geschickt, die sie nicht kannte. Inzwischen zitterte sie vor Kälte, und ihre Knie kamen ihr instabil vor. Anwandlungen von Panik trieben sie zum Weiterlaufen an, dann wieder zum Stehenbleiben. Doch dann, endlich, erkannte sie etwas, das Graffiti mit dem grinsenden Gesicht ohne Zähne. Hier musste es irgendwo sein. Ein Stück weiter entdeckte sie den Eingang. Mit steifen Fingern zog sie die Schlüssel aus ihrem Sport-BH hervor; lange tanzte der Schlüssel vor dem Schloss, bis sie endlich die Tür aufbekam. Sie zählte die Stockwerke, während sie die Treppe hinaufrannte, doch als sie im fünften Stock angekommen war, öffnete ihr Olivier bereits die Tür. Er ragte über ihr auf, düster und besorgt, noch massiver, als sie ihn in Erinnerung gehabt hatte. Sein dunkelroter Pullover mit Zopfmuster strahlte eine gewaltige wollene Wärme ab, in die Fie hineinstolperte. Er fing sie mit einem Arm auf, hob sie hoch, mit dem anderen schloss er die Tür, legte ihn dann um sie, als sie ihn nicht sofort wieder losließ. Fie ließ sich fallen. Sie hörte, wie er fragte, ob alles in Ordnung und wo sie gewesen sei. Sie spürte seinen Atem an ihrer Wange und wandte ihr Gesicht der Wärme zu. Dann fühlte sie seine Lippen, trocken und hart, auf ihren Lippen, den weichen heißen Mund und seine feuchte süßliche Zunge, die an ihrer zitterte. Sein Atem schmeckte alt, als hätte er seinen ersten Atemzug noch immer in den Lungen. Sie schloss die Augen. Sein Mund entzog sich vorsichtig, und Fie drückte ihr Gesicht an die wollene Schulter. Ihre Arme hielt sie weiter um Oliviers Nacken geschlungen, damit sie ihn nicht ansehen musste. Vielleicht konnte sie die Zeit anhalten, wenn sie sich nicht bewegte. Sie roch ihn und ihren eigenen Schweiß.

Sie rührte sich doch. Er beugte sich vor und ließ sie auf den Boden herab, damit sein Unterleib nicht mehr gegen ihren stieß. Dann löste er ihre Arme und drehte sich zur Wand. Er schwieg. Ein Schauer durchfuhr ihn.

Fie zog die Nase hoch, um irgendein Geräusch zu machen.

«Entschuldige, aber ich habe mich verirrt.»

Als er noch immer nichts sagte, holte sie sich saubere Kleidung aus dem Koffer und verschwand im Bad. Dort ließ sie die Sachen auf den Boden fallen und versuchte, gegen die Duschwand gelehnt, ihre Schnürsenkel zu öffnen.

«Nein, nein, nein, nein, nein», flüsterte sie. Ihre Finger waren ganz gelb angelaufen, ihre Nägel schneeweiß. Noch nicht einmal ihre Daumen konnte sie bewegen, als wäre sie in ihr Inneres gekrochen und hätte sich aus ihren Gliedmaßen zurückgezogen, um sich in ihrem Bauch zusammenzuballen, in ihrem rasenden Herz.

Sie versuchte es mit dem Reißverschluss ihrer Jacke und der Schleife an ihrer Jogginghose, doch ihre Hände gehorchten ihr einfach nicht. Nein, nein, nein, nein, nein.

Aber irgendwas musste passieren. Fie öffnete mühsam die Badezimmertür. Er stand immer noch da, wo sie ihn durch ihre Umarmung hatte erstarren lassen.

«Olivier», sagte sie mit rauer Stimme, «entschuldige, aber kannst du mir bitte helfen?»

Sie befürchtete, er könne vielleicht wütend oder misstrauisch sein, doch sein Blick war nur ängstlich.

«Ich kriege meine Schnürsenkel nicht auf.» Ein glühender Tropfen rann ihr in den Mund, und sie dachte, sie heulte schon.

Der große graue Mann kniete sich vor sie und beugte sich über ihre rosa Laufschuhe. Sie stützte sich an seiner Schulter ab, als er ihr die Schuhe von den Füßen zog.

«Und noch meinen Reißverschluss. Und dieses Bändchen.»

Als er ihren Reißverschluss und das Bändchen unter ihrem Nabel öffnete, zitterten seine Hände und berührten ihre Haut.

Fie sah ihn nicht an.

Erst als er alles getan hatte, worum sie ihn gebeten hatte, und wieder ein paar Schritte zurücktrat, bemerkte sie, dass auf seinem Gesicht Tränen glitzerten.

Im Badezimmer streifte sie sich mühsam die Hose ab. Ihren Sport-BH bekam sie nicht auf, also ließ sie ihn unter der Dusche an.

Das Wasser stach und biss. Ihre weißen Finger wurden allmählich wieder rot, doch das Zittern hielt noch lange an, und auch die Kälte wollte einfach nicht aus ihren Armen verschwinden.

Nach einer Weile stellte sie die Dusche noch heißer und ließ sich darunter nieder. Sie presste ihre Ohren an den Kopf, damit sie wärmer wurden und sie nichts hören musste. Habe ich das getan? Warum habe ich das getan?

Als ihre Hände knallrot waren und pochten, drehte sie den Wasserhahn zu und trocknete sich schwerfällig ab. Sie zog sich an und lauschte erst, bevor sie die Tür öffnete.

Der Esstisch war ausgeklappt und mit Brot, Käse, Obst und Salat gedeckt. Teller und Besteck standen noch übereinander auf dem Tisch. Olivier war nicht da.

Fie saß eine Weile am Tisch, probierte ein Stück Käse und lud sich den Teller voll. Dann auch den anderen. Mit Teller und Besteck ging sie zur Schlafzimmertür und blieb dort stehen. Dann klopfte sie an.

Einunddreißig

Olivier hörte ihre Schritte, die vor seiner Tür innehielten. Sofort jagte Spannung durch seinen Körper. Fie klopfte an, er reagierte nicht. Sie warteten. Schließlich hörte er, wie sie den Teller abstellte. Als ihre Schritte sich wieder entfernten, fühlte er sich ausgelaugt.

Eine halbe Stunde hatte er am Fenster gestanden, bis er sah, dass sie endlich um die Ecke bog. Kurz darauf hörte er sie im Treppenhaus und öffnete ihr die Tür. Sie kam in die Wohnung gerannt, und er fing gerade noch ihren panischen Blick auf, bevor sie auf ihn zulief und der eisige Wind, den sie mit sich trug, ihm den Atem nahm. Er küsste ihre lila Lippen und spürte ihre eiskalte Zunge. Er schnappte zu. Dann fuhr ihm der Schreck wie eine Flamme durch den Körper. Er setzte sie ab und drehte sich zur Wand. Er zitterte. Während sie im Badezimmer verschwand, versuchte er dem Strudel seiner Gedanken Einhalt zu gebieten. Er wollte nicht wissen, was in ihm aufkeimte. Stehen bleiben und atmen war besser.

Wieder ging die Badezimmertür auf. Fie stand zitternd im Lichtschein der Sparlampe mit ihren knallrosa Laufschuhen auf dem Fliesenboden. Sie streckte ihm ihre Hände hin, die wie Adlerkrallen aus den Ärmeln hervortraten. Bitte hilf mir. Er bückte sich, um ihr die Schnürsenkel zu öffnen und ihre Füße, die leblos wie Gummi waren, aus den Socken zu schälen. Als er zu ihr aufsah, deutete sie auf ihre Jacke und die Hose. Ihre Lippen glänzten vor Tränen. Ohne sie anzusehen, zog Olivier den Reißverschluss ihrer Jacke auf und streifte sie ihr ab. Er löste die Schleife an ihrer Jogginghose, und Fie schwankte, während die Hose zu Boden glitt. Seine großen zitternden Hände blieben an ihrem Slip hängen. Gekräuselte Härchen kamen zum Vorschein.

Ein so tiefes Loch hatte Fie bislang noch nie zuvor in die Mauer in seinem Bewusstsein geschlagen. Jetzt erblickte er ihre Unterhose, die mit grüner Watte ausgelegt war, über die rostiges Blut lief. Er ließ ihre Jogginghose los, und Fie stolperte fast, als sie hinausstieg. Als er Mathilde den Slip mit der Krankenhauswatte hatte abstreifen wollen, hatte sie wimmernd seine Hand weggeschoben. Er hatte sie hochgehoben und samt Unterhose und allem unter die Dusche gestellt. Mathilde hatte dort wie eine Geisteskranke gestanden, die Arme um ihren Körper geschlungen, ließ sie sich einseifen, umarmen, trösten, als würde das alles mit dem Duschwasser über sie ergossen. Danach hatte er sie abgetrocknet und ins Bett gebracht. Am Tag nach der Abtreibung hatte sie gewirkt, als hätte sie sich aus ihrem Körper zurückgezogen und ein Geisterhaus für ihn hinterlassen. Anderthalb Tage hatte sie geschlafen, zumindest mit geschlossenen Augen im Bett gelegen. Er hatte zu jeder Mahlzeit einfach den Tisch gedeckt, auch wenn sie nicht mitgegessen hatte.

Die Badezimmertür ging wieder zu. Die Dusche wurde wieder aufgedreht. Olivier kniete im Wohnzimmer, umgeben von Kleidungsstücken.

Er stand auf und deckte den Tisch. Sie musste etwas essen. Doch er konnte es auch nicht ertragen, dort am Tisch sitzend auf sie zu warten, also zog er sich ins Schlafzimmer zurück.

Er hatte sie geküsst, er hatte sogar ihre Zunge gespürt. Hatte er vergessen, wer er war?

Nachdem Fie sich wieder von der Tür entfernt hatte, stand er auf, öffnete sie einen Spalt und griff nach dem Teller. Er aß, ohne zu kauen, und saß im Schneidersitz auf dem Bett. Danach lief er im Zimmer hin und her, am Bett entlang zum Fenster und wieder zurück. Aus dem Wohnzimmer erklang Musik, und Olivier starrte die Wand an, als könne er hindurchsehen, wie Fie sich dort im Zimmer bewegte. Er wusste nicht, wie er ihr noch gegenübertreten sollte. Die Rolle des besorgten Professors konnte er schon lange nicht mehr spielen – er hatte sie geküsst. Wieso, verdammt, gab es sie? Wieso war sie hier? Wieder ging er im Zimmer auf und ab.

Außer über den Flur waren die Zimmer noch durch eine Tür verbunden, die er vor vielen Jahren verschlossen und mit einem Schrank zugestellt hatte. Die Klinke hatte er abmontiert. Mühsam räumte Olivier die Tür frei. Er warf Kleiderstapel aufs Bett und versuchte, den ausgeräumten Schrank geräuschlos von der Tür wegzurücken. Die Musik spielte noch immer.

Endlich hatte er einen Spalt zwischen Tür und Schrank freiräumen können. Er zwängte keuchend seinen Kopf und die Schultern in diesen Spalt. Dort war das Schlüsselloch. Er sah – nichts. Nur ein Stück vom Kaminsims, Buchrücken, noch nicht einmal ihren Schatten. Gequält legte er sich aufs Bett und befreite sich von seiner Jeans. Erinnerungen an Mathilde kamen auf und füllten sich mit Blut, er sah sie vor sich, warm und lebendig, ihre glänzenden Lippen, ihre Möse und ihre Brüste verschmolzen ineinander wie auf einem Gemälde von Picasso, während er Fie im Nebenzimmer umhergehen hörte.

Zweiunddreißig

Er wachte mit trockener Zunge und dem Geschmack von altem Plastik im Mund auf. In der Wohnung war es dunkel und still. Die Tür zum Wohnzimmer war geschlossen. Olivier putzte sich die Zähne, trank Wasser und lag wach. Draußen wurde der Müll abgeholt.

Um acht Uhr stand er auf und verließ die Wohnung, ohne zu frühstücken. Vorher hatte er noch einen Blick ins Wohnzimmer geworfen. Fie lag auf dem Sofa und schlief. Ihr Zopf ringelte sich auf dem Kissen wie ein blonder Skorpion. Leise schloss er die Tür. Ihretwegen war er nun zwei Tage nicht in der Universität gewesen, jetzt war Schluss damit. Er würde sein normales Leben wieder aufnehmen, was sie machen wollte, musste sie selbst entscheiden. Er hinterließ ihr ein Post-it auf dem Badezimmerspiegel: «Bin in der Arbeit.»

Es war ein milchiger Dezembermorgen. Als er aus der Tür trat, wurde es gerade hell, ein verschleiertes beiges Licht ohne eindeutige Quelle.

Er hatte noch reichlich Zeit, und so frühstückte er erst in einer Bar und machte danach den Umweg durch den Park. Der Sandweg war steinhart gefroren, und auf dem sanft ansteigenden Pfad lag Raureif. Einzelne Skulpturen dösten in ihrem winterlichen Schutz vor sich hin. Zehn Minuten zu früh betrat er das Unterrichtsgebäude, das am Rande des Parks lag.

Er ging zuerst am Sekretariat vorbei, um sein Postfach zu leeren. Als er den Raum betrat, verstummte das Gespräch der Sekretärinnen. Er grüßte sie, doch sie mieden seinen Blick. Leo, der Archäologe, der gerade am Kopierer stand, kam auf ihn zu. Er war ein scheuer Mensch, und normalerweise unterhielten sie sich kaum. Heute kniff er Olivier zu seiner Überraschung in die Schulter und murmelte: «Lass dich ja nicht verrückt machen. Wir kennen die Wahrheit.» Bevor Olivier ihn um eine Erklärung bitten konnte, war er schon wieder verschwunden.

Olivier hastete in sein Büro. Erleichtert stellte er fest, dass noch niemand da war, doch noch bevor er seinen Mantel ablegen konnte, klopfte es laut an der Tür. Paul Bonnard trat ein. Er schloss die Tür hinter sich und stellte sich düster und förmlich davor, als imitierte er eine Filmszene. Olivier dachte, dass er die Situation am besten locker angehen sollte.

«Paul! Ich war gerade auf dem Weg zu meinem Unterricht. Gibt es was?»

«Nun …» Paul räusperte sich und streckte das Kinn vor. Olivier sah auf die Uhr und suchte seine Unterlagen zusammen.

«Du wirst vorm Fakultätsrat erscheinen müssen, Olivier.»

Olivier hielt inne. Pauls Haut war so durchscheinend wie ein Schweinedarm, in dem das Blut aufwallte.

«Wie bitte?»

«Zeit und Ort werden dir noch mitgeteilt. Aber du bist jetzt schon einmal informiert.»

«Paul, worum geht es? Ich melde mich zwei Tage krank, und schon werde ich von dir herbeizitiert?»

«Professor Massarin», korrigierte ihn der kleine Wichtigtuer und strich sich das Haar glatt, «es wurden ernst zu nehmende Anschuldigungen gegen dich erhoben bezüglich der Schwangerschaft einer Studentin. Meinem Gastkind.»

Bonnards fahle Haut wurde nun feuerrot, und er nickte ernst.

«Hast du mit Sylvie gesprochen? Und glaubst du etwa allen Ernstes solche Dinge? Das gibt es doch gar nicht.»

«Sie können sich vor dem Rat rechtfertigen.» Man konnte ihn kaum noch verstehen. Olivier baute sich vor ihm auf, und Paul legte den Kopf in den Nacken, um ihm noch in die Augen schauen zu können, doch sein Mund war verkniffen.

«Mein Gott, Paul. Habt ihr nie mal Streit, Marie und du? Du weißt doch, was dann passiert.»

«Sylvie ist nicht die Einzige. Ich habe selbst gesehen, wie Fie neben dir am Rugbyfeld gestanden hat! Außerdem haben sich einige Studenten darüber beklagt, du würdest sie ihnen vorziehen.»

«Vollkommener Quatsch.»

«Es gehen Gerüchte um. Man hat euch zusammen in der Öffentlichkeit gesehen.»

«In der Öffentlichkeit!», höhnte Olivier. «Wenn wir uns hier zufällig auf dem Flur begegnen, ist das dann auch schon ‹die Öffentlichkeit›?»

Paul schwieg und starrte auf Oliviers Brust.

«Das ist deine Ansicht. Ich geh jetzt jedenfalls in den Unterricht.» Er nahm seine Tasche.

«Uns wäre es lieber, du würdest bis auf Weiteres keinen Kontakt zu den Studenten haben.»

Olivier schlug mit der flachen Hand auf den Tisch, woraufhin ein paar Prüfungsmappen herunterrutschten. Er beugte sich über den schwitzenden Mann. Bonnard wich nicht von der Stelle, doch unter seinem spärlichen Haar glänzte der Schädel. Sein strenger Gesichtsausdruck verschwand, und er blickte fast flehentlich zu ihm auf, doch Olivier hatte den Eindruck, in seinem Blick würde auch Triumph mitschwingen.

«Olivier, ich kann nichts dafür!», flötete er. «Sylvie ist mit der Angelegenheit zum Disziplinarausschuss gestiefelt. Notzucht, Schwangerschaft! Wie würde das aussehen, wenn ich da für dich Partei ergreife?»

«Da hast du recht. Das wäre wirklich ein Riesenskandal.»

Olivier atmete langsam aus, und seine Nasenflügel wölbten sich. Dann nahm er seinen Mantel und schob Paul beiseite. «Vielen Dank!», sagte er. «Und Glückwunsch!» Mit festem Schritt ging er davon. Neugierige Blicke folgten ihm.

Olivier stapfte durch den jetzt unfreundlichen Park und trat nach seinem Hund, als dieser erwartungsvoll auftauchte. Als er zu Hause ankam, war das Sofabett leer. Er schrie «Sofie» und schlug auf die Kissen, die sie ordentlich übereinandergelegt hatte. Er zerfetzte eins und sank dann hustend aufs Sofa, mitten in die aufgewirbelte Füllung, die langsam auf ihn herabrieselte. Er wurde still und beratschlagte mit sich selbst wie mit einem Kind.

Seine Wut erstarrte zu Panik. Er stand auf und suchte nach Fies Schlüssel, Tasche, Portemonnaie. Sie hatte alles mitgenommen. Ihre Laufschuhe und der Koffer mit der Kleidung standen noch da. Ihre Zahnbürste stand neben Sylvies.

Es war noch keine zehn Uhr. Vielleicht machte sie einen Spaziergang oder hatte sich in den Zug gesetzt. Plötzlich hatte er eine Idee. Er kippte Mathildes Karton über dem Tisch aus und breitete mit beiden Händen die Fotos aus. Der Zettel mit ihrer Adresse fehlte.

Olivier sah sich in der Wohnung um. Die Bücherregale gingen bis zur Decke, CD-Regale rahmten das Fenster. Die Möbel glänzten. Dennoch sah er nur das, was fehlte. Seine angesammelten Habseligkeiten blickten höhnisch auf ihn herab. Seine tatsächliche Vergangenheit passte in einen Schuhkarton. Seine Zukunft war wortlos entschwunden.

Und wieder saß Olivier in der Wohnung und wartete darauf, dass Fie zurückkäme. Doch jetzt war das Warten anders. An seine Zweifel vom Vortag erinnerte er sich nur noch, als hätte er sie geträumt. Ein paar Tage zuvor war diese junge Frau noch wie ein Fluchtweg aus der verpfuschten Vergangenheit gewesen. Die Chance, noch einmal alles richtig zu machen, die er wahrscheinlich nie wahrgenommen hätte, solange er die Wahl gehabt hatte. Erst jetzt wurde Olivier klar, dass sein Fluchtweg abgeschnitten war. Hierzubleiben ging nicht mehr. Er hatte eine schwangere Studentin im Haus. Sie wohnte in einer Wohnung, die er gemietet hatte. Und sie war nicht Mathilde.

Seine Hoffnung auf Sylvie hatte er verworfen. Auf einen gerechten Kampf mit einer anderen Frau hätte sie sich vielleicht eingelassen – aber gegen zwei Frauen gleichzeitig, die eine älter als sie, die andere erst einundzwanzig, da blieb ihr nichts anderes als tobende Rachsucht. Die Heftigkeit ihrer

Wut überraschte ihn. Sie hätte sie lieber zeigen sollen, als sie noch ein Paar waren – hätten sie doch beide mehr von sich gezeigt. Benommen starrte Olivier vor sich hin. Er sah, wie die Buchrücken seiner Bücher schwarz wurden und sich lange Schimmelfäden zwischen den Buchstaben spannten. Wie die Betttücher von einer moosig grünen Decke überzogen wurden. Wie die Reiskörner sich im Vorratsglas wanden. Er starrte seine surreal gewordene Wohnung an und lauschte dem Nagen unsichtbarer Termiten. Am unbeweglichsten erschien ihm das Gesicht, das er im Spiegel sah.

Sein Leben befand sich in Mathildes Händen. Als hätte sich nichts geändert und sei die Zwischenzeit nur dazu da gewesen, den Zweifel auszuhalten, die Zeit zwischen dem Heben und Absetzen seiner großen Füße. Ob sie noch wusste, wie sehr er sie geliebt hatte? Ob sie noch die Worte und Gesten kannte, die besondere Intonation, die seine Liebe gehabt und wie sie sich gezeigt hatte? Das Streifenhemd und die beschlagene Duschkabinentür? Oder ob sie andere Erinnerungen gewählt hätte? Es war unerträglich, nicht zu wissen, was sie Fie erzählen würde. Falls sie zu Hause wäre, falls sie dort noch wohnte. Falls es sie überhaupt noch gab, nach all der Zeit. Ein einziges Wort von ihr konnte verhängnisvoll für ihn sein. Es könnte alles vorbei sein, falls Fie heute nassgeregnet würde, an einem toten Vogel auf der Straße vorbeikäme, in der vollen Metro begrapscht würde. Ein Wort, eine Sache, die sie umstimmte. Eine Laune. Er fühlte sich krank.

Er erinnerte sich daran, wie er Mathilde einmal erzählt hatte, dass Kaninchen und Hamster ihre eigenen Jungen fraßen, wenn sie ihren Wurf in einem unsicheren Revier bekamen. Aus lauter Stress. Er hatte das erzählt, weil er wusste, dass Mathilde einmal ein Hamsternest gehabt hatte und am nächsten Tag nur noch tote Tiere übrig gewesen waren. Sie hatte heftig angefangen zu weinen. Schließlich hatte sie es ihm geglaubt. Und nach der Abtreibung hatte sie gesagt: «Ich bin also ein Hamster.» Die Art, wie sie darüber lachen musste, schrill und regungslos, war das Traurigste und Schaurigste, was er je gesehen hatte. Angenommen, sie würde das Fie erzählen. Angenommen, Fie kehrte nie wieder zurück und die Zwischenzeit würde nie ein Ende haben.

Sofie

In ihrer Jackentasche hatte sie ein zusammengefaltetes DIN-A4-Blatt, auf dem Mathildes Adresse in Oliviers Handschrift stand. Sie musste in einen südlichen Vorort von Paris, den sie mit der Linie B der RER erreichen konnte. Im Jardin du Luxembourg gab es eine Haltestelle. Sie war dorthin gegangen, allerdings hatte sie die Haltestelle links liegen lassen und war durch den Park spaziert. Hin und wieder tastete sie nach dem Zettel in ihrer Tasche.

Sie war die ganze Runde gelaufen: am Senatsgebäude mit den Wachen in den Glaskästen vorbei, den verlassenen Tennisplätzen, den kahlen Obstbäumen und der Freiheitsstatue im Miniaturformat. Jetzt war sie wieder vor dem Eingang der Metro angekommen und zögerte. Unentwegt kamen Jogger vorbei, die eine Runde im Park drehten. Fie kaute auf ihrer Wange herum. Nach Bedauern war Zweifel das schlimmste Gefühl. Es musste ihr nur gelingen, eine Lücke zwischen den Joggern zu finden, die Straße zu überqueren und die Treppe hinunterzugehen. Wie ein Kind, das abwartete, bis das Springseil wieder auf dem Boden war, wippte sie auf den Zehen, aber sprang nicht. Während sie wartete, betrat eine Mutter mit ihrem Kind den Park. Fie beobachtete sie, als sie an ihr vorbeikamen und die Mutter zu einem Stand ging und zwei Crêpes kaufte. Sie reichte einen Crêpe ihrer Tochter, deren gelbe Jacke genauso breit wie lang war. Ihre rote Mütze wölbte sich links und rechts über ihren Kopf. Darunter waren Zöpfe oder vielleicht auch kleine Hörner. Die beiden ließen sich auf einer Bank nieder. Das Mädchen streckte seine Beinchen aus.

Fontenay aux Roses stand auf dem Zettel. Dort wohnte sie also, Mathilde. In der rue des Marinières wohnte sie mit oder ohne Kind, war sie glücklich oder auch nicht, verspürte Reue oder auch nicht, je nachdem, wie es gekommen war. Angenommen, sie würde jetzt dorthin fahren, klingeln und sie alles fragen. Sie konnte einen Blick in die Zukunft ihres Lebens werfen, in dem jemand bereits die Wahl für sie getroffen hätte. Und falls es ihr gefiele, was Mathilde erzählte, brauchte sie nur das Schnittmuster entlang derselben Strichlinie auszuschneiden.

Noch zögerte sie. Sie ging durch den Strom der Jogger, überquerte die Straße, stieg in die Metro und fand nach einigem Suchen das Haus. Es war groß, ein französisches Haus mit weißen Fensterläden und Mauern aus grobem Stein mit viel Zement. Die Rosen an der Treppe zur Tür blühten sogar jetzt noch.

Fie klingelte und wartete ab. Eine junge Frau in ihrem Alter öffnete ihr die Tür. Sie trug ein altmodisches rotes Kleid, und ihr Haar war rundherum aufgebauscht wie ein Hut. Sie grüßte und bat Fie herein. An der überquellenden Garderobe vorbei gingen sie ins Wohnzimmer. Fie folgte der Frau und hatte das Gefühl, sie würde sich selbst von hinten sehen.

Im Wohnzimmer sanken ihre Füße im weichen Teppichboden ein. In der Ecke standen ein Klavier, wie bei ihr zu Hause, sowie ein großer runder Tisch. Die Hängeschränke in der offenen Küche waren mit Kinderzeichnungen beklebt. Mathilde saß auf einem geblümten Sofa. Sie hob einen Jungen, der noch keine Vorderzähne hatte, von ihrem Schoß und ging strahlend auf Fie zu. Oder vielleicht war sie richtig dick geworden. Oder sie ähnelte ihrer Mutter. Während Fie dort stand und sie ansah, färbten sich Mathildes blonde Haare braun und drehten sich nach außen. Sie dufteten nach Lavendel. Die Tochter war verschwunden; nun trug Fie das rote Kleid. «Sag mir, was du wissen möchtest.» Zur Antwort sah sich Fie im Zimmer um und zeigte auf die Fotos an der Wand. «Erinnerst du dich nicht mehr daran?», fragte Mathilde. «Das war während der Abiturfeier. Sie haben so eine nette Rede über dich gehalten. Und hier hat dein Bruder seinen Freischwimmer gemacht... Das bist du am Strand mit dem

Hund...» Sie erkannte Bär und die Mole in Scheveningen. Der Junge auf dem Sofa rief nach Mathilde. Während sie zu ihm hinüberging, musterte Fie das Zimmer. Die Tischsets, die im Büfettschrank lagen, waren mit einem Familienfoto bedruckt. Mathilde, Olivier und zwei Kinder vor einem Hintergrund aus grünen Blättern.

«Mathilde? Mathilde?»

«Ich komme.»

Sie kam. «Und was wäre gewesen, wenn du das Kind nicht behalten hättest?»

Die Schaumstofffüllung der Tischsets wölbte sich, und das Blattgrün bedeckte die beiden blonden Kinder. Der Junge hörte auf zu rufen. Fie fühlte die Stiche im Unterleib. «Wärst du allein geblieben?» Sie wandte den Kopf zu den Tischsets.

Mathilde überlegte. «Gut möglich», sagte sie. Die Zweige am Busch schwankten, und Oliviers Gesicht verschwand in dem gewölbten Schaumstoff.

«Was hättest du getan?»

Um sie herum wurden die Fotos und das Spielzeug ausradiert. Weiße Tintenflecke breiteten sich im Zimmer aus. «Vielleicht hätte ich dann mehr gelesen. Mehr gesehen. Den Mond besucht.» Sie zeigte auf die Wand, an der sich ein breites Bücherregal füllte. In den Fotorahmen war nun ihr Gesicht zu sehen, in Bangkok, in New York, in Hongkong. Und auf einer Bank in einem winterlichen Park.

Fie war es kalt geworden. Ihre Füße waren steif, und sie lief langsam. Dennoch hörte sich das Keuchen der Jogger um sie herum an, als sei es ihr eigenes Keuchen. Sie beschleunigte ihren Schritt. Als sie um die Kurve marschierte und erneut der Eingang zur Metro auftauchte, sah sie, dass die Frau noch immer auf der Bank saß. Sie war allein. Fie blieb stehen und schaute sich um. Ihr war übel. Die Frau sah sich ebenfalls um; hinter ihr wuchsen Rhododendronsträucher, deren Blätter sich gegen die Kälte aufgerollt hatten. Als Fie ein Stück weiterging, erblickte sie dahinter das Mädchen mit der gelben Jacke, das sich bückte, um etwas aufzuheben, den Po weit ausgestreckt. Konzentriert hob sie einen Kieselstein aus dem Gras auf. Sie richtete sich auf, lief breitbeinig zu ihrer Mutter und bot ihr den Kieselstein an, als sei er ein Schatz. Fie machte ihnen Platz, zum dritten Mal stand sie nun an der Metro.

Dreiunddreißig

Im Nachhinein wusste Olivier auch nicht mehr, wie lange er dort im Zimmer gestanden und sein Spiegelbild angestarrt hatte. Der Tag bestand aus Rissen und Fetzen, an die er sich kaum noch erinnern konnte. Aus einem Fluchtimpuls heraus hatte er seinen Koffer hervorgekramt, ohne ihn zu packen. Er hatte all seine Socken nach Paaren sortiert und weinend mit den übrig gebliebenen Waisen in der Hand auf dem Bett gesessen. Er hatte die Nummer seiner Mutter gewählt, obwohl er wusste, dass ein Fremder abnehmen würde. Als ein Schlüssel ins Schloss gesteckt wurde, schien die Zeit sich wieder in Bewegung zu setzen. Es war dunkel geworden.

Er ging auf Fie zu, als sie in die Wohnung kam. Sie sah blass aus und sagte nichts, während sie ihre Jacke auszog und an die Garderobe hängte. Noch nie hatte Olivier so nervös einen Nacken angeschaut. Am Haaransatz unter ihrem Pferdeschwanz verliefen die Härchen in beide Richtungen. Die Muskeln darunter waren angespannt. Fies Schultern waren schmal, aber sie hielt sie gerade unter dem schwarzen Pullover. Endlich drehte sie sich um. Ihr Gesichtsausdruck wirkte andächtig und konzentriert, doch als sie an ihm vorbeiging, kniff sie ihm kurz in die ausgestreckten Hände. Ihre kalten Finger glühten nach. Er schloss seine Hände, um die Hitze zu bewahren.

In der Küche setzte Fie Wasser auf. Unglaublich, alles funktionierte noch wie immer. Der Wasserkocher rauschte und stellte sich dann ab. Tee machen, eine wunderbare Idee!

Als sie ins Wohnzimmer zurückkehrte, hatte Olivier sich wieder im Griff. Er nahm Fie die dampfenden Teetassen, mit denen sie zum Sofa kam, ab und stellte sie neben sich auf den Tisch.

«Fie, das ist jetzt wichtig. Musst du morgen noch zur Uni?»

«Eigentlich schon.»

«Du darfst nicht gehen. Du darfst diesen Ort nicht mehr betreten. Ich weiß nicht, was sie zu dir sagen, wenn sie dich dort sehen. Bonnard. Oder meine Exfreundin.»

Er nahm ihre kalten Hände fest in seine Hand und erzählte ihr, was Paul am Morgen gesagt hatte. Erschrocken wandte sie den Kopf ab, hielt sich eine Hand vors Gesicht und blieb so sitzen, die Nasenspitze hatte sie zwischen ihre Finger geklemmt, als könne sie sonst abfallen.

«Glauben die das wirklich?»

«Das spielt eigentlich keine Rolle. Auch wenn sie nur so tun.»

«Sie wollen dich also zerstören.» Nachdenklich blieb sie sitzen.

«Ich fürchte ja. Jedenfalls ist mein Ruf ruiniert.»

Sie nickte.

«Ich weiß nicht, was ich tun soll», sagte Olivier.

Fie seufzte und zog die Schultern hoch. «Das kenne ich. Am besten das, was man immer tut. Essen. Trinken. Schlafen.»

Sie stand auf und nahm ihre Winterjacken von der Garderobe. «Hier. Anziehen. Wir gehen was essen. Ich habe Hunger.» Gehorsam zog er sich an. Der Tee blieb dampfend auf dem Tisch zurück.

Als Olivier auf die Straße trat, kamen Rufe aus der Kneipe von gegenüber. «Ist er das?» Er erkannte Tom, Lucien und noch weitere Stammgäste. Ein unbekannter dicker Mann zeigte von drinnen auf ihn. Ein anderer mit einer lila Daunenjacke, der draußen an der Wand lehnte und eine Zigarette rauchte, machte einen Schritt nach vorn und rief: «He, bist du der Professor? Bist du Olivier?»

Bevor er sie warnen konnte, stand Fie bereits draußen. Die Daunenjacke zeigte triumphierend auf sie und pfiff. Weitere Köpfe tauchten hinter dem Fenster auf, unter ihnen auch die von Freunden. Ein paar kamen heraus.

Erschrocken schickte Olivier Fie wieder ins Haus und

schloss die Tür. Es wurde geklopft. Die Schatten der Füße wanderten vor der Haustür hin und her. «Haste die gesehen? Das war se also.»

«Na, man muss es ihm heimzahlen.»

Fie schlug vor: «Komm, wir gehen einfach an denen vorbei. Sollen sie uns doch den Buckel runterrutschen.»

«Und wenn sie uns verfolgen?»

Sie lauschten dem Lärm auf der Straße.

«Okay», sagten beide gleichzeitig. Schweigend trotteten sie die Treppe wieder hinauf.

Bildete er sich das ein, oder hatte er eben aus dem Augenwinkel Sylvie in der Kneipe gegenüber sitzen gesehen? Sie hatte gelacht und dabei die vom Wein gefärbten Zähne entblößt. Keiner außer ihr wäre auf eine solche Idee gekommen. Vielleicht hatte sie ihren Freunden laut seinen Brief vorgelesen. Ratloses Auf-und-Ab-Gehen im Zimmer, Gefluche. Fie trank ihren Tee und suchte in der Küche nach etwas zum Essen. Sie stellte Wein, Käse und Cracker auf den Tisch. Drei Mal wurde stürmisch geklingelt. Olivier musste sich zurückhalten, um nicht in die Gegensprechanlage zu brüllen. Ab und zu schob er den Vorhang zur Seite und versuchte, einen Blick auf die Straße unten zu erhaschen.

Ein Grüppchen von ungefähr fünf Leuten hing noch auf der Straße herum. Das Licht aus der Kneipe von gegenüber dehnte ihre Schatten bis zu seiner Haustür.

«Professor!», rief jemand. «Dort oben! Da!»

Mit einem Ruck schloss Olivier den Vorhang. Erneut wurde geklingelt, schrill, minutenlang. Er versuchte es zu überschreien, stampfte in dem kleinen Zimmer hin und her, kippte ein Glas Wein hinunter. Fie saß mit angezogenen Beinen auf dem Sofa und sagte nichts, sie schien noch nicht einmal nachzudenken. Flocke für Flocke schob sie sich Popcorn in den Mund, als würde sie sich einen Film anschauen, der sie nichts anging. Es wurde an der Wohnungstür geklopft. Olivier öffnete sie schwungvoll. Vor der Tür stand der Nachbar aus der Wohnung gegenüber, der erschrocken einen Schritt zurückwich. «Grüß dich, Olivier. Weißt du, was die ganzen Leute da unten vor der Tür machen? Sie rufen nach dir.» Er äugte unter Oliviers Arm, mit dem er den Durchgang versperrte, hindurch. Fie starrte vom Sofa aus zurück, die Hand mit dem Popcorn halb erhoben.

«Keine Ahnung, wer das ist. Offenbar eine aufgehetzte Meute. Und jetzt hätte ich gern meine Ruhe.»

Er schloss die Tür. Im Treppenhaus vernahmen sie Schritte und Flüstern. Von der Straße war nun sein Name zu hören, als spöttische Tonfolge.

Olivier ging erneut im Zimmer auf und ab und trank zwischendurch Wein. Alles, sogar der Popcorngeruch, machte ihn rasend.

«Was für ein Theater», sagte Fie, und als wieder an die Tür geklopft wurde, ließ sie sich auf dem Sofa zur Seite fallen und fing an zu kichern. Als Olivier sie fragte, was denn daran so lustig sei, brach sie in unbändiges Gelächter aus, bis es fast wie Weinen klang. Er ließ sie lachen und warf erneut einen Blick auf die Straße hinunter. Sobald er den Vorhang bewegte, erklang Gejohle. Das Lokal hatte sich gefüllt, die Leute standen trotz der Kälte draußen auf der Straße.

In der Küche füllte Olivier einen Eimer mit Wasser. Mit großen Schritten stiefelte er durchs Zimmer und hinterließ Pfützen. Fie erhob sich vom Sofa, um zu schauen, was er vorhatte. Ein paar Sekunden, nachdem er den Balkon betreten und den Inhalt hinuntergekippt hatte, wurde unten laut geschrien und hysterisch gelacht. «Haut ab!», brüllte Olivier.

«Hör doch auf, das bringt doch nichts.»

«Wenn ich die erwische!»

Er holte sich wieder ein Glas Wein. Es tat gut, so richtig verärgert zu sein. Ihm war danach, sich zu vergessen. Keine Zweifel mehr haben zu müssen, keine Sorgen. Wie Rugbyspielen im Regen. Anfangs widersetzt man sich noch und stemmt sich mit gesenktem Kopf gegen das Wasser; doch wenn man erst einmal ordentlich im Matsch gelandet ist, wird es ein richtiger Spaß, die anderen möglichst dreckig zu machen, in den Schlamm zu beißen, sich das Gras aus den Augen wischen zu müssen. Ein echter Rausch.

Er müsste jetzt mal die Rugbymannschaft anrufen und mit ihnen die Straße räumen. Darüber musste er laut lachen.

Fie saß noch immer auf dem Sofa, als würde sie sich einen Thriller anschauen. Für einen Moment ließ er sich neben ihr nieder, weil sie so belämmert aussah. Als es wieder klingelte, sprang er auf. «Okay», sagte er, «das könnt ihr haben.» Rasselnd zog er sich den Gürtel aus der Hose und knöpfte sie auf.

«Was hast du vor?»

«Ich pisse sie an.» Er kicherte.

«Mach das nicht!» Endlich wurde sie aktiv. «Damit machst du alles nur noch schlimmer. Du darfst denen keinen Anlass geben.»

Doch er hatte den Hosenstall bereits geöffnet und holte mit einem Bein auf dem Balkon seinen Schwanz hervor, der groß und halb steif heraushing, plötzlich noch zusätzlicher Gast.

Sie war nicht stark genug, um Olivier auch nur einen Zentimeter von der Stelle zu bewegen, doch als sie ihn um die Hüften packte, ließ er sich gefügig zurück in die Wohnung lenken. Fie schloss die Balkontür.

«Aber ich will denen doch gerade einen Anlass geben», protestierte er. «Muss ich das alles schlucken, obwohl ich nichts getan habe? Alles ist weg. Alles.»

Das letzte Wort schrie er heraus. Er atmete schwer.

Sie sah ihn direkt und ungerührt an.

«Und wenn du tun dürftest, wofür man dich beschuldigt? Würdest du dann auch die Folgen auf dich nehmen?»

Er packte sie an den Schultern und beugte sich gierig zu ihrem Gesicht vor. Er würde aus ihrem Mund essen. Nur mit Mühe konnte sie ihn auf Distanz halten, mit ausgestreckten Armen stemmte sie sich gegen seine Schultern.

«Versprich es! Schwör es!»

«Ganz egal, was du willst. Für dich. Für das Kind.»

Noch immer hielt sie ihn mit zitternden Armen von sich weg.

«Ich schwöre es! Ich schwöre es!»

«Ein einziges Mal», sagte sie. Dann hielt sie ihn nicht mehr zurück. Er saugte sich an ihrem Gesicht fest, und sein Schwanz stieß sie wie ein Babyfüßchen in den Bauch.

Ihr Pullover bleibt an den Schultern hängen, und sie sitzt fest. Sie wird hochgehoben und hingeworfen, ihr Kopf taucht aus dem Pullover auf, den er ihr abstreift. Er wirft auch seine Kleider von sich. Sein Brusthaar ist grau, und die Haut darunter leicht faltig. Um seine Brustwarzen hängt die Haut in schlaffen Falten über seinen Muskeln. Er verheddert sich tänzelnd in den Hosenbeinen, dreht sich zu ihr hin, gräbt ihre Brüste aus dem BH und drückt sie an sich.

Wieder klingelt es an der Tür, wieder wird geklopft. Er atmet gehetzt und drückt spielend leicht ihre Beine auseinander. Sie spuckt in ihre Handmulde und zwängt die feuchte Hand dazwischen.

Fie reißt weit die Augen auf, als er in sie eindringt, damit sie in ihrem kleinen Körper nicht eingeschlossen ist. Sie spürt einen dumpfen Schmerz, der tiefer zu gehen scheint, als ihr Körper gestattet. Welch Ironie, wenn er das alte Baby jetzt herausstößt, um ein neues einzupflanzen. Sie versucht sich weniger zu verkrampfen, damit es nicht so wehtut. Er reagiert mit tiefem Brummen, fasst sie an den Schultern und am Kopf, presst sie zusammen, bis sie in ihren Bauch zu passen scheint.

Als er zu schwitzen anfängt und sein Keuchen einem Jaulen ähnelt, weiß sie, dass es gleich vorbei sein wird. Er setzt ihr seine Zähne in die Schulter und stößt ein paar Mal in sie, in die Tiefe, die nichts mehr mit ihr zu tun hat. Dann wird er ruhiger, und sein Gewicht nimmt ihr den Atem. Sie spürt die Wärme und die Feuchtigkeit an ihrer Poritze und die Hitze seines Mundes an ihrem Hals. Sie bleibt noch einen Moment so liegen, bis ihre Leisten schmerzen und sein Körper so schwer auf ihr liegt, dass sie kaum noch Luft bekommt. Sie drückt ihn weg, und er rollt sich von ihr.

So bleibt er auf der Seite liegen. Er atmet schwer, und es

hört sich an, als würde er schlafen, doch seine Augen bewegen sich hinter seinen Lidern. Sein Körper zuckt, und er greift nach den Kissen auf dem Sofa. Sein Hemd zwischen die Beine geklemmt, geht Fie unter die Dusche. Dort hört sie nichts als Wasser. Draußen sind die Stimmen verstummt.

Vierunddreißig

«Hier Paul Bonnard.»

«Guten Abend, Paul.»

«Mit wem spreche ich?»

«Was glaubst du denn, mit wem du sprichst?»

«Fie, bist du das?»

«…»

«Fie, ist alles in Ordnung? Belästigt er dich, soll dich jemand von dort wegholen? Sag doch bitte, brauchst du Hilfe?»

«Wie schön, dass du die von selbst anbietest. Ja, Paul, ich brauche deine Hilfe.»

«Sag, was ich für dich tun kann. Ich kann sofort jemanden schicken. Ach Mädchen, dass du aber nicht schon früher angerufen hast!»

«Hör zu, ich möchte, dass du Sylvie sagst, sie soll endlich das Maul halten und ihre Bluthunde zurückpfeifen.»

«… was?»

«Und ich will, dass du deine Kollegen anrufst, in Amsterdam, in Brüssel, in Lyon, egal wo, und dafür sorgst, dass Olivier irgendwo eine gute Stelle bekommt.»

«Ich versteh nicht recht.»

«Ich werde das nicht wiederholen. Aber ich weiß, dass ich an der Universität unter deiner Anschrift eingetragen bin.»

Stillschweigen am anderen Ende der Leitung.

«Du regelst das jetzt, oder ich präsentier dir noch eine ganz andere Skandalgeschichte. Den Schwangerschaftstest habe ich noch hier.»

«Oh … okay.»

«Kriegst du das hin, was meinst du? Oder soll ich erst mal mit deiner Frau reden?»

«Das krieg ich hin.»

«Gut.»

«Fie. Warte mal!»

«Hmm?»

«Und was wirst du jetzt tun?»

«Ich gehe mit ihm mit.»

«Aber ... Mädchen, das kannst du doch nicht tun! Das wird ein Skandal. Alle wissen, wer ihr seid. Sie kennen eure Namen bereits. Dafür wird Sylvie schon sorgen. Mädchen ...»

«Mach dir deswegen mal keine Gedanken. Ich lege mir einen neuen Namen zu.»

Sie hängt ein, bevor sie sagt: «Mathilde.»

Fünfunddreißig

Nur die Müllmänner sind schon unterwegs und fegen die Straßen. Paris ist tot und wird einbalsamiert. Die Fenster sind dunkel, die Straßen leer. Hier wohnt nur Geschichte.

Olivier fährt vorsichtig. Der Rückspiegel gibt über die Sachen, die er hastig zusammengerafft hat, noch knapp die Sicht auf die Straße hinter ihnen frei. Fie ist neben ihm eingeschlafen. Ihre Hände umfassen den Gurt. An der Ampel betrachtet er sie und ihre kleinen Hände. Sie werden ihn niemals mehr loslassen. Dann wird es grün, und er fährt los.

Als die Sonne wie ein Tintenfleck am Himmel verläuft, liegt Paris hinter ihnen. Olivier fährt ohne Blick auf eine Karte. Wenn Fie aufwacht, muss sie ihn lotsen. Dann wird sie ihm sagen, wie es weitergeht. Die Pausentaste lösen.

Bis dahin fährt er einfach geradeaus.

Das Gaspedal brennt unter seinem Fuß, und sein Glück färbt den Himmel. Alles, wovor er Angst hatte, ist endlich passiert.